더 게임 ▶

PL▷Y

더 게임

김인숙 장편소설

▶

문학동네

차례

0

그 일이 벌어지기 직전, 시계를 보았었다. 카시오 전자 손목시계. 청회색 액정에서 까맣게 깜빡이던 작은 숫자들. 훗날 그는 그 시간을 초 단위까지 기억하게 될 것인데, 최면 상태에서 본 그 숫자들이 영원히 지워지지 않을 것이기 때문이다. 그날 이만은 칼에 찔렸다. 한 번, 두 번, 세 번, 네 번, 다섯 번. 누군지도 모르는 자에게.

1994년 7월 24일, 09:54:02

푹푹 찔리는 소리, 쓰윽 쓰윽 썰리는 소리. 실재하는 소리가 아니라는 걸 알았다. 자신이 만들어낸 소리라는 것도 알았다. 그러나, 그래서, 점점 더 생생해지는 소리였다.

골목을 달려내려가고 있었다. 약국 문이 닫히기 직전이라 조바심을 내며 뛰는 중이었는데, 뒤에서 무슨 소리가 났다. 무시할 수 없을 만큼, 달리는 것도 멈추게 할 만큼, 이상한 기척이었다.

첫번째로 찔린 곳은 등이었다. 그는 돌아서면서 막으려 했고, 그 팔을 칼이 그었다. 그리고 곧 그 칼이 배를 찔렀다. 네번째, 다섯번째는 기억나지 않는다. 너무나 어리둥절했기 때문이다. 그 순간의 감정을 이렇게 말해도 좋다면, 그랬다, 그건 어리둥절함이었다.

칼에 찔렸다, 죽겠구나, 세상에, 내가 칼에 찔렸다, 죽겠구나, 맙소사, 칼에 찔렸다, 내가, 영화처럼, 죽겠구나, 엄마, 아버지, 연희야…… 내가, 내가……

"내가 죽어가고 있어요."

최면에 빠졌을 때, 그가 했던 말이었다. 그 말을 하면서 그는 흐느껴 울고 있었다.

범인은 잡히지 않았다. 검거된 용의자도 없었다. 그리고, 연희가 사라졌다.

1

이메일을 받던 날, 비가 쏟아졌다. 유난히 이른 폭염이 시작된 후부터 비다운 비를 본 적이 없었다. 끈끈하고 무거운 더위였다. 대기의 어딘가에 젖은 솜같이 축축한 습기가 뭉치째 쑤셔박혀 있는 것 같았다. 그날 아침, 마침내 천둥이 치고 비가 쏟아지기 시작했다. 처음부터 마치 덩어리째 떨어지는 듯한 비였다.

아이디 여름. 정확히 말하면 dufma. 한글을 철자대로 영자 타이핑한 그 아이디를 곧바로 여름으로 읽을 수 있었던 것은 아니었다. 그건 단지 출처를 알 수 없는 메일일 뿐이었다. 곧바로 삭제하거나 무시해버리지 않은 건 그 아이디 뒤에 붙은 숫자 때문이었다. dufma0724.

이메일에는 제목도 없고 내용도 없었다. 이미지 파일이 하나 첨부되어 있었는데, 클릭하자 오리지널 사이즈의 그림이 화면에 떴다. 스크롤을 해가며 이만은 그 그림을 봤다. 반쯤 벗겨진 운동화, 정강이까지 오는 길이의 젖은 바지, 빗물, 붉은색의 빗물…… 아니, 피일까. 그림 속 남자는 고개를 푹 떨군 채 흘러내리듯 쓰러져 있었고, 아무래도 죽은 것처럼 보였다.

사무실은 추웠다. 비 때문이 아니었다. 비가 내리든 말든 바깥 기온이 어떻든 사무실은 과도한 중앙 냉방으로 인해 언제나 지나치게 추웠다. 에어컨은 쉼없이 냉풍을 쏟아냈다. 후드 티를 뒤집어쓰거나 심지어는 무릎 담요 같은 것을 스카프처럼 둘러맨 직원들이 보였다. 그래픽팀에서 먼저 설치하기 시작한 나뭇잎 캐노피들이 이제는 자리마다 없는 데가 없어서 회사 전체가 마치 정글처럼 보였는데, 그 정글이 춥다 못해 몸이 덜덜 떨릴 지경이었다.

포커스 그룹이 있는 부스 안은 달랐다. 곧 출시 예정인 신규 대전 게임 테스트를 시작한 지 이틀째였다. 포커스 그룹은 대행업체를 통해 고용한 일반 유저들이었는데, 돈을 받고 하는 일이어서인지 아니면 게임이 그만큼 흥미진진해서인지 완전히 몰두하고 있는 모습들이었다. 보안상 사무실 안쪽을 볼 수 없도록 가림막을 설치한 부스이기는 하지만, 실내 온도가 다른 곳과 다르지는 않을 것이다. 그런데도 부스 안은 더워 보였다. 몰두와 집중의 온도일 것이다. 한 사람이 땀을 닦는 것처럼 손등으로 이마를 문지르는 모습이 보였다. 간혹 탄성과 탄식 소리가 새어나왔고, 욕하는 소리도 가끔 섞이는 듯했다.

욕이 나올 정도로 좋아서였으면 좋겠다고, 이만은 생각했다. 프로젝트S팀의 막내가 그런 표현을 잘 썼다. 아 씨…… 욕 나와. 이만이 없는 자리에서는 씨 자에 한 글자, 한 단어씩을 더 붙이기도 하는 것 같았다. 버그가 발견될 때도 그랬고, 그 버그를 잡을 때도 그랬다. S팀에 이만이 공을 많이 들였다. 총력을 기울이겠다는 의미에서 총괄 프로그래머 자리에 회사의 대표인 자신의 이름을 올리기도 했는데, 그걸 아무도 달가워하지 않는다는 사실은 나중에야 알았다. 그는 여전히 자신을 현장에서 직접 뛰는 개발자로 생각했지만, 팀원들의 생각은 그와 같지 않은 것 같았다. S팀이 제작중인 게임은 벌써 다섯 차례나 출시를 미루었다. 그렇게 되기까지의 최대 장애 요인이 바로 그라고 말하는 팀원들이 있다는 것은 그도 알고 있었다. 불행히도 그가 모르는 것이 있었다. 그런 말을 하는 팀원은 일부이지만, 그런 생각은 모두가 하고 있다는 사실이었다.

업계에서 신화적 인물이라고까지 불리던 시절은 이미 오래전에 지나갔다. 서버가 유저 수를 감당하지 못할 정도로 잘나가던 MMO 게임 〈선더 어택〉 역시 이제 명성으로만 남았다. 그렇더라도 회사의 대부분의 수익은 여전히 그 게임에서 나왔다. 충성도 높은 유저들 덕분이었다. 그러나 동시에, 바로 그 때문에, 그는 더이상 아무것도 하지 않는 사람이 되어버렸다. 회사에서 출시하는 신규 게임은 매번 망했고, 사람들은 그가 어떤 변신을 꾀했는지, 또는 그러려고 노력했는지 따위는 알려고도 하지 않았다. 그들이 그런 걸 알아야 할 필요가 뭐가 있겠는가. 유저들만이 아니었다. 회사를 떠나는 개발자들 역시 서슴없이 회사가 '망한' 건 그가 '망해서'라고 했다. 그 개발자들이 돌고 돌아서 다시 그의 회사 신규 팀으로 들어오기도 했는데, 그랬다가는 '여전히 망했군' 하면서 또 떠났다.

바쁜 하루였다. 포커스 그룹 테스터들의 반응에 신경을 써야 했고, 팀원들과 미팅도 해야 했고, 그러는 사이 CS팀장의 보고도 받아야 했다. 드래곤2974가 또 찾아왔는데, 이번

14

에는 대표를 만나게 해달라며 떼를 쓰는 통에 애를 먹었다는 것이었다. CS팀장과 통화를 하면서 이만은 건물 입구가 내려다보이는 창가 쪽으로 갔다. 여전히 비가 쏟아붓고 있었다. 장마가 시작된 것도 아니라는데 종일 줄기찬 비였다. 거리를 뒤덮고 있는 우산들 때문에 방금 회사 건물을 떠났다는 드래곤2974를 찾아볼 수 있을 것 같지는 않았다.

드래곤2974는 〈선더 어택〉의 유저였다. 그냥 유저인 게 아니라 상위 몇 프로 안에 드는 VIP 유저였다. 어떤 게임이든 그 게임이 유지되는 건 상위 1프로 안에 드는 유저들 덕분이었다. 고래라고 불리는 그들이 지출하는 돈으로 게임은 굴러갔고, 나머지 99프로, 혹은 99.5프로의 유저들은 그 고래들을 둘러싼 숫자에 불과했다. 드래곤2974는 고래까지는 아니었다. 그러나 툭하면 회사를 찾아오는 유저로 유명했다. 방문 이유는 다양했다. 새로운 아이디어, 버그 발견, 새로 업데이트된 아이템에 대한 불만, 난데없이 '그냥 지나가다가'. 회사 대표를 만나겠다는 요구를 한 적까지는 없었다. 그런데 무슨 일일까.

이만은 창가에 서서 한참 동안 거리를 내려다보며 드래곤2974를 생각했다. 숫자 때문이었다. 0724와 2974는 유사하게도 여겨졌고, 반면 전혀 그렇지 않은 것도 같았다.

dufma0724는 누구일까. 왜 난데없이 그런 메일이 온 것일까. 혹시 어느 그래픽디자이너 지망생이 보낸 메일은 아닐까. 간혹 그의 개인 메일로 포트폴리오를 보내는 취업 지망생들이 있었다. 개인 메일 주소는 비공개였지만, 그런 걸 알아내는 것쯤은 일도 아닌 지망생들은 널리고 널렸다. 대개는 프로그래머들이었지만, 그래픽디자이너 지망생 중에 그런 사람이 없으란 법도 없었다. 그러니까 dufma0724도 그중의 하나이고, 0724는 그저 우연한 조합에 불과한 것이 아닐까.

아니다. 그럴 리가 없다. 세상의 모든 우연들. 원인도 없고 결과도 없는 일들. 그러나 때로는 결코 그럴 리가 없는 일들이 있다는 걸 이만은 알고 있었다.

그날 비가 오지 않았다면, 우산을 들고 내려오는 걸 잊지 않았다면, 메일을 받고 나서 드래곤2974가 로비에서 벌였다는 소란이 문득 궁금하지 않았다면, 그래서 시큐리티와 이야기하기 위해 로비에서 잠깐 서성이지 않았다면, 그는 그 뉴스를 보지 않을 수도 있었을까. 로비 벽에 설치된 TV 화면에서는 기획 보도가 방송되고 있었다. 작년부터 시행된 태완이법에 의해 공소시효가 폐지된 사건의 재조사에 관한 내용이었다. 그 뉴스는 바로 그 화면 하단에 한 줄짜리 자막으로 지나가고 있었다.

서울 서대문구 재개발 예정 지구에서 20년 이상 된 백골 사체 발굴.

　그는 그 재개발 예정 지구를 안다. 그렇다고 생각했다. 오래전에 그가 살았던 곳. 살다가 떠났고, 떠났다가 다시 돌아갔던 곳. 마지막으로 그곳을 떠난 날짜도 기억했다. 1994년, 7월 24일. 그가 칼에 찔리던 그날, 누군지도 모르는 남자에게 칼에 찔리던 그날, 다섯 번이나 깊숙이 찔리고 베여 온몸이 너덜너덜해지던 바로 그날. 그리고 그날 밤의 일들. 19940724. 서울의 한낮 기온이 38.4℃까지 올라갔던 날의 밤, 연희에게 줄 감기약을 사러 가던 골목길, 그 무더운 습기, 온몸에서 물기가 뚝뚝 떨어지는 듯하던, 그리고 더운 숨, 개처럼 헉헉거리지 않을 수 없던, 마치 수증기 속을 헤엄쳐 걷는 듯하던, 그리고 하도 코를 풀어대서 빨개져 있던 연희의 콧볼, 토끼 같던 그 코를 떠올리며 그가 홀로 지었던 미소…… 그리고, 그 미소를 지우기도 전에 그의 몸속 깊숙이 들어왔던 칼. 하나, 둘, 셋, 넷, 다섯.

　그런데 백골 사체는 그곳에서 정확히 언제 어떻게 그렇게 되었다가 이제야 발견되었다는 것일까.

 기록적인 폭염이 몰아닥쳤던 1994년. 그해는 더위로 먼저
기억된다. 숨이 막힐 것 같던, 그러다가 사람들이 정말로 더
위에 익어 죽어갔던.

 그해 여름에 이만은 통풍이 거의 안 되는 손바닥만한 크기
의 셋방에서 살았다. 주인집 역시 손바닥만한 집이었는데, 그
작은 집의 뒷벽과 뒷담 사이에 억지로 작은 방 한 칸을 내고,
온돌을 깔고 아궁이를 내고, 뒷담을 헐어 문을 내고, 그 문과
방 사이의 좁은 공간에 수도까지 놓아 값싸게 세를 놓은 곳이
었다. 그 방이 겨울에는 춥고 여름에는 더웠다. 1994년 여름
은 그냥 더운 정도가 아니라 죽을 것같이 더웠다. 집이 너무
더워 밖으로 나오면 밖은 더 더웠고, 그래서 집으로 들어가면
집은 또 더 더워져 있었다. 에어컨은 당연히 없었고, 그걸 설
치할 돈이 있다고 해도 공간이 없었다. 선풍기는 더운 바람을
무한 재생산해냈는데, 선풍기를 밤새 켜놓고 자면 사망에 이
른다는 속설은 아마도 저 더운 바람에 의한 열사병 때문일 거
라는 생각이 들 정도였다.

 그래도 달리 방법이 없었으므로 이만은 집으로 돌아가지
않을 수 없었다. 개처럼 혓바닥을 길게 내밀고 헉헉거리며

집으로 향하는 낮은 비탈길을 오르다보면 더위에 익은 온갖 냄새가 코를 찔렀고, 집집마다 마당을 식히느라 쏟아부은 물이 하수구에 고여 부글부글 끓어오르는 것이 보였다. 대문 앞에 내놓은 화분의 꽃들은 밤에도 축 늘어져 있었다. 다시 아침이 올 거라는 사실이 끔찍한 건 개나 사람이나 꽃이나 마찬가지로 보였다.

그랬으므로 연희를 자주 만나지 않을 수 없었다. 에어컨이 빵빵하게 나오는 호프집에서 술을 마시든, 한강 다리 아래에서 후끈한 바람을 맞으며 캔맥주를 마시든, 땀을 뻘뻘 흘리며 텐트를 메고 어딘가로 여행을 떠나든, 그 어떤 것도 혼자서 하고 싶은 일은 아니었다. 오래전 그때, 그는 20대 초반의 청년이었다. 사소한 이유만으로도 자주 몸이 뜨거워졌다. 그해 여름에 그의 몸과 머릿속은 온통 '연희와 함께' '죽을 것 같은 더위를 피해' '냉방 완비된' '여관이나 모텔'에 가는 상상으로 가득차 있었다. 거의 터지기 직전의 풍선처럼, 상상은, 혹은 욕망은 매일 부풀어오르고 또 부풀어올랐다.

그해 여름의 어느 날, 정말로 그 꿈이 이루어질 뻔한 적도 있었다. 연희가 그의 자취방을 궁금해했었다. 연희는 그저 '그런 방은 어떤 방인지' 보고 싶다고 했을 뿐인데도, 그는 순식간에 부풀어올랐다. 대낮이었고, 그 시간에 자신의 방이 얼마나 끔찍한 상태일지 몰랐던 것은 아니었다. 그러나 곧, 그런 게 무슨 상관이겠는가 싶어졌다. 일단 방안에 들어가기만 하면 서로에게 홀린 나머지, 더위 같은 건 무슨, 그런 건 느끼지도 못할 수 있는 거니까. 드디어 연희와 '그런 일'이 벌어질 거라는 상상에 빠진 나머지, 문제가 될 건 아무것도 없다고 여겨졌다.

그러나 현실의 그의 방은 그저 어마어마한 찜통일 뿐이었다. 연희는 방안으로 들어가는 대신 팔짱을 꼈다. 마치 몹쓸 셋방을 보게 된 까다로운 세입자처럼. 고집스러운 표정을 한 단단한 턱 아래로 땀방울이 똑똑 떨어졌다. 연희가 말했다.

"안 되겠다."

"안 될까?"

"되겠니, 그럼?"

다시 골목을 돌아 언덕길을 내려가는 동안 연희는 거의 말이 없었다. 미안함과 민망함과 후회, 그리고 또 어쩌면 그런 방에 사는 남자친구에 대한 짜증과 불만, 난데없는 수치심, 그 모든 것이 뒤범벅된 듯한 표정이었다. 괜찮아, 라고 말해주고 싶었는데, 미안해하지 않아도 된다고 말해주고 싶었는데, 입을 열려고 하는 순간 연희가 갑자기 버럭 소리를 질렀다.

"아잇, 더워! 진짜 더워!"

그후 연희는 더이상 말이 없었고, 그는 그런 그녀에게 괜찮다는 말은커녕 '미안해, 이런 방에 살아서……'라는 말도 할 수가 없었다.

1994년에 그가 그렇게 가난했었다는 얘길 하려는 것이 아니다. 그 시절에도 잘사는 사람들은 잘살았겠지만 보통 사람들은 보통 그 정도로 살았다. 그가 아주, 극도로 비참한 지경이었던 건 아니라는 소리다. 그 방을 얻었던 것도 싼 월세 때문이라고만은 할 수 없었다. 돈도 돈이었지만 무엇보다도 그 집의 위치가 좋았다. 강북의 중심에 있었고, 병특으로 다니고 있던 회사와는 조금 거리가 있긴 했지만 대신 신촌과 홍대가 가까웠다. 이만이 만날 수 있는 대부분의 친구들이 신촌과 홍대 근방에서 밤과 낮을 보냈다.

의도한 것은 아니었지만 그 동네는 그가 어렸을 때 살던 곳이기도 했다. 자취방으로 올라가는 언덕길에서 골목 하나만 틀면 초등학생 때 살았던 옛집이 나타났다. 때때로 그는 일부러 방향을 틀어 옛집 앞으로 지나가곤 했다. 그러고 나면 허름한 자취방이 좀더 견딜 만해졌는데, 방값이 싸서 그런 곳에서 사는 게 아니라 추억 때문에 사는 거라고 자신을 속일 수 있었고, 속는 줄 알면서도 기쁘게 속을 수 있었던 것이다.

이만은 그 동네를 초등학생 때 떠났다. 그리고 자취방을 얻기 위해 다시 돌아가게 된 것이 그후 10년이 지나서였다. 재개발이 연기돼서 동네가 어수선하다고, 그래서 방값이 싸다고 부동산 중개업자가 말했었다. 그러면서 이만에게 운이 좋다고 했는데, 방값이 싸서 잘됐다는 건지, 재개발이 연기되어서 다행이라는 건지, 아니면 이런 동네로 이사를 오게 되어 딱하다는 것의 반어적 표현인지 궁금해했던 기억이 있었다. 그런데 그 동네가 그후 20년이 넘도록 여전히 '재개발 예정 지구'라는 것이다.

그리고 그곳에서 백골 사체가 발견되었다.

회사 로비에서 뉴스를 본 날 밤, 이만은 잠을 이루지 못했다. 침대에서 뒤척이던 끝에 결국 일어나 앉았을 때는 창밖이 새벽빛으로 물들고 있었다. 그는 기사들을 검색하기 시작했다. 기사에 의하면 사체는 우연히 발견되었다. 붕괴 위험이 있는 폐가를 철거하던 중에 담장을 공유하고 있는 옆 폐가에서 사람의 것으로 추정되는 뼈마디가 출토되었다는 것이다. 본격적인 발굴 작업이 진행되었고, 곧 사체의 나머지 부분과 유류품들이 발견되었다.

그는 모든 기사들을 일일이 클릭해서 거듭해 읽었다. 나중에는 모니터 화면을 그저 쳐다보고만 있었다. 아침 빛이 서서히 그의 오른쪽 뺨을 밝혀왔다.

그는 1994년을 생각했다. 1994년은 얼마나 오래된 세월일까. 20년이 넘었다면, 그건 오래된 것이겠지. 그런데, 분명히, 분명하다 할 만큼 그건 오래된 것일까.

3

이만의 회사는 IT 업체들이 모여 테크노 밸리를 형성한 판교 신도시에 위치했다. 집은 회사에서 도보로 십 분 거리였다. 몇 년 전, 심각한 교통사고를 낸 후 그는 운전대를 완전히 놓아버렸다. 집을 회사 가까이로 옮긴 것도 그때였다. 도보로 하는 출근은 나쁘지 않았지만 도중에 위치한 버스 정거장에서 회사 직원들과 마주치는 것은 곤혹스러운 일이었다. 만원 버스에서 내린 직원들은 길거리에 내던져진 쓰레기 같은 몰골로 회사 대표에게 인사를 해야 했다. 누군가는 눈곱이 끼어 있었고, 누군가는 침 흘린 자국이 그대로 남아 있기도 했다. 그의 회사 출근 시간은 대개의 IT 업체들이 그런 것처럼 일반 기업에 비해 많이 늦었지만, 그건 테크노 밸리에 입주해 있는 대부분의 다른 회사들 역시 마찬가지였다. 이만은 스스로 출근 시간을 앞당겼다. 어떤 날은 삼십 분, 어떤 날은 한 시간. 몇 년 동안 꾸준하게. 그날은 더 일렀다. 새벽부터 계속 깨어 있었기 때문이었다.

재개발 예정 지구로 가는 버스를 발견한 것이 그날 아침이었다. 출근하다 말고 그는 잠시 기이한 기분으로 그 버스를 바라보았는데, 그때까지는 그런 노선이 있는 줄도 몰랐었기 때문이었다. 운전을 그만둔 이후로는 줄곧 택시와 법인 차량을 이용했고, 버스를 탈 일은 전혀 없었다.

줄을 선 사람들이 차례로 버스에 오르고 있었다. 줄이 점점 줄어들었다. 이제 곧 마지막 승객이 올라탈 참이었다. 잠시 후 마지막 승객이 올라탔고, 버스 문이 닫혔다. 그때 앞에서 달려오는 여자가 보였다. 다 마르지도 않은 긴 머리를 휘날리며 허겁지겁 달려와 버스를 세웠고, 버스 문이 다시 열렸다. 이만도 그때 버스를 향해 뛰기 시작했다. 버스는 여자 승객을 기다려준 것처럼 그를 기다려주었다.

버스는 곧바로 경부고속도로로 접어들었다. 서울까지는 정차하는 정거장도 없었다. 그는 눈을 감았고 곧 곯아떨어졌다. 두어 번 버스 유리창에 이마를 찧고 깨어났는데, 그때마다 자신이 어디에 있는지를 몰라 깜짝깜짝 놀랐다. 놀란 마음이 가시기 전에 다시 잠이 쏟아졌다.

한 시간쯤이 흐르자 창밖으로 익숙하면서 익숙하지 않은 풍경들이 보이기 시작했다. 오래전에도 있던 것들이 그대로 거기에 있었고, 오래전에 있던 것들을 깡그리 깔아뭉갠 후 새로이 생긴 것들도 있었다. 목적지에 도착해 버스에서 내렸을 때는 기시감이 좀더 강해졌다. 그는 몇 번 헤매지 않고, 마치 어제도 왔었던 것처럼 재개발 예정 지구로 들어가는 진입로를 찾을 수 있었다.

그 동네는 큰길에 면해 있는 전통시장을 끼고 골목 몇 개를 지나가면 나왔는데, 그곳에 가까워지면 가까워질수록 그 풍경이 점점 더 놀라웠다. 그곳은 변하지 않은 정도가 아니었다. 마치 아무것도 변한 게 없어 보일 정도였다. 바깥에서 볼 때는 새로 깔린 길이 있고 재건축된 건물들이 있었지만, 그 길과 건물들 안쪽으로 우물이나 분지처럼 폐가들이 도사리고 있었다. 그리고 그곳에 오래전 그가 출퇴근을 하던 골목과 그때의 그 집들이 그대로 있었다. 다만 무너진 채로. 아니, 다는 무너지지 않은 채로. 마치 박물관 같은 풍경이 아닌가. 그는 생각했다. 폐가 박물관, 무너지는 것들의 박물관, 시간의 박물관…… 만일 그런 것들이 있다면.

중학생쯤으로 보이는 아이들 몇 명이 골목에 모여 있는 것
이 보였다. 서로의 핸드폰을 들여다보고 있었는데, 아마 사
진을 돌려보는 중인 모양이었다. 백골, 사체, 죽음, 폴리스
라인, 그런 단어들이 햄버거 콜라 감자튀김 같은 단어만큼이
나 명랑하게 튀어나왔다.

그중 한 아이와 이만의 시선이 마주쳤다. 갑자기 아이의
눈이 사나워졌다. 왜? 뭘 봐? 욕이라도 하는 듯한 시선이었
다. 그런 게 아니라 하더라도 설마 그 아이에게 백골이 발견
된 곳이 어디냐고 묻지는 않았겠지만, 그 눈빛 때문에 이만
은 문득 움츠러들고 얼굴이 붉어졌다. 자신은 이러고 놀기에
는, 그러니까 사체 발굴 현장을 찾아다니며 놀기에는 너무
늙은 게 아닌가. 게다가 여름방학중일 아이들과 달리 그는
무단결근중이었다.

아이들이 모여 서 있는 골목의 끝에 '큰대문집'이 있었다.
동네에서 가장 큰 집이라는 뜻에서 그렇게 불렀었다. 초등학
교 친구네 집이었는데 그 집을 뻔질나게 들락거렸었다. 마당
이 넓어서 놀기 좋았던데다가 그애의 엄마 아버지가 아이들
에게 관대했기 때문이다. 딱지를 치고, 구슬을 굴리고, 말타
기를 하고, 그러다가 치고받으며 싸움을 하고, 욕을 하고, 울
음을 터뜨리고, 그러는 와중에도 친구 엄마가 주는 수박화채

를 먹고, 훼미리 주스를 먹고, 떡도 먹었다.

그러나 이제 그 집 역시 폐가가 되어 있었다. 대문에는 굵은 쇠사슬과 함께 자물쇠가 걸려 있고, 문 앞에는 폐가구들이 무더기 져 쌓여 있었다. 이만은 한동안 그 집을 바라보고만 있다가 다가가 문틈에 눈을 가까이 댔다. 폐가란 도대체 어느 정도이면 폐가인가, 궁금했기 때문이다. 한옥집이라 대문 틈이 넓어 안이 다 들여다보일 것 같았지만, 문안에까지 폐가구와 쓰레기들이 쌓여 있어서 마당이 환히 보이지는 않았다. 그래도 그 안이 온통 폐허라는 것은 볼 수 있었다. 벽도 무너지고 지붕도 무너지고 바닥도 무너졌다. 무너지지 않은 것이 없었다.

"거긴 왜 들여다보는 거요?"

화들짝 놀라 뒤를 돌아보니 남자 하나가 서 있었다. 후줄근한 반바지에 러닝셔츠 차림인 걸 보아 동네 사람인 듯했다. 손에 든 비닐봉지 바깥으로 소주병 주둥이가 삐져나와 있었다. 남자의 얼굴이 붉었다. 푹푹 찌는 더위 때문이 아니라면 아침부터 마신 술 기운 때문일 터였다.

이만은 큰대문집의 문에서 떨어져 섰다. 남자와 부딪치고 싶지 않아서였는데, 이만이 물러선 후에도 남자는 꼼짝도 하지 않고 서서 이만을 바라보았다. 아예 노려보는 듯했다. 이상한 남자였다. 그러나 그 이상한 남자에게는 이만이 더 이상한 사람일지도 몰랐다.

큰대문집 옆쪽으로 또다른 골목이 나 있었다. 남자를 지나쳐 가고 싶지 않았으므로 이만은 돌아서서 옆 골목으로 들어섰다. 축대가 나타났다. 남자가 계속 뒤를 따라오는 듯했다. 축대가 아슬아슬해서 남자가 쫓아오는 소리가 더 위협적으로 여겨졌다. 뒤를 쫓아오는 발소리에 내뱉는 듯한 말소리가 섞였다. 종잡을 수 없는 말이기는 했지만 대충 해석해보면 뉴스가 나더니 별 이상한 것들이 동네를 휘젓고 다닌다는 것, 그게 다 미친놈들이 아니겠냐는 것, 그렇잖아도 흉흉한 동네에 별 미친놈 시체까지 나뒹군다는 것, 그걸 보러 오는 놈들은 더 미친놈이라는 것, 그러니까 결론은 이만에 대한 욕설이었다.

또다른 골목이 나왔다. 이만은 방향을 틀어 경사가 급한 골목으로 올라가기 시작했다. 남자는 계속 쫓아왔다. 어쩌면 남자는 그 자신이 열거한 모든 '미친놈들' 중에서도 가장 미친 놈일지 몰랐다. 땀이 줄줄 흘러 겨드랑이가 축축했다. 곧 등 전체가 푹 젖은 느낌이 들기 시작했다. 이만은 정말이지, 그게 누구라도, 그게 무슨 이유더라도, 자신의 뒤를 쫓아오는 존재를 견딜 수 없었다.

이만은 돌아섰다. 왜 자꾸 쫓아오는 거냐고 물을 작정이었다. 남자는 녹슨 초록색 양철문 앞에 서 있었다. 골목이 비탈져서 남자가 서 있는 집 문 안쪽이 환히 내려다보였다. 꽃과 개가 보였는데, 들꽃도 아니고 들개도 아니었다. 무더기진 소주병들이 보였다. 그곳이 바로 남자의 집인 모양이었다. 겉에서 볼 때는 폐가나 다름없어 보이지만, 그 안에서는 여전히 사람들이 살고 있는 것이다. 다 무너져가든 어떻든, 버려져 있든 어떻든, 그곳에서 백골 사체가 발견되었든 말았든, 사람들이 살아가고 있는 살아 있는 골목이었다.

"뭘 봐, 이 자식아! 이 미친놈아!"

그런데, 그 난데없는, 그토록 폭발적인 적의라니. 남자가 갑자기 온몸을 흔들어가며 욕설을 뱉어내기 시작했다.

"뭘 보냐고, 이 개자식아. 이 동네엔 사람도 안 사는 줄 알았냐! 시체만 뒹구는 줄 알았냐고, 이놈아아아! 눈 안 내리까냐, 아주 눈깔을 빼버릴라! 양쪽 눈깔을 아주 도려버릴라!"

이만은 완전히 얼어붙어 그 자리에서 움직일 생각조차 못했는데, 그것은 그 낯선 남자의 이유를 알 수 없는 적의와 욕설 때문만이 아니었다. 전율같이 다가든 기시감 때문이었다. 그는 욕을 퍼붓는 남자에게서 등을 돌려 골목 위쪽을 올려다보았다.

칼을 든 남자가 달려내려오고 있다……

바로 그곳이었다. 1994년 7월 24일에 그가 칼에 찔렸던 그 골목, 그 자리. 그리고 바로 그곳에 폴리스 라인이 설치되어 있었다. 백골 사체가 발견된 폐가를 기웃거리던 구경꾼들이 욕하는 소리를 좇아 일제히 이만을 내려다보았다. 순간 이만은 허리를 접고 배를 움켜쥐었다. 22년 전에 칼에 찔렸던 자리의 통증이 난데없이, 견딜 수 없이 격렬했던 것이다.

4

1994년 7월 24일.

그날 늦은 저녁, 연희가 그의 자취방에 왔었다. 술기운 때문이었다. 너무 더워서 호프집엘 갔는데 에어컨이 형편없던 그 호프집도 덥기는 마찬가지였고, 감기를 앓고 있던 연희는 그 시원찮은 에어컨 바람 때문인지 콧물까지 줄줄 흘리기 시작했다. 더워서인지 감기 기운 때문인지 연희는 다른 날보다 빨리 취했고, 나중에는 데친 시금치처럼 늘어졌다.

잠깐 누웠으면 좋겠다는 생각을 누가 먼저 했는지는 모른다. 어쨌거나 둘은 그의 자취방에 이르렀고, 잠깐 누웠고, 그러자 얼마 전의 한낮에 하지 못했던 일을 다시 해볼 마음이 생겼다. 자신의 방에 꼭 필요한 것이 없다는 게 그때 떠올랐다. 약국엘 다녀와야 했다. 감기약. 그리고 콘돔.

골목을 달려내려가면서 손목시계를 본 것은 약국 문이 닫힐까봐 조바심을 내고 있었기 때문이다. 손목시계의 액정이 깜빡깜빡했다. 그때 깜빡이던 것이 액정의 숫자만은 아니었다. 고장난 외등이 깜빡깜빡했다.

그날의 기억을 되살려내기 위해 최면을 받지 않을 수 없었을 때, 그 불빛이 먼저 켜졌었다. 그러면 골목이 환해지고, 시계를 내려다보는 자신이 보이고, 칼에 찔리는 자신이 이어 보였다. 불빛은 촛불이 꺼지듯 서서히 어두워져갔다. 한 번, 두 번, 세 번…… 네 번, 다섯 번…… 칼에 찔리는 횟수를 좇아 서서히. 그리고, 꺼졌다. 남은 것은 칼에 찔린 시간뿐이었다. 카시오 손목시계의 액정에서 점멸하던, 09:54:02 고작 시간뿐. 그리고 아무것도 없었다. 누가, 대체 왜, 무엇 때문에 그런 짓을 한 건지. 그런 것은 최면으로도 결코 알 수 없었다.

연희는 그가 병원에 있는 동안 한 번도 찾아오지 않았다.

그의 삐삐에도 응답하지 않았다. 그는 연희의 집도, 집 전화 번호도 알지 못했다. 그 시절 흔했던 레퍼토리. 엄한 부모님 때문에 남자의 전화는 받을 수 없고, 남자와 집 앞까지는커 녕 집 앞 골목까지도 같이 갈 수 없다는. 물론 그는 연희의 친구들을 몇 명 알았고 그 친구들의 삐삐 번호도 알고 있었 다. 그러나 그들 중 누구도 연희의 소식을 전해주는 사람이 없었다. 연희는 그때 휴학중이었고, 친구들과는 자주 만나는 편이 아니라는 것 정도는 그도 알고 있었다. 그렇더라도 누 구도, 아무도 연희를 만나지 않았고, 보지 않았고, 통화도 하 지 않았다는 말은 믿을 수가 없었다. 그는 묻고 또 물었다. 나중에는 연희의 친구들도 그에게 응답하지 않았다. 그는 병 원에 입원한 것이 아니라 마치 거대한 벽 안에 갇히거나, 홀 로 깊은 우물에 빠진 기분이었다.

그는 연희를 걱정했다. 누군지도 모르는 자에게 칼부림을 당하고 병원에 입원해 있는 처지였으나, 자신이 아닌 연희를 걱정했다. 아니, 자신과 연희를 동시에 걱정했다. 진심으로 걱정했다. 온갖 망상이 찾아들었다. 자신처럼 칼에 찔린 연 희, 그러나 자신처럼 구사일생으로 살아나지 못한 연희, 다 섯 번이 아니라 오십 번을 찔린 연희…… 피투성이 연희, 너 덜너덜해진 연희…… 그때 그는 노이로제 상태였다. 마침내 신경증적인 불안이 폭발했던 날, 그는 병원으로 찾아온 형사에게 울음을 터뜨리며 말하지 않을 수 없었다.

연희가 사라졌어요! 연희한테 무슨 일이 생겼어요!! 연희가 위험해요!!!

형사의 표정에는 아무 변화가 없었다. 느낌표를 세 개 아니라 열 개를 붙인다고 해도 마찬가지일 것 같았다. 울부짖는 게 아니라 지랄 발광을 한다고 해도 마찬가지일 것 같았다. 연희가 경찰서에서 참고인 조사를 받았다는 얘기를 들은 게 그날이었다. 그가 칼에 찔린 바로 그 이튿날이었다고 했다.

그러니까……

연희는 모두에게서 사라진 것이 아니라는 말이었다.

오직 그에게서 사라졌다는 것이었다.

왜……

어째서……

자신은 누군지도 모르는 자의 칼에 찔렸을 뿐인데.

병원에서 퇴원한 후 이만이 가장 먼저 한 일은 연희를 찾아 나선 것이었다. 연희에 대해 아는 것이 아무것도 없었으므로, 정말이지 놀랄 정도로 없었으므로, 무조건 찾아 나서는 것 말고는 달리 방법이 없었다. 집은 몰랐지만 그녀의 집 앞 버스 정거장은 알았다. 그는 무조건 기다렸다. 그녀가 잘 가라며 손을 흔들던 버스 정거장에서, 그리고 가뿐히 뒤돌아 사라져가던 골목길 입구에서, 칼에 찔린 상처를 몸에 지닌 스물두 살의 청년이 지팡이를 짚고서.

그때 혹시 그녀를 만날 수 있었다면, 우연히 마주치기라도 했다면, 반가웠을까? 무슨 일이 있었던 거야? 왜 병원에 한 번도 안 왔어? 어딜 갔었던 거야? 걱정스레 묻기라도 했을 까. 아니었다. 그때 그를 가득 채우고 있던 말은 오직 이것뿐 이었다.

나와.
나와서 내게 말을 해.

연희는 알고 있을 것이라고 믿었다. 그날 무슨 일이 일어 났던 것인지를. 왜 그가 누구인지도 모르는 자에게 칼에 찔 려야 했는지를. 그자가 왜 그를 죽이려고 들었는지를. 그 일 과 아무 상관이 없다면 연희는 그렇게 사라져야 할 이유가 없었다, 그것도 오직 그의 앞에서만. 이만은 연희가 알고 있 는 것에 대해 알아야 했다. 반드시.

한번은 연희를 찾았다고 생각한 적도 있었다. 그가 서 있던 버스 정거장 쪽으로 어떤 여자가 내려오다가 멈칫했고, 곧바로 뒤돌아섰다. 밤 11시가 가까운 시간이었다. 여자가 걸어나오던 골목에는 가로등이 있었지만 날벌레들로 뒤덮여 불빛이 밝지 않았다.

그는 여자를 쫓아가기 시작했다. 연희였다. 연희가 분명했다. 연희의 걸음이 빨라지기 시작했다. 연희를 따라잡을 수가 없었다. 뛰지도 않는 그녀의 발걸음이 너무 빨랐다. 실은 지팡이를 짚고 절뚝절뚝 걷는 그의 걸음이 너무 느렸던 것일 터이다. 연희가 갑자기 멈췄다. 아니, 연희가 아니었다. 아니, 연희였다. 멈춰 섰던 연희가, 아니 여자가, 아니 연희가 골목을 휙 돌아 순식간에 사라졌다. 그가 칼에 찔린 허름한 동네처럼 골목길이 많은 동네였다. 어쩌면 그 시절의 모든 동네들이 그랬을까. 연희인지 아닌지 알 수 없는 여자가 사라진 방향으로 골목을 돌았을 때, 그곳에는 깊은 어둠뿐이었다. 길고 복잡한 골목이 골목으로 이어졌고, 그 골목은 다시 또 길고 복잡한 골목으로 이어졌다. 그리고 난데없이 지금까지와는 완전히 다른 세상이 나타났다. 압도적인 높이로 담을 올린 저택들이 골목을 사이에 두고 완강하게 외부로부터 내부를 가리고 있는 동네였다. 걸어다니는 사람이라고는 하나도 보이지 않았고 가끔 거대한 승용차들이 좁은 골목을 아슬아슬 지나쳐갔다. 여자, 혹은 연희는 그 어느 곳에도 없었다.

칼에 찔린 후 그의 나머지 20대는 연희를 찾는 일로만 채워졌다. 물리적으로 그랬다는 뜻은 아니다. 연희의 친구들을 찾아다니고, 버스 정거장에서 기다리기를 반복하고, 연희인지 아닌지 모를 여자가 사라졌던 골목길을 헤매고, 연희의 학교를 찾아가 휴학중이었던 연희가 혹시 나타나지 않을까 하염없이 시간을 보내는 것은 몇 달 동안은 할 수 있어도 몇 년 동안은 할 수 없는 일이었다. 고작 그 몇 달 정도로도 그는 연희의 친구들 사이에서, 그리고 그 자신의 친구들 사이에서도 '미친놈' '정신 나간 놈'이 되어 있었다. 잊어버리라고 했다. 안 그러면 너만 미친놈이라고 했다. 차츰 모두가 그를 피하기 시작했다. 갇혀 있던 방의 문을 열고 나가야 한다는 것, 우물의 벽을 기어올라가야 한다는 것을 깨닫기까지 오랜 시간이 걸렸다. 시간보다는 마음이 더 문제였다. 연희를 찾아야 한다는 마음이 활활 타는 불 같았다. 간절함이 아니라 분노와 앙심의 불.

시간이 흘렀다. 서서히 삶이 현실로 돌아왔다. 복학을 했고, 친구들을 만났고, 그 친구들과 영화를 보고 술도 마셨다.

다시는 연희의 이름을 입 밖으로 꺼내지 않았다.

그러나, 한 번도 연희를 잊은 적은 없었다. 20대의 몇 달, 몇 년 동안만이 아니었다. 그후로도 아주 오래도록, 그의 모든 감각과 본능이 연희를 향해 수시로 외쳤다.

너 어딨어! 어디에 있는 거야!

5

1994년에 이만은 입대하는 대신 사내 통신망을 구축하는 벤처 회사에서 프로그래머로 일했다. IT 벤처 회사의 특성상 출근 시간만 있고 퇴근 시간은 없는 일과가 휴일도 없이 이어졌다. 그러니까, 토요일 일요일 포함, 오전 9시 출근, 그리고 오전 9시 퇴근. 말하자면 365일 24시간. 회사에는 휴게실이라는 이름의 벙커 같은 수면실이 있었고, 직원들은 그 수면실의 2층 침대, 그리고 바닥에 아무렇게나 깔려 있는 더러운 매트 위에서 쪽잠을 잤다. 자다가 깨서 일하고, 일하다 지쳐 잠들고, 다시 자다가 깨서 일했다. 그랬음에도 이만은 그 일이 좋았다. 정직원이 아닌데도 자발적으로 야근을 할 만큼. 그 시절에는 벤처라는 이름만으로도 그야말로 '벤처러스'했기 때문이다. 그 시절의 청춘들은 회사의 안정성이나 규모와는 상관없이 오직 성공의 환상에 사로잡혀 일했다. 이만 역시 사로잡혀 있었다. 어쩌다 퇴근을 하게 되고 휴일을 갖게 되면 그는 벤처 회사 창업을 꿈꾸는 친구들과 스터디 모임을 꾸려 팀 프로젝트에 매달렸다. 일과 꿈만으로도 짜릿짜릿한 나날이었다. 연희를 만나기 전까지는 그랬다.

그때 함께 프로젝트를 하던 팀원 중에는 온라인 게임 개발에 열정을 쏟는 친구들도 있었다. 처음에는 취미 수준이었지만, 나중에는 먼저 시작했던 공동 프로젝트보다 더 열중하게 되면서 아예 팀이 분리되었다. 당시까지만 해도 텍스트로만 이루어져 있던 온라인 머드 게임에 그래픽을 도입하겠다는 계획이었는데, 나중에야 알게 되었지만 그런 시도는 이미 다른 기업에서 상당 수준으로 진전시킨 상태였고, 그곳에 비하면 그들은 아마추어에 불과했지만, 어떻든 그게 성공하기만 한다면 대박을 치게 될 것을 예상했다는 점에서는 천재적이고도 탁월한 시도가 분명했다.

연희는 게임 개발팀에서 영입한 그래픽디자이너였다. 미대생이었던 연희는 회화보다 디자인에 더 매료되어 있었는데, 그 팀을 만난 후에는 휴학까지 할 정도로 게임 그래픽에 빠져버렸다. 처음에는 원화가 수준의 그림을 그렸을 뿐이지만 순식간에 초보 수준이기는 해도 애니메이터나 이펙터의 역할까지 해낼 정도로 적응과 학습 속도가 빨랐다. 팀원들이 연희에게 열광한 것은 당연한 일이었다. 그때까지만 해도 게임에는 별 관심이 없었던 이만이 연희를 만난 것도 그즈음이었다.

원년 스터디 멤버가 전부 모인 술자리에 연희도 함께했었다. 연희는 말이 없는 편이었고, 조용히 술만, 그것도 아주 많이 마시는 타입이었다. 술을 마시면서도 술잔과 안주로 어지러운 탁자 위에다 갱지 노트를 놓고 뭔가를 끄적거리고 있었는데, 나중에 보니 자기 앞자리에 앉아 있는 사람의 얼굴을 캐리커처하고 있던 거였다. 눈이 아주 작은 친구였다. 그 친구의 눈을 선 하나로 쭈욱 그어놓은 캐리커처가 웃기면서도 어찌나 닮았는지 모두들 배를 잡고 웃었는데, 그 친구가 복수라도 하듯이 다른 애들도 그려야 한다고, 그것도 자기처럼 그려야 한다고 고집을 피웠다. 연희는 한 장 한 장 그렸다. 그리다가 마시고, 마시다가 그리고. 그 자리에 모인 인원이 꽤 됐었다. 연희가 술을 마시는 와중에도 그림 그리기를 멈추지 않았음에도 마지막까지 그려지지 못한 사람이 몇 명 있었다. 이만도 그중 하나였다.

그날 밤, 이만은 연희를 쫓아갔다. 이만이 연희가 탄 버스를 쫓아 탔을 때, 그 이유를 짐작한 친구들이 버스 정거장에서 휘파람을 불었다. 입에다 손을 모으고 소리를 지르는 친구도 있었다. 모두들 여자를 사귀는 일에 환장을 하는 20대 초반의 청춘들이었다.

"나 쫓아오는 거예요?"

연희가 버스 안에서 물었다. 어쩌면 왜 쫓아오는 거예요? 물었는지도 모르겠다. 뭐가 되었든 비슷한 이야기였고, 그건 술자리 내내 멀리 떨어져 앉아 있었던 탓에 한마디도 얘기를 나눌 기회가 없었던 이만과 연희가 처음으로 나눈 말이기도 했다.

"나도 그려줘요."

이만이 연희의 옆자리에 앉으며 떼를 쓰는 아이처럼 말했고, 연희는 피식 웃었다.

"여기서요?"

"여기서도 돼요?"

"될 리가. 이렇게 흔들리는데."

그랬다. 이상하게 버스가 많이 흔들렸다. 아마도 흔들리는 건 술과 연희를 향한 마음에 이미 취해버린 그 자신이었겠지만.

"그럼 안 흔들리는 데서."

연희는 또 웃었다. 웃는 얼굴이 엄청나게 예뻤다.

"만나자는 거예요?"

"안 돼요?"

연희는 그날, 흔들리는 버스 안에서 흔들리는 글씨로 번호를 적어주었다. 삐삐 번호였다.

"이제 내려요. 이 버스, 아니잖아요."

술기운 때문에 한없이 용감해진 이만은 내친김에 연희를 집 앞까지 바래다주고 싶었다. 버스가 끊길 거라는 걱정 같은 건 들지도 않았다. 그러나 이어지는 연희의 말은 단호했다.

"그리고 다시 뒤나 쫓아오고 그러지 마요. 그러면 혼나."

방금 전 그렇게 엄청나게 예쁘게 웃어놓고는 다시 그러지 말라는 말은 또 엄청나게 차가웠다. 그러면 혼나, 라는 말은 장난이었을 텐데도 그렇게 들리지가 않았다. 술기운에도 불구하고 그런 느낌이 분명했다. 연희의 그다음 말이 또 한번의 미소와 함께 이어지지 않았다면 이만은 그 느낌을 보다 뚜렷이 기억하게 되었을 것이다.

"삐삐 쳐요."

미소. 연희의 그 미소. 그날의 모든 기억을 그 미소가 압도했다.

이튿날 그가 친 삐삐에 연희는 응답이 없었다. 회사 전화 번호를 남겨놓고 전화기가 놓인 책상 앞을 떠나지 않았음에 도 그를 찾는 전화는 없었다. 그는 또 삐삐를 쳤고 또 기다렸다.

그날도 철야를 하는 게 당연한 분위기였지만, 그는 누구나 거짓말일 게 뻔하다고 여길 핑계를, 그러나 애절하기 짝이 없는 표정으로 말하고, 정시보다는 늦었지만 그래도 야근은 아닌 퇴근을 했다. 그는 곧장 게임 개발팀의 작업실로 갔다. 팀원들 중의 하나가 지방의 부동산 업자인 아버지가 투자 목 적으로 사둔 강남의 재개발 아파트에서 동생과 함께 살고 있 었는데, 그곳이 그들의 아지트였다. 온갖 쓰레기들, 그리고 조립 컴퓨터와 부품들로 가득찬 아파트였다. 그가 왜 찾아왔 는지 다 눈치를 채고 있는 팀원들에게 이만은 라면을 끓여 바치고, 믹스커피를 타주며 그들이 하고 있는 작업을 구경했 다. 게임에 대해 잘 알지는 못했지만 간혹 의견을 냈고, 나중 에는 마치 한 팀인 것처럼, 어디서 주워온 것이 틀림없는, 회 의용 테이블이라 명명된 지저분한 8인용 식탁에 함께 둘러 앉아 브레인스토밍을 하기도 했다. 그리고 그는 연희가 팀원 들에게 설명하기 위해 종이 위에 획획 그려내는 스케치를 구 경했다.

"그리고 여기, 좀 찌질한 캐릭터도 하나 있어."

연희가 휙휙 그려낸 캐릭터를 보고 팀원들이 전부 웃음을 터뜨렸다. 그건 누가 보나 이만이었기 때문이다. 그는 그 찌질한 캐릭터처럼 그 그림을 보고 입을 쫙 벌리고 웃었다.

연희는 곧 그 그림을 구겨버렸다. 그후에도 연희는 여러 번 그의 얼굴을 그렸는데 보여주기만 할 뿐 한 번도 그에게 준 적은 없었다. 휙휙 그린 후 구겨버리거나 그 그림이 들어 있는 노트를 탁 덮어버렸다.

그중의 하나를 연희 몰래 가지려고 한 적이 있었다. 그림이 좋아서가 아니라 연희가 좋아서였다. 그림을 볼 때마다 연희가 생각날 것 같았다. 그의 얼굴을 들여다보던 연희, 미간을 좁히던 연희, 때로는 절레절레 고개를 흔들던 연희. 그러나 '도둑질'은 성공하지 못했다. 노트에서 그 그림을 찢어내기도 전에 들켜버렸던 것인데, 연희는 그의 손에서 노트를 빼앗아 그 캐리커처를 찢기 시작했다. 아무 말도 없이. 조각조각. 종이의 잔해가, 아니 그의 잔해가 쓰레기통으로 쏟아져들어갔다. 그는 마치 뺨을 얻어맞은 것만 같았다. 그런데도 화를 내기는커녕 왜 그러냐고 물을 수조차 없었다. 놀랐고, 얼얼했기 때문이었다.

연희가 그를 바라보았다.

"이건 너무 못생겼잖아."

그런 말을 하면서 연희는 심지어 미소까지 띠고 있었지만, 이만은 연희가 거짓말을 하고 있다고 생각했다. 연희가 다시 덧붙였다.

"나중에 잘생기게 그려줄게."

정작 연희는 자신이 그려진 그림은 애지중지했다. 연희와 놀이공원에 갔던 어느 날, 그 공원에 초상화를 그리는 거리 화가들이 있었다. 연희가 냉큼 화가 앞에 자리를 잡았다. 그 길거리 화가의 초상화는 사실 초상화라고 말하기에도 뭣한, 지나치게 만화풍인 그림이었다. 그림 속 연희는 일본 만화 속 여중생처럼 보였다. 큰 눈, 오똑한 코, 그리고 그야말로 앵두같이 빨간 입술의 연희. 누구도 그 그림을 보고 연희를 떠올리지는 못할 터였다. 그러나 연희는 그 그림을 무척 마음에 들어했는데, 그림 속 호기심어린 표정이 좋아서라고 했다.

"난 사실 항상 이런 표정을 짓고 있어."

연희가 그 그림을 들여다보면서 한 말이었다.

"난 맨날 이런 표정을 짓고 있는데, 내 얼굴이 이 표정을 몰라."

그러니까 말하자면 연희는 자신의 생각 속에서는 늘 이런 표정이라는 얘기였다. 좀 뚱한 편이고, 말도 툭툭 내뱉고, 잘 웃지 않는 연희는 사실은 늘 호기심에 가득차 있는 소녀라는 소리였다. 아니다. 어쩌면 그 반대였을까. 말할 수 없는 비밀을, 드러내면 안 될 의혹을 감추고 있다는 뜻이었을까.

6

재개발 예정 지구에서 회사까지는 버스로만 오래 걸리는 게 아니었다. 돌아가는 길은 더 멀게 느껴졌다. 택시를 탔는데도 그랬다. 전용차로로 달리는 버스들과는 달리 택시는 걸음마를 하듯이 간신히 시내를 통과해 고속도로로 접어들었고, 그런 뒤에도 거의 속도를 내지 못했다. 창밖으로 느리게 흘러가는 풍경이 비현실적으로 여겨졌다. 재개발 예정 지구를 찾아갔던 것보다 되돌아가는 일이 더.

회사에 들어가지 않으면 안 될 급무는 없었지만, 그는 택시 기사에게 회사 쪽 방향을 말했다. 집으로 가고 싶지 않다는 생각을 하는 순간, 달리 갈 곳이 떠오르지 않았기 때문이다. 가고 싶은 데도 없고, 하고 싶은 일도 없었다.

신규 개발에 연이어 실패하고 자금 사정으로 압박을 받기 시작한 이후로, 그러니까 최근 몇 년간 한 번도 가져보지 못한 생각이었다. 가만히 있는 것만으로도 뭔가가 줄줄 새어나가는 기분이었으므로 늘 조바심이 나 있는 상태였다. 상황이 좋았던 때 역시 마찬가지였다. 그때는 커서 한번 움직이는 것만으로도 돈이 쏟아져들어오는 기분이었으니 가만히 있을 수가 없었다. 그러고 보니 잘나가던 때도 엉망진창이었던 건 마찬가지가 아닌가. 늘 조바심을 치며 살았던 것은 마찬가지가 아닌가. 왜 그렇게 살았을까. 평소라면 결코 하지 않았을 생각이었다. 이만은 감상적인 성격이 아니었고 회한에 젖는 타입도 아니었다.

회사 안으로 들어서자 그날 회식이 있다는 것이 떠올랐다. 그게 다행으로 여겨졌다. 팀원들 중의 절반 이상이 회식을 싫어했고, 그 역시 마찬가지였음에도 그랬다. 그는 가급적 그런 자리에 얼굴이나마 비치려고 노력했다. 돈을 내주기 위해서였다. 그러고는 오래 머물지 않고 자리에서 일어났다. 그가 좀더 융통성 있는 사람이었다면 쿨하게 카드만 전달할 수도 있었겠지만, 그는 그냥 꾸역꾸역 얼굴을 비췄다. 그런 방법이 있다는 걸 몰라서라기보다 그렇게 하는 쿨한 태도를 몰라서였다.

이만은 융통성이 없을 뿐만 아니라 내성적이고 말수가 적었으며 농담을 잘 이해하지 못했다. 그러면 아예 노력조차 안 하면 좋을 텐데, 노력의 잘못된 결과로 말미암아 늘 엉뚱한 포인트에서 미소를 짓거나 웃음을 터뜨렸다. 어깨는 굽었고 걸을 때도 등이 똑바로 펴져 있는 경우가 거의 없었다. 회사에는 그런 자세의 사람들투성이였다. 업계 특성상 대학 진학은커녕 고등학교도 때려치우고 일에 뛰어든 똘똘한 친구들이 드물지 않았다. 갓 스물도 안 된 그 어린 친구들의 어깨 역시 굽어 있기는 마찬가지였다. 일종의 직업병이었다. 컴퓨터 앞에만 붙어사는 동안 그런 자세로 몸이 굳어버린 것이다. 자세만이 아니었다. 게임 업체를 비롯해 IT 업계 사람들을 너드, 괴짜라고 부르는 것은 그만큼 특이한 사람들이 많아서가 아니라 미숙한 사람들이 많아서였다. 관계에든, 소통에든, 분쟁에든. 다들 컴퓨터가 세상의 전부여서 사회와의 접촉면이 좁은 탓이었다.

그러나 이만에게는 조금 다른 이유가 있어 보였다. 이만의 자세에서는 일종의 방어적인 느낌이 풍겼다. 주변을 살피고, 눈치를 보고, 가만히 있을 때조차도 안 좋은 생각에 빠져 있는 듯한 인상을 주었다. 희고 깨끗한 피부와 눈에 띄게 뾰족한 코 때문에 샤프하게 여겨지는 얼굴이 그나마 그의 음침한 인상을 지우는 데 도움이 되었다.

그날 저녁 이만은 팀원들과 함께 회사 근처의 고깃집까지 걸어서 갔다. 다른 때와는 달리 그날은 끝까지 같이 있고 싶었고, 가능하다면 2차도 가고 싶었다. 그러나 당연히 그가 일찍 일어날 거라고 생각하는 팀원들의 반응을 눈치챈 순간 더는 머물러 있을 수가 없었다. 고깃집 문을 미처 다 나서기도 전에 팀원들의 왁자한 웃음소리가 등뒤에서 들려왔다. 그는 왕따를 당하는 중학생처럼 슬퍼졌다. 고깃집 바로 옆에 김밥집이 있었다. 그는 김밥 두 줄을 사서 나왔다.

고깃집에서 집 앞까지 천변 산책로가 나 있었다. 산책로는 회사와 집을 경유하면서 공원까지 이어졌다. 습지 호수가 있는 공원이었다. 18층에 있는 그의 집에서도 그 공원이 내려다보였다. 평생 운전을 하지 않을 작정으로 차를 처분하면서 집을 회사 근처로 옮길 때, 빨리 입주할 수 있는 아파트를 찾기가 어려웠다. 그는 60평이 넘는 오피스텔을 월세로 구했다. 장점은 호수가 내려다보인다는 것뿐 월세부터 덩치까지 모든 게 과한 집이었다. 방으로 구획을 나누지 않은 스튜디오형이라서 더욱 휑했다. 정을 붙이기가 어려울 거라고 생각했는데, 막상 이사를 하고 나자 그 공간이 그리 나쁘게 여겨지지 않았다. 가구랄 것이 별로 없어서 여전히 텅 비어 있다시피 한 공간, 그 호흡의 넓이가 뜻밖에 좋았던 것이다.

그러나 그날은 그 넓고 휑한 집이 싫었다. 집에 혼자 있는 것은 더욱 싫었다. 그 휑한 공간이 오직 기억으로만 채워질 것 같았기 때문이다. 불투명하고 미로 같은 기억들…… 떠올리기 싫은 기억은 어떤 길로든 기어코 찾아든다. 실패의 기억들, 좌절의 기억들…… 한동안 VR 개발에 매달린 적이 있었다. 영원히 승승장구만 할 줄 알았던 회사가 기울기 시작한 것이 그때부터였다. 그가 VR 부서를 만들기 전부터 이미 VR 투자는 미친 짓이라는 게 업계의 정설이었다. 유저들이 원하는 만큼의 고급 기술 개발은 아직 요원했고, 콘텐츠도 마찬가지였다. VR 게임이 주력 사업인 것처럼 홍보하고 있는 회사조차도 유저들의 판타지를 이용하여 선전을 하는 것에 지나지 않았다.

게임 1세대로 잔뼈가 굵어온 그가 그런 사실들을 몰랐을 리 없다. 그러나 바로 그 때문에 그는 함정에 빠졌다. 마가 낀다는 말이 있다. 그에게는 VR이 그랬었던 것 같다. 모두가 실패를 해도 자신만은 성공에 이르는 길을 찾을 수 있을 것 같았다. 20대가 지난 지 이미 한참이었으므로 청춘 특유의 과도한 자신감이나 오만 때문이라고만은 말할 수 없는 그 열정의 뒤편에는 실은 욕망, 혹은 꿈이 있었다.

버추얼 리얼리티를 얼마나 리얼하게 구현하느냐가 아니라

현실과 가상이 완벽하게 겹쳐지는 지점까지 가보고 싶었다. 어째서 리얼리티만 오직 리얼이어야 한단 말인가. 리얼이라고 믿는 순간 버추얼도 리얼이 될 수 있지 않은가. 버추얼 그 자체가 그냥 리얼인 것은 아닌가.

말하자면, 이런 건 어떤가. 그는 지금 초라하기 짝이 없는 모습으로 김밥 두 줄이 담긴 검은 비닐봉지를 덜렁거리며 집으로 돌아가고 있지만, 집의 문이 열리자마자 그가 들어서는 곳은 또다른 세계일 수도 있는 것이다. 가상의 현실이라는 뜻이 아니라 가상과 현실을 구분하지 않는 또다른 세계. 그가 믿고 싶은 대로 이루어지는 세계. 믿음이 리얼인 세계. 그곳에서 그는 재개발 예정 지구를 찾아갈 것이며, 백골 사체를 발견할 것이며, 칼에 찔렸던 곳에까지 이를 것이다.

그의 현실에서는 사라져버린 세계. 그러나 여전히 존재하는 세계. 그것도 아주 생생히. 칼이 쑥 들어오고 쓰윽 빠져나가던 그 순간, 전원이 켜지듯 반짝 불이 켜지고, 또 전원이 꺼지듯 그 세계의 빛이 암전되곤 했다. 암전되기는 했으나 그것은 늘 거기에 있었다.

결코 사라지지 않은 채, 늘 거기에.

그것을 당신은 버추얼 리얼리티가 아닌 오직 리얼리티라고만 말할 수 있겠는가.

산책로로 들어서자 빗방울이 떨어지기 시작했다. 편의점 종업원이 바깥으로 우산을 꺼내놓는 것이 보였다. 주유소에 딸린 편의점이었는데, 고속도로로 진입하기 전의 마지막 주유소였고, 산책로로 들어서기 전의 마지막 편의점이었다. 그는 편의점으로 들어가 페리에 한 병과 비닐우산 하나를 샀다. 그까짓 비, 맞아도 상관없긴 했지만 김밥이 젖는 건 싫었기 때문이다. 뺨이나 이마에 한두 방울 떨어지는 것 같던 빗방울이 편의점에 머무르는 잠깐 사이에 제법 굵어졌다. 그는 우산을 쓰고, 길을 건너기 위해 건널목 쪽으로 걸어갔다.

신호가 바뀌었다. 페리에의 마개를 여느라 잠시 우산이 기울어졌다. 그리고 막 차도로 내려서는 순간이었다. 날카로운 소리가 들렸다. 아니, 충격이 그보다 먼저였는지도 모른다. 아마 거의 동시였을 것이다. 이마에서 주르륵 흘러내리는 뭔가를 느끼면서 눈을 떴을 때, 보이는 건 도로에 번진 붉은 비뿐이었다. 그 잠깐 사이에 비가 쏟아붓고 있었다. 그런데 왜비가 붉은색일까. 그리고, 다시 소리. 엔진 소리. 폭발하기 직전처럼 위태롭게 달아오르는 엔진 소리. 터질 듯한 경고음. SUV 한 대가 그의 바로 옆에 멈춰 서 있었다. 더 정확히 말하면 보도의 연석을 넘어 가로등을 박은 채 멈춰 서 있었다. 그리고 그는 그 차 바로 옆에 쓰러져 있었다. 통증은 느껴지지 않았다. 몸이 아직 통증을 인식하지 못하고 있었다. 무슨 일이 벌어진 거지? 몸은 먼저 물은 후에야 비로소 통증으로 대답할 거라는 걸 이만은 알고 있었다. 오래전 칼에 찔렸을 때 그랬던 것처럼. 그런데 왜 비가 붉은색일까? 몸속에서 알람이 울리기 시작했다. 핏물인가…… 알람이 격렬해지기 시작했다. dufma0724의 그림에서처럼 빗물이 아니라 핏물인가…… 알람이 폭발할 것 같았다.

그리고 다시 소리. 뛰어오는 소리, 외치는 소리, 여보세요 119죠, 동시에 울려퍼지는 사이렌 소리, 누군가 또다시 외치는 소리…… 그리고, 다시 소리.

그러지 마요…… 내 여자예요…… 내 여자예요.
칼에 찔릴 때 들었던 바로 그 소리였다.

7

어떤 사람에게는 불운이라는 것이 운명적으로 따라다니는지도 모를 일인데, 자신이야말로 그런 경우라고 이만은 생각했다. 이만은 과거에도 교통사고를 두 번이나 겪었다. 더 정확히 말하면 한 번은 그가 당했고, 한 번은 그가 냈었다. 첫번째 교통사고는 고속도로에서의 12중 추돌이었다. 사고의 규모에도 불구하고 큰 인명 피해는 없었고, 그 역시 다친 데가 거의 없었다. 한동안 물리치료를 받아야 하기는 했지만 덕분인지 사고의 후유증 같은 것은 남지 않았다.

두번째 사고는 달랐다. 그는 음주 상태였고, 또 졸음운전 중이었다. 깜빡깜빡 졸다 깨어날 때마다 핸들을 꽉 움켜쥐었지만 그때뿐이었다. 교차로에 멈춰 서 있는 동안에는 잠깐 꿈까지 꿨던 것 같다. 충격과 함께 정신이 들었을 때도 꿈인 줄만 알았었다. 그의 차가 연석을 넘어 보도에 올라타 있었다. 주유소 앞 건널목에서 그가 당한 사고와 다를 바가 없었다. 그가 사고를 냈던 곳에는 포장마차가 있었다. 보도에 놓인 테이블에서 술을 마시고 있던 사람들이 모두 벌떡 일어나 기겁을 한 얼굴로 그를 바라보았다. 가장 기겁을 한 건 물론 그 자신이었다.

피해자도 있었다. 테이블에서 술을 마시던 손님인데, 차에 부딪힌 게 아니라 차가 돌진하는 와중에 넘어진 거라면서도 그게 차에 부딪힌 것보다 더 아프다고 했다. 그 사람이 병원에 입원한 기간이 1년이나 되었다. 보험금을 노리는 그런

환자와 그런 병원이 있다는 건 그도 알고 있었다. 그러나 그렇다고 해서 마음이 편해지는 것은 아니었다. 그 1년간 그는 한시도 마음이 편안하지 않았다. 가짜든 무엇이든, 사기든 무엇이든, 자신이 누군가를 다치게 할 수도 있었다는 사실은 변하지 않았기 때문이다. 그는 어쩌면 누군가를 죽일 수도 있었을 것이다. 자신의 의도와는 전혀 상관없이, 누군지도 모르는 사람을.

사고를 낸 직후, 그는 악몽에 시달렸다. 주로 사고 당시의 장면이 꿈속에서 재현되었지만, 때로는 칼에 찔리는 순간이 나타나기도 했다. 꿈속에서는 칼에 찔리는 사람도 그 자신이 었고, 칼로 찌르는 자도 그 자신이었다. 비명을 지르며 깨어 날 때마다 그는 덜덜 떨리는 손을 들어올려 그 손에 묻은 핏자국을 찾아보려고 했다. 꿈이 덜 깨어 또다른 꿈으로 이어 지는 날에는 떨리는 손에서 피가 줄줄 흘렀다. 그 꿈이, 그 느낌이 너무나 생생했다. 마치 최면에 빠졌던 오래전 그때처럼 모든 것이 실제보다도 더 생생했고, 그래서 끔찍했다.

최면은 그에게 좋은 경험이 아니었다. 그는 수사와 관련된 법최면을 받았던 게 아니었다. 상담소라 이름 붙인 사설 최면치료센터를 스스로 찾아갔었다. 뭣 때문에 그런 것까지 시도해야 했던 걸가. 첫 게임으로 대박을 친 후였고, 돈을 엄청나게 벌었고, 세상이 갑자기 시끌벅적하게 달라졌고, 아는 사람도 호의를 보이는 사람도 많아졌던 시절이었다. 그즈음에 자신을 최면술사라고 소개하는 사람을 우연히 만나게 됐었다. 처음에는 물론 호기심에 지나지 않았다. 정말 가능할까. 잊어버린, 혹은 잃어버린 기억을 되찾는다는 게 정말 가능한 걸까, 하는.

자신을 카운슬러라고 불러달라던, 약간은 사기꾼처럼도 보였던 그 최면술사의 지시에 따라 눈을 감고, 시간을 거슬러올라가고, 당신은 지금 아주 편안합니다, 라고 하길래 편안하다고 생각했고, 자 이제 어린 시절로 돌아갑니다, 라고 하길래 어린 시절을 생각했었다. 물에 빠졌던 순간이 보였다. 그랬다. 어려서 계곡에 놀러갔다가 물에 휩쓸린 적이 있었다. 그 느낌이 너무 생생해서, 최면에 빠진 상태로 어푸어푸 물을 뱉어내며 발을 버둥거렸다. 발은 바닥에 닿지 않았다. 그를 향해 필사적으로 다가오는 아버지, 울부짖는 어머니가 보였다.

그리고 어느 해의 어린이날. 풍선, 롤러코스터, 찬란한 햇살, 어마어마한 인파에 파묻힌 채 그의 양손을 붙잡은 어머니와 아버지가 있었다. 손 놓지 마, 이만아. 손 놓으면 안 돼. 놀이공원이 아니라 전쟁터인 듯, 어머니와 아버지가 필사적으로 소리를 질렀다. 마구잡이로 떠오르는 장면들. 마치 수십 개의 방문이 아무 순서도 없이 여기저기서 열렸다가 닫히고, 닫혔다가 열리는 것처럼.

그리고 1994년 7월 24일의 문이 열렸다. 그가 골목길을 달려내려가고 있다. 20대 초반의 그는 더는 어리지 않다. 그러나 그를 바라보고 있는 이쪽 세계의 그는 20여 년 전의 자신이 얼마나 어린지 안다. 그래서 갑자기 마음이 미어진다. 어린 시절의 아버지가 그의 손을 잡아주었던 것처럼, 이쪽 세계의 그가 저쪽 세계의 그에게 손을 내밀고 싶다. 이만아 가지 마. 그리로 가면 안 돼. 달리지 마. 손 놓지 마, 속도를 늦춰.

그러나 시간은 흘러간다. 맹렬하게 흘러간다. 카시오 손목시계의 점멸하는 숫자가 미친듯이 바뀐다. 09:54:02가 된다.

내 여자란 말이야, 개새끼야!

그것으로 끝이었다. 마치 전속력으로 달리다가 닫힌 문에 부닥쳐 튕겨나오듯이, 그는 정신을 잃었다. 아니, 최면 상태를 잃었다. 최면술사의 도움을 얻어 다시 이쪽 세계로 돌아올 때까지 그 찰나의 순간이 끔찍하게 고통스러웠다. 정신이 아니라 몸이 두 쪽으로 쪼개지는 것 같았다. 그리고 다시 찰나의 순간, 그의 두 세계가 하나로 뭉쳐졌다. 고통도 사라졌다. 아주 잠깐, 정신이 돌아오면서 그의 몸속에서 뭔가가 빠져나간 것 같다고 생각하기는 했지만, 그뿐이었다. 빠져나간 것의 정체를 알기 위해 다시 최면을 받을 생각은 꿈에도 들지 않았다.

그러니 결론적으로 말하면, 그가 최면을 통해 알아낸 거라고는 고작 시간뿐이었던 것이다. 연희를 남겨두고 자취방을 나서기 전에 시간을 확인했으므로 그때가 밤 10시 직전이었다는 건 이미 알고 있었다. 그러니 분이나 초 단위를 기억해내는 것에 무슨 의미가 있단 말인가. 그는 어쩌면 그 최면술사에게 기억하는 것보다는 잊는 것에 대해 도움을 요청해야 했을지도 모른다. 기억을 지워달라고. 그게 무엇이든 다 제발 깔끔히 지워달라고.

그러면 뭔가가 빠져나가는 정도가 아니라 그날의 모든 것이 통째로 사라지지 않았을까. 날짜와 시간도 사라지고, 연희도 사라지지 않았을까. 그랬다면 dufma0724에게서 온 이메일도 별것 아닌 걸로 여겨지고, 드래곤2974의 아이디에 느닷없이 신경이 쓰이지도 않고, 재개발 예정 지구에서 백골 사체가 발견되었다는 뉴스도 그냥 스쳐지나가게 되지 않았을까. 그를 덮친 교통사고도 그저 우연한 불운으로 여기지 않았을까.

8

강한경. 사고를 낸 가해자의 이름이었다. 77세, 그야말로 고령의 운전자였다. 이만을 칠 뻔한 차량이 체로키였다. 그 때문인지 운전자의 나이가 그토록 많을 거라고는 생각하지 못했었다.

사고 원인은 아마도 고령 운전자의 조작 실수인 듯하다고 했다. 급발진을 의심해볼 수도 있었다. 그렇다면 오히려 운전자의 노련한 대처를 다행으로 봐야 한다고 했다. 그 와중에도 핸들을 꺾고, 브레이크를 밟고, 연석에 한번 부딪치고 가로등에 한번 더 부딪쳐 차를 멈추게 한 것은 어쨌든 운전자였으니까. 그러나 그게 아니라면, 만일 그 어느 경우도 아니라면, 체로키는 그를 밀어버리기 위해 돌진했다는 뜻이었다.

드래곤2974가 떠올랐다. 그러지 말란 법도 없었다. 〈선더어택〉은 역사가 오래된 게임이었고, 초창기 유저들의 충성도가 여전히 높았다. 〈선더 어택〉에 수억, 십수억씩 돈을 쏟아붓는 중장년의 유저들을 '선저씨'라고도 불렀다. 〈리니지〉의 '린저씨'에서 따온 말이었다. 드래곤2974처럼 돈을 쏟아부어 게임의 시간을 사는 사람들, 그중에서도 나이든 사람들을 일컫는 일종의 멸칭이지만, 회사 입장에서는 VIP에 대한 호칭이라 할 만했다. 그러니, 77세 강한경이 일종의 '선저씨'이고, 평생 동안 쏟아부은 돈에 대한 분노로 그를 공격한 거라면, 불가능한 일은 아니었다. 그러나 드래곤2974가 초창기 유저가 아니라는 건 그도 알고 있었다. 젊은 남자라는 것도 알고 있었다.

그렇다면 설마 강한경이 dufma0724일까. 그럴 리가 없었다. dufma0724가 누구인지 이만은 알았다. 메일을 열던 그 순간에, 이미.

연희, 너지……

응급실 침대에 누워 눈을 감은 채 이만은 중얼거렸다. 메일을 다시 열어볼 필요도 없었다. 그는 처음부터 알았다. 20년 아니라 50년이 지난다고 해도 연희의 그림체를 못 알아볼 수는 없었다. 단지 그가 이해하지 못한 것은, '그런데, 왜 이제 와서……'라는 것이었다.

백골 사체 때문일까. 아니면 무엇이겠는가. 그가 백골 사체 발굴 뉴스를 보았던 것처럼 연희도 보았을 것이다. 연희는 그를 그곳에 보내기 위해 그런 메일을 보냈던 것일 테다. 그러니까 백골 사체가 발견된 그 자리에…… 그러니까, 그가 칼에 찔린 그 자리에……

그러나 왜?

그는 자신이 그 대답을 알고 있을까봐 두려워하고 있다는 것을 깨달았다.

9

이튿날 이른 아침 이만은 병원에서 회사로 곧바로 출근했다. 회사에는 수면실을 겸한 휴게실이 있고, 세면실과 샤워실도 있고, 갈아입을 옷도 있었다. 빌딩 안으로 들어서자 출근 시간이 빠른 다른 오피스 직원들의 시선이 그에게로 쏟아졌다. 경비원은 아예 입을 벌린 채 그의 피 묻은 옷을 바라보았다. 그는 신경쓰지 않았다.

그들이 '세큐'라고 부르는 경비원들은 용역업체에서 파견된 전직 운동선수들이었다. 유도라든가 격투기라든가, 그런 종목이었다고 들었다. 건물에 입주한 회사들은 대부분 게임 관련 업체였는데, 그중 한 업체가 테러 위협을 받은 적이 있었다. 그날 경보가 울리고 대피 지시가 내려와 이만의 회사도 업무를 중단한 채 급히 사무실을 비워야 했다. 일을 하다 말고 달려나온 수백 명의 직장인들이 엘리베이터 앞으로, 계단으로 몰려갔다. 어떤 직원의 손에는 여전히 마우스가 들려 있었다.

그러나 그때까지만 해도 그걸 유쾌한 소동 이상으로 생각하는 사람은 없어 보였다. 대한민국에서 테러라니, 말이 되냐 말이다. 그런데 그분은 왜 그렇게 열받으신 건지? 게임머니 탈탈 털리셨나? 그 회사는 슬쩍 게임머니 복구해줄 줄도 몰라? 그렇게 웃으며 농담을 주고받는 사람들도 있었다.

그러나 화재 경보가 울리고, 주차장에서 화재가 발생했다는 방송이 나오자 사람들은 엘리베이터를 기다리지 않고 계단으로 뛰기 시작했다. 더는 게임의 세계가 아니게 된 것이다. 그날 사람들은 화재 때문이 아니라 계단에서 밀고 넘어져 여럿 다쳤다. 건물의 경비 체계가 완전히 바뀐 게 그 일 이후였다. 드래곤2974가 회사까지 못 올라오고 꼭 로비에서 CS팀장을 불러내야 하는 이유였다.

그는 사무실로 올라가 피가 묻은 옷을 갈아입고, 얼굴을 씻고, 다시 내려왔다. 드래곤2974에 대해서 자세히 알려면 CS팀장인 윤팀장에게 물어보는 게 가장 빠르겠지만, 윤팀장이 출근하기까지 기다리고 싶지가 않았다. 세큐는 아무것도 알지 못했다. 드래곤2974가 로비에서 소란을 피운 시간은 다른 사람의 근무 타임이었다는 것이다. 이만이 CCTV를 확인할 수 있겠냐고 하자 세큐는 이유를 묻지도 않고 그를 방

재실로 안내했다.

이만은 드래곤2974의 얼굴을 몰랐다. 녹화 화면 속에 윤팀장이 보였다. 로비 커피숍에서 누군가와 함께 나오는 모습이었는데, 드래곤2974일 것이었다. 남자였고, 서른몇 살쯤일 것 같았다. 둘은 아무 문제도 없어 보였다. 소란은커녕 오히려 친근한 사이처럼 보일 지경이었다. 로비 현관에서 잠깐 얘기를 나누는 듯하더니 크게 웃는 듯 윤팀장의 어깨가 흔들렸고, 잠시 뒤 그가 드래곤2974의 어깨를 다정하게 두드렸다. 그러나 드래곤2974가 밖으로 나가자마자 고개를 흔드는 모습도 포착할 수 있었다. 불만이 있으면 말보다 고개를 먼저 흔드는 윤팀장이었다. 드래곤2974를 응대하는 동안 짜증이 많이 났던 게 틀림없었다.

윤팀장은 한 시간쯤 후에 출근했다. 이만을 바라보는 얼굴에 놀라는 기색이 역력했다. 이만은 교통사고에 대해서는 말하지 않고 그냥 어쩌다 좀 다쳤다고만 말했다. 윤팀장은 더 묻지는 않았지만, 술도 마시지 않는 회사 대표가 맨정신에 저렇게까지 다칠 일이 뭘까 생각하는 눈치였다.

윤팀장 역시 아무것도 몰랐다. 소란을 피웠다는 것도 그때 근무중이던 세큐에게서 들은 거라고 했다. 그는 드래곤2974와 로비 커피숍에서 카페라테 한 잔과 얼음물 두 컵을 마셨다고 말했다. 얼음물 두 컵까지 말한 것은 아마도 당황해서일 것이었다. 드래곤2974는 최근에 다른 게임을 하나 알게 되었는데, 그 게임이 〈선더 어택〉을 너무 카피했다며 화를 내더라고 했다. 그러면서 또 〈선더 어택〉에 자기가 얼마나 돈을 쏟아부었는지를 떠벌렸다고 했다. 윤팀장이 드래곤2974를 괴로워하는 건 그가 무슨 소란을 피우거나 말도 안 되는 요구를 해서가 아니었다. 그건 언제나 드래곤2974의 돈 자랑, 혹은 돈지랄 때문이었다. 어디까지가 사실이고 어디까지가 허풍인지는 모르겠지만 드래곤2974는 강남에 빌딩을 여러 채 가진 빌딩 부자의 아들이고, 본인은 그 건물들을 관리하는 회사를 관리하는데, 그것도 골 빠지게 힘이 드는 일이라 게임으로라도 스트레스를 풀지 않으면 살 수가 없다고, 찾아와서 하는 말이라는 게 주로 그런 말들이라고 했다.

그런데 드래곤2974는 왜 난데없이 '회사 대표'를 만나려고 했을까. 그에 대한 윤팀장의 대답은 실망스러웠다. 한두 번 그런 말을 한 게 아니라는 것이었다. 그저 대표에게 '대접'을 받고 싶어하는 것 같다고, 하도 시답지 않아 그동안엔 보고조차 하지 않았는데, 엊그제는 어쩌다보니 말이 나왔을 뿐이라고 했다. 아무래도 드래곤2974는 〈선더 어택〉에 자기보다 더 많은 돈을 쓰는 사람은 없다고 믿는 모양이었는데, 드래곤2974의 그런 착각, 혹은 그런 자부심을 지켜주는 것 또한 윤팀장의 고역스러운 일 중 하나일 터였다.

보고를 마친 윤팀장을 돌려보내고 잠시 후 이만은 보험회사로부터 전화를 받았다. 사고를 낸 체로키의 대인배상에는 문제가 없는 모양이었다. 전화를 끊고 이만은 인터넷을 검색하기 시작했다. 드래곤2974가 아니라 강한경을 검색창에 입력했다. 수없이 많은 강한경이 나타났다. 나이를 붙여서 다시 검색하자 이번에는 그 어떤 강한경도 나타나지 않았다. SNS를 뒤져볼 수는 있었다. 트위터, 페이스북, 인스타그램, 유튜브…… 혹은 우리나라 사람들은 잘 하지 않는 텀블러, 웨이보까지라도. 검색은 문제가 아니었다. 그러나, 77세의 강한경이 그런 걸 할까. 이만은 일일이 뒤져보았다. 어디에도 그가 찾는 강한경은 보이지 않았다.

그는 강한경 대신 어제 사고가 났던 시간을 검색창에 치고 교통사고라는 검색어를 덧붙였다. 날짜와 장소만으로 검색해보기도 했다. 누군가의 SNS에 사고 현장의 사진이 떴다. 그의 모습이 보였다. 모자이크 처리가 되어 있기는 했지만 자기 자신이 찍힌 사진을 알아보지 못할 리 없었다. 사진 속 그는 범퍼에서 연기가 치솟는 체로키에 달라붙어 있었다. 기억나지 않는 장면이었다. 잠시 후에야 자신이 체로키를 피해 넘어졌다가 어느 순간 벌떡 일어나 운전석으로 달려갔던 것을 기억해낼 수 있었다. 분출하던 아드레날린의 느낌이 생생했다. 온갖 쌍욕을 내뱉은 것도 기억났는데, 그 와중에도 자신이 그토록 심한 욕을 알고, 또 내뱉을 수 있다는 사실이 놀라웠다. 그런 욕은 살면서 한 번도 입에 올려본 적이 없고 그럴 수 있으리라고 생각해보지도 못했던 것들이었다. 그 정도로 화가 났었던가, 아니면 그 정도로 놀랐었던 것인가.

하기야 죽을 뻔하지 않았나. 정말이지, 자칫하면, 죽을 뻔한 게 아니었나.

운전자의 얼굴은 기억나지 않았다. 사진은 여러 장이었지만 운전자의 얼굴이 찍힌 사진은 없었다. 강한경으로 추정되는 사람이 구급차에 실리는 동안 자신이 마치 싸움이라도 걸듯이 달려드는 사진, 그러다가 구급대원에게 붙잡혀 있는 사진도 찾았지만 강한경의 얼굴은 가려져 있었다. 한 장의 사진을 확대해보았다. 체로키의 후면이 찍힌 사진인데 무슨 로고가 보였다. 가운데 세 글자만 알아볼 수 있었다. 림수목. 검색창에 강한경 림수목을 입력했다. 아무 결과도 나오지 않았다.

사내 메신저가 울렸다. 팀 회의를 알리는 십 분 전 알람이었다. 다른 건 몰라도 팀 작업을 소홀히 하고 싶지는 않았다. 반쯤 엉덩이를 들어올렸다가 그러나 다시 자리에 앉으며 그는 또다른 검색어를 쳤다. 백골 사체. 그리고 날짜와 동네. 사진이 떴다. 어쩌면 골목에서 마주쳤던 중학생들 중 하나가 올린 것일지도 몰랐다. 경찰들이 있었고, 구경꾼들이 있었고, 쪼그려앉은 한 여자가 있었다. 두 손으로 얼굴을 덮고 있는 그 여자는 아무래도 울고 있는 것처럼 보였다.

10

세상의 모든 정보가 인터넷에 있는 건 아니다. 어떤 것은 더 가까운 곳에, 훨씬 더 가까운 곳에 있었다. 그러니까 오프라인에.

이만은 다시 재개발 예정 지구를 찾아갔다. 폐가에는 여전히 폴리스 라인이 설치되어 있었지만, 누군가 건드린 듯 지난번보다 헐렁했다. 구경꾼은 더는 보이지 않았다. 그새 모든 관심이 꺼진 모양이었다. 폐가 구역이 통째로 고요했다. 그에게 욕설을 퍼붓던 러닝셔츠 차림의 사내도 보이지 않았고, 개도 짖지 않았다. 무더위에 통째로 삶아져 아무도 움직일 기운조차 없는 모양이었다.

그도 마찬가지였다. 정오가 되기도 전에 완전히 끓는 물에 데쳐진 몰골이 되어 그는 시장 안의 옛날 빙수집을 찾아들어갔다. 그리고 그곳에서 손님과 주인이 백골 사체에 관해 이야기하는 것을 들었다.

"그러니까 그게 떡볶이집 동생이라 이 말이잖아. 그 백골 그게, 그 이쁜 여자 동생이라고."

옛날 빙수집은 오래된 가게였다. 이 동네에 자취방을 얻어 살 때 그 가게에서 자주 빙수를 사 먹은 기억이 있었다. 완전히 옛날식으로, 그러니까 뻑뻑한 기계의 손잡이를 돌려 얼음을 갈아 그 위에 인공 주스를 뿌려서 내는 빙수였다. 얼음은 요새 식으로 부드럽지 않고 거칠었다. 주스 맛은 촌스러웠고, 가끔은 단팥의 신선도도 의심스러웠지만, 그러나 정말이지 온몸을 얼려버릴 것 같은 맛이었다. 연희와 함께 그 빙수를 먹어야겠다고 들떠서 생각하던 기억도 났다. 좋은 것만 보이면, 재미난 것만 보이면, 맛있는 것만 보이면 오직 연희만 떠오르던 시절이었으니까.

그 오랜 세월 동안 시장에서 자리를 지켜온 가게는 동네 사람들끼리 모여 동네 이야기를 나누기에도 적당한 장소일 거라는 이만의 생각이 맞아떨어졌다. 이만은 손님과 주인이 나누는 이야기에 귀를 기울였다.

"그 누나가 이쁘지. 오죽하면 떡볶이집 미스코리아라잖아. 옛날엔 뭐야, 거…… 떡볶이집 소피 마렵소, 이러기도 했어. 소피 마렵소 알지? 그 누나가 그렇게 이뻤다니까."

손님인지 지인인지 테이블에 앉은 사람에게 말을 하면서 주인이 혀를 찼다. 그러고는 이만 쪽을 바라보더니 이런 말 괜찮죠? 하듯이 눈웃음을 지어 보였다. 이만은 자신도 모르는 사이에 가볍게 고개를 끄덕였다. 고개까지 끄덕일 일은 아니었고, 심지어는 괜찮지 않았음에도.

그랬다. 그는 괜찮지 않았다. 소피 마렵소가 소피 마르소를 지칭하는 아재들 말이라는 건 알았다. 그게 불편하지 않을 만큼은 그도 아재였다. 그를 괜찮지 않게 하는 것은 소피 마렵소가 아니라 '그거'라는 말이었다. '그거'라니…… 아무리 백골로 발견되었다고 하더라도 '그거'라고 불려서는 안 되는 게 아닌가. 누구라도 그렇게 불려서는 안 되는 거 아닌가.

"그런데 그 떡볶이집은 아주 돈을 갈퀴로 끌어모으데?"

화제가 백골에서 떡볶이집으로 바뀌었다.

"맛이야 뭐 별거 있나. 테레비에 한번 나오고 나서부터 그렇게 됐지. 유재석이가 와서 맛있다고 하니 그다음부터 사람들이 벌떼처럼 모여들지."

"유재석이 아니라 강호동."

"무슨 소리야. 유재석이라니까. 내가 촬영하는 걸 구경까지 했는데. 우리집도 어떻게 안 될까 해서는……"

이만도 그 떡볶이집에 대해서는 알았다. 꼬마김밥으로도 유명한 집이었는데, 어느 예능 프로그램에 맛집으로 소개되는 걸 얼핏 본 적도 있었다. 그런데 바로 그 떡볶이집에서 '그 누나'가 일을 한다는 거였다. 그러니까, 백골 사체의 누나가. '그거'의 누나가.

"여기가 되겠어? 주인이 소도적같이 생겼는데. 떡볶이집이 방송 나간 것도 다 그거 누나 덕분이지. 그거 누나가 화면에 잡히니까 테레비가 아주 빛이 나더만."

"그렇게 이뻐봤자 별수 있나. 떡볶이 팔고 있으면 그냥 떡볶이집 여자인 거지."

옛날 빙수집 주인과 손님의 대화 속에서 '그 누나'는 소피 마르소에 비견되는 '떡볶이집 미인'으로만 불리지 않았다. 그런 말들 끝에는 '얼굴만 반반하지, 뭐……'라는 긴 말줄임표가 붙었다. 모멸이 느껴지는 말줄임표였다. 그러니까 백골 사체의 이쁜 떡볶이집 누나. 그래봤자 백골 사체의 누나. 그래봤자 떡볶이집 여자…… 그렇더라도 이만은 그들의 이야기를 좀더 잘 듣기 위해 상체를 기울이다못해 기어코 일어서

기까지 했다. 자리를 그들 가까이로 옮길 작정이었다.

"뭐야?"

갑자기 주인이 소리를 질렀다. 글쎄, 뭐일까…… 이만이 당황하는 사이, 주인이 다시 소리를 질렀다.

"아저씨, 좀 비켜봐요!"

음소거 상태로 화면만 틀어져 있던 TV에서 갑자기 굉음이 튀어나와 이만도 고개를 돌려 돌아보았다. 뒤쪽 벽에 걸린 TV에서 속보가 흘러나오고 있었다. 서울 어딘가에서 공사중이던 건물이 붕괴되었다는 속보인데, 그 어딘가가 그곳에서 멀지 않았다. 리모컨을 들고 있던 주인이 가게 바깥으로 뛰어나갔고, 손님이 그 뒤를 이었다. 이만도 쫓아 나갔다. 쨍한 여름 햇살과 훅하고 끼쳐오는 무더위뿐이었다. 소방차 사이렌 소리 하나 들리지 않았다.

세 사람은 동시에 가게 안으로 다시 들어왔다. 주인은 자기가 먹을 빙수를 갈기 시작했고, 손님은 다 녹은 빙수를 얼음물처럼 들이켰다. 그들은 다시 이야기를 하기 시작했는데, 백골 사체 이야기도, 그 누나에 대한 이야기도 아니었다. 건물이 붕괴된 것이다. 20년도 더 전에 죽어 묻혔다가 발견된 백골이 문제가 아니라 지금 붕괴된 건물 안에 묻힌 사람들이 문제였다.

세상은 늘 그런 것이다.

11

그 누나, 백골 사체의 누나가 일한다는 떡볶이집의 꼬마김밥은 이만도 어려서 자주 먹었던 기억이 있었다. 그러나 그 꼬마김밥을 파는 떡볶이집에 대한 기억은 별로 없었다. 그 동네에 살던 시절에는 김밥이든 떡볶이든 전부 좌판에서 팔았다. 꼬마김밥을 만드는 공장 같은 곳도 있어서 거기에서 도매로 김밥을 사다 먹었던 기억도 있었다. 도매로 사오자니 그야말로 한 함지박이어서 아침부터 저녁까지 먹고도 이튿날에도 또 먹어야 했었다. 그래도 이틀 내내 맛있었다. 내리 맛있지는 않았겠으나 기억은 맛있었던 순간만 남겨놓았다.

이만은 빙수집에서 나와 곧바로 떡볶이집을 찾아갔다. 좌판은 아니지만 마치 좌판 위에다가 가게의 껍데기를 가져다 얹은 듯한 곳이었다. 실내에는 낡은 테이블 몇 개와 평상과 긴 나무 의자들이 놓여 있었다. 그는 꼬마김밥 두 줄을 시켰다. 꼬마김밥에서는 옛날 맛이 났다. 아침부터 저녁까지, 또 그 이튿날 아침까지 먹었던 그 옛날 맛. 마침내 시금치와

당근에서 쉰 맛이 나면 그것만 쏙쏙 빼낸 다음 당신 입에도 하나 넣고, 그의 입에도 하나씩 쏙쏙 넣어주던 어머니의 손에서 나던 짭조름한 맛까지……

"떡볶이는 안 먹어?"

꼬마김밥 두 줄은 성인 남자가 먹기에는 너무 적은 양이었을 것이다. 주인인 듯한 여자가 물었다. 머리는 새까맣게 염색을 했지만 거의 팔십은 되었을 것으로 보이는 노인이었다. 그는 떡볶이란 애들이나 먹는 거라고 생각했고, 그 국물이 입에 묻는 것도 싫었지만 주인이 시키는 대로 떡볶이 한 접시를 더 시켰다. 그 떡볶이를 가져온 여자가 아마도 '그 누나'인 듯했다. 금방 알아볼 수 있었다. '그 누나'는 정말로 예뻤던 것이다. 이만은 광고 계약 때문에 연예인들과 몇 번 자리를 같이한 경험이 있었다. '그 누나'는 그 연예인들 중의 하나가 떡볶이집 종업원을 연기하는 중이라고 해도 좋을 것 같은 얼굴이었다. 아름다운, 백골로 발견된 동생이 있는, '그래봤자' 떡볶이집 여자.

예능 프로그램의 효과가 지나간 것인지, 아니면 한여름 한낮인 탓인지 떡볶이집은 썰렁했다. 손님이라고는 그를 빼고는 중년의 남자 하나뿐이었다. 남자는 어묵을 안주 삼아 소주를 마시고 있었다. 주인인 여자가 남자의 테이블과 마주한 평상에 반쯤 누운 듯한 자세로 앉아서 '그 누나'를 향해 말했다.

"그냥 들어가라, 좀."

그리고 잠시 후, 또다시.

"니가 그러고 있으니 내 마음이 다 시끄럽다. 그러니 들어 가라, 좀."

빈자리에 앉았던 '그 누나'가 일어섰다. 앞치마를 벗고 가게 밖으로 나가버렸는데, 주인의 말대로 집으로 가려는 건 아닌 것 같았다. '그 누나'가 가게 밖의 평상에 자리를 잡고 앉았다. 이만이 앉은 자리에서 그 옆얼굴이 잘 보였다.

늙은 주인이 혀를 차는 소리가 들렸다.

"우리 쌍둥엄마가 동생을 엄청 찾았어."

누구한테 하는 말인가 했더니 술을 마시고 있는 손님에게 였다.

"그러기도 쉽지 않지. 지 배로 낳은 새끼가 사라졌대도 20년을 넘게 그렇게는 못해. 아무튼 저 아가가 진국이야. 내가 저거를 애기 때부터 봤지. 우리 둘 다 이 동네 토박이잖아. 그래서 저 아가를 애기 때부터 보고, 주열이 그놈도 애기 때부터 보고, 그놈 없어진 것도 보고, 저 아가가 쌍둥엄마가 되는 것도 보고, 김주열이 그놈이 그렇게 발견되는 것도 보고. 아이고, 내가 참 오래 살았다. 안 그러냐, 주희야."

말끝에 주인이 가게 밖에 있는 '그 누나'에게 묻는 것처럼 목소리를 높였다. 일종의 추임새였다. 내가 네 맘을 안다고 하는. 그러니까 내가 김주열의 누나, 김주희 네 맘을 안다는. 주인의 말이 다시 이어졌다.

"이 동네가 숭해. 예전엔 안 그랬는데, 정말로 숭해져버렸어. 쌍둥엄마 쟤가 들을 소린 아니지만, 알 게 뭐야, 그런 시체가 몇이나 더 묻혔을지. 집집마다 묻혔대도 난 안 놀라. 안 그래? 재개발된다는 소리만 벌써 수십 년이야. 저렇게 버려진 게 벌써 수십 년이라고. 밤이면 귀신이 난장을 친대도 당연하지 않겠냐고."

여전히 김주희는 밖에 있고, 손님은 술만 마시고 있었다. 주인이 갑자기 들고 있던 부채를 던졌다. 부채는 소주잔을 들어올리던 손님의 손목을 쳤고, 손님은 술잔을 떨어뜨리지는 않았지만 어지간히 놀란 얼굴이었다.

"사람이 뭐라고 말을 하면 좀 들으란 말이다, 이 우라질 인간아. 술만 처먹지 말고!"

이만은 일어섰다. 계산을 하는 동안에도 그는 가게 밖에 있는 김주희를 계속해서 쳐다보았다.

"이쁘지, 이뻐. 오죽하면 미스코리아라고 그래. 사람들이 다들 그래."

그러더니 주인은 이만의 카드로 카운터를 톡톡 두드리며 말을 바꿨다.

"현금 없어? 그거 먹고 카드를 내?"

이만이 주머니를 뒤적이는 동안 주인은 또 말했다.

"대낮부터 술을 몇 병이나 처먹는 거냐, 저놈은."

이만이 주머니에서 찾아낸 현금은 오만원짜리 한 장뿐이었다. 주인이 이만에게 내밀었던 카드를 되가져갔다.

"돈이 없기는 저놈이나 이 양반이나."

아마도 저놈이나 이놈이나, 라고 말하고 싶었을 터였다. 이만은 개의치 않았다.

이만이 가게 밖으로 나왔을 때 김주희는 여전히 더운 바람이 훅훅 불어오는 바깥 평상에 걸터앉아 있었다. 문이 열리자 이만을 향해 고개를 돌렸다. 문소리가 나니 돌아보는 그런 무심한 눈빛이 아니었다. 김주희는 한참 동안이나 이만을 올려다보았는데, 그 눈빛이 너무 집요해서 이만은 당황했다.

"거기 있었죠?"

김주희가 말했다.

"거기. 그 집 앞에 말이에요."

무슨 말인가. 이만은 대답하지 못했다.

"내 동생 죽은 데요."

12

"거기서 봤어요. 그렇죠? 그 집 앞에 있었죠?"

이만을 봤다는 것이다. 그 집 앞에서. 그러니까 그가 그 집을 찾아가 서성거리던 것을.

"누구 찾는 사람이 있어요, 그쪽도?"

그리고 이만이 대답을 하기도 전이었다.

"그런 거 같아 보였어요. 구경꾼처럼 안 보이더라고요."

그리고 잠깐의 침묵 뒤, 김주희가 다시 말을 이었다. 이만을 쳐다보지도 않으면서 혼자 하는 말이었다.

"그냥 그게 알아봐지더라고요. 내가 그랬으니까. 그런 얼굴로 돌아다녔으니까. 그런 얼굴로 안 가본 데가 없으니까. 난 저기, 전라도 강진까지도 가본 적 있어요. 강진이 다 뭐야, 어디 섬에도 갔었으니까. 여기 있는 줄도 모르고, 집에서 십 분도 안 되는 거리에 있는 줄도 모르고, 전라도까지 갔었다니까. 어디 섬에, 새우잡이 배 같은 데에 붙잡혀 있는 건 아닌가, 안 해본 생각이 없네. 그렇게 되더라고요. 그리고 그런 데 가면 나 같은 사람이 꼭 하나씩은 더 있어. 그냥 나랑 똑같은 얼굴로 서로 쳐다만 보는 거야."

김주희가 쓸쓸하게 웃었고, 이만은 듣고만 있었다. 김주희가 다시 이만을 올려다보았다.

"몇 년이나 되셨어요?"

"아주…… 오래요."

"여기 어디서요?"

"네, 여기…… 어디서요."

김주희는 또 한동안 침묵을 지켰다. 뭔가 울컥하는 걸 참고 있는 듯했다. 주인이 가게 안에서 음악을 틀었는지 트로트가 흘러나오기 시작했다. 오빠라는 단어가 무한 반복되는 노래였다.

"그 마음 알 거 같아서 하는 얘긴데……"

김주희가 이만에게서 시선을 돌리며 말했다.

"내 동생 맞아요."

또다시 잠깐의 침묵. 그리고 이어지는 혼잣말 같은 말.

"찾는 건 그렇게 오래 걸렸는데 확인은 금방 되더라고요. 과학수산지 뭔지, 무슨 확인을 더 할 거라고는 하는데…… 그래도 내가 알아요. 내 동생 맞는 거."

"어떻게…… 압니까?"

이만은 망설이며 물었고, 김주희는 망설이지 않고 대답했다.

"동생이랑 같이 이런저런 게 나왔더라고요. 그게 아니면 몰랐겠지. 보기 전에는 뼈만 봐도 대번에 알 것 같았는데, 그런 게 어딨어. 뉴스에 안 났나요? 난 이제 그런 거 안 봐서요. 건물이 무너졌다면서요? 아까부터는 온통 다 그 이야기뿐이네."

"네…… 무너졌답니다."

"잘됐죠, 뭐. 이제 내 동생 얘기는 아무도 안 할 테니. 그러니까 끝난 거지, 뭐. 난 그냥 마음이 편해지더라고요. 이런 걸 편하다고 말해도 되나…… 아무튼요. 뭐 어쨌든, 이젠 더 찾아다니지 않아도 되니까. 기다리지 않아도 되니까. 난 이제 그 집 앞에도 안 가보려고요. 거기서 발견됐다는 거 안 다음부터 하루에 열두 번도 더 가봤나봐. 첫날 다음날은 아예 거기서 발이 안 떨어지더라고요. 그런데 이젠 다신 안 가려고요. 자꾸 가서 뭐하겠어요. 그런데……"

김주희가 이번에는 아예 이만 쪽으로 몸을 돌리며 물었다.

"누굴 찾아요, 그쪽은?"

난데없는 질문이 아니었음에도 난데없이 들려서 이만은 금방 대답하지 못했다. 그렇지 않았더라도 자신에게는 대답할 말이 없었으리라는 걸 깨달은 건 잠시 후였다. 그래서 이만은 대답하는 대신 물었다.

"혹시…… 한 가지만 물어봐도 되겠습니까?"

김주희가 말없이 이만의 다음 말을 기다렸다.

"그게 언젭니까? 그게…… 그러니까 동생이 그렇게 된 게……"

이번에는 김주희가 곧바로 대답하지 않았다. 그게 왜 궁금하냐는 얼굴이었다.

이만은 기다렸다. 김주희가 대답해줄 때까지 얼마든지 기다릴 수 있을 것 같았다. 그러나, 곧, 이만은 깨닫지 않을 수 없었는데, 그게 언제냐는 질문만큼이나 중요한 질문이 있다는 사실이었다. 김주희의 동생은 왜 죽었을까. 어쩌다 죽었을까. 어떻게 죽었을까.

"얼마나 오래된 일인지…… 그런데도 어제 같네."

김주희가 말했다.

"94년 여름에 그앨 본 게 마지막이에요."

그리고 다시 이어진 말.

"날짜도 기억해요. 어떻게 잊겠어. 7월 24일…… 해마다 그날이 돌아오니까 잊을 수가 없지."

13

1994년 7월 24일. 09:54:02.

이만은 기억한다. 감기약을 사러 가는 길이었고, 그곳은 약국으로 가는 가장 빠른 골목길이었다. 빈집이 많은 골목이었다. 집집마다 문 앞에 말라붙은 화분들이 있었고, 그 화분에 담배꽁초가 쌓여 있었고, 쓰레기를 담은 비닐봉지들도 쌓여 있었다. 어디선가 고함소리와 웃음소리가 들렸던 것도 같다. 빈집이 많긴 해도 전부 그런 건 아니었으니 어쩌면 어느 집의 TV 소리였을지도 모른다. 일요일이었다. 주말 9시 뉴스가 끝났을 시간이었고, 스포츠 뉴스도 그때쯤에는 끝이 났을 것이다.

자취방에는 TV가 없었다. 그날 주말 연속극을 놓친 것을 연희가 아쉬워했었다. 그 드라마의 제목도 기억이 난다. 서울의 달. MBC에서 방영하던, 그가 사는 동네만큼이나 가난한 달동네가 배경인 드라마였다. 연희는 그 드라마의 주인공인 한석규에게 반해 있었다. 호프집에서부터 계속 한석규 얘기만 했고, 그의 자취방에서는 더했다. 이만은 이해할 수 있었다. 공연히 남자 연예인 이야기를 하는 건 그저 앞으로 벌어질 일을 모르는 체하고 싶어서일 뿐이라고. 연희는 그 와중에도 계속 코를 풀어대 어느새 티슈가 쓰레기통 바깥으로 넘칠 듯했다. 그때 콘돔이 없다는 사실이 떠올랐다.

감기약, 콘돔, 감기약, 콘돔, 감기약, 콘돔 콘돔 콘돔……

그는 노래하듯이, 춤을 추듯이 골목을 달려내려갔다. 골목의 외등 하나가 리듬을 맞추듯이 깜빡깜빡했다. 계단이 나타났고, 그는 달리던 속도를 잠깐 늦췄다. 계단이 거의 부서지기 직전이어서 전에도 한번 넘어질 뻔한 적이 있었다. 그는 속도를 늦추면서, 그 한 발자국의 속도 때문에 혹시 약국이 문을 닫기 전에 도착하지 못하게 될까봐 조바심을 내며 손목시계를 봤다.

09:54:02.

그때 발소리가 들렸다. 이상한 소리였다. 소리만 들었는데도 그 발걸음의 휘청거림이 분명히 느껴졌다.

"그러지 마요."

이만은 돌아섰다. 한 남자가 그를 향해 경사진 골목을 내려오고 있었다. 어두워서 남자의 얼굴은 보이지 않았다.

"그러지 마요. 제발요."

느낌이 좋지 않았다. 술에 취했거나 무엇인가로 맛이 갔거나, 아무튼 정상적으로 느껴지는 목소리가 아니었다. 그때 그자를 무시하고 돌아서 뛰었어야 했을 것이다. 그러나 이만은 그 순간을 놓쳤다. 다시 어디선가 웃음소리가 들려왔다. TV 소리 같았다. 아니다. TV 소리가 아니었을지도 모른다.

남자는 이제 바로 앞까지 다가와 있었다. 두 걸음, 한 걸음이면 바로 코앞이었다. 이만이 본능적으로 벽 쪽으로 몸을 붙였고, 남자는 다시 한 걸음 다가왔다.

"내 여자예요."

이만이 몸을 돌렸다. 그야말로 본능적으로. 그리고 뛰려고 했다. 그 남자의 손에 들려 있는 뭔가가 보였던 것이다. 뭔가. 그러나 무엇인지 알 수 없는, 그런데도 대단히 위협적인, 이해할 수 없도록 치명적인……

1994년 7월 24일, 그리고 이만은 또 기억한다. 감기약을 사러 가는 길이었고, 그곳은 빈집이 많은 골목길이었다. 집집마다 문 앞에 말라붙은 화분들이 있었고, 그 화분에 담배 꽁초가 쌓여 있었고, 알 수 없는 것들이 담긴 검은색 비닐봉지들도 쌓여 있었다. 어디선가 고함소리와 웃음소리가 들렸다. 갑자기 문 하나가 벌컥 열리고 사람이 튀어나왔다. 좁은 골목길이었다. 달려내려가던 이만은 하마터면 정면으로 충돌할 뻔했다. 에이 씨발 개새끼, 뭐야. 기껏해야 고등학생으로 보이는 아이가, 어쩌면 중학생일지도 모를 아이가 다짜고짜 욕설을 내뱉었다. 이상한 냄새가 풍겼다. 이만은 아이의 욕설에 반응하지 않았다. 피하는 게 최선이라고 생각했기 때문이다. 그는 간신히 아이를 피했고, 아이는 화분에 쌓여 있던 비닐봉지들 사이에서 뭔가를 찾기 시작했다. 아이가 다시 집안으로 들어가다 말고 이만을 노려봤다. 뭘 꼬나봐, 개새 끼야.

그때 이만이 보고 있던 건 그 아이가 아니었다. 골목 저 끝 에서 한 남자가 휘청휘청 걸어내려오고 있었다. 그 흔들림이 먼저 감지됐다. 그리고 그 남자의 손에서 뭔가를 보았다. 분 명히 뭔가를. 이해할 수 없을 정도로 위협적인 뭔가를. 남자 가 갑자기 무서운 속도로 달려내려오기 시작했고, 집안으로 들어가려던 아이가 멈칫했고, 이만은 벽 쪽으로 달라붙었다. 그야말로 본능적으로.

"그러지 말라고 했잖아, 씨발, 개새꺄!"

남자가 악을 쓰고 있었다.

"내가 그러지 말라고 했잖아! 이 새끼야! 내 여자라고 했 잖아아!"

아이가 거의 자빠질 듯이 남자를 피했다. 아이는 뒤로 넘 어져 엉덩이만 끌어 벽 쪽으로 붙었다. 남자가 칼을 들고 돌 진하는 상대는 그 아이가 아니었다. 이만은 그 사실을 너무 늦게 깨달았다.

첫번째로 찔린 곳은 등이었다. 그는 돌아서면서 막으려 했 고, 그 팔을 칼이 그었다. 그리고 곧 그 칼이 배를 찔렀다. 다시 네번째, 다섯번째……

그리고 1994년, 7월 24일. 그는 또 기억한다. 감기약을 사러 가는 길이었고, 빈집이 많은 골목길이었다. 그 골목으로 들어선 지 얼마 되지 않아 그를 쫓아오는 발소리가 들리기 시작했다. 그는 멈춰 섰다. 그 와중에도 약국 문이 닫힐까봐 미친듯이 조바심이 났고, 그래서 손목시계를 먼저 봤다. 한마디쯤은 할 시간이 있을지도 몰랐다.

"저기요."

이만이 돌아서며 남자를 불렀다.

"왜 자꾸 쫓아와요?"

남자는 멈춰 서지 않았다. 속도가 약간 늦춰졌을 뿐이었다. 이만은 다시 말했다.

"그러지 마요."

발걸음이 다시 조금씩 빨라지고 있었다. 이만은 또 말했다.

"그러지 말라고! 내 여자라고!"

순간, 남자의 발걸음이 갑자기 빨라졌다. 마치 솟구치듯이. 그러니까 도약이라도 하듯이. 어디선가 웃음소리가 들렸다. 그때 갑자기 빈집의 문이 열리고 아이 하나가 튀어나왔다. 하마터면 이만은 그 아이와 충돌할 뻔했다. 씨발, 뭐야,

이 개새끼. 아이가 소리를 질렀고, 이만은 뒤로 넘어졌다. 도약을 하듯이 달려온 남자가 순식간에 이만의 몸을 타고 앉았다. 비명은 아이가 대신 질렀다. 등을 찔러온 칼. 그는 필사적으로 막으려고 했고, 칼은 그런 그의 손바닥과 손목을 그었다. 그리고 세번째로 배를 찌르려고 할 때, 이만이 칼날을 향해 손을 뻗었다. 살이 찔리거나 썰리는 소리 대신, 이해할 수 없게도 금속이 금속과 부딪치는 것 같은 소리가 쩽하고 울렸다.

"내가 말했지! 꺼지라고 했잖아! 내 여자한테서 떨어지라고 했잖아! 내가 경고했잖아아아아!"

그런데 그건 누구의 목소리였을까. 그리고 그 목소리에 함께 실린 느낌은 무엇이었을까. 네번째, 다섯번째…… 그리고 여섯번째…… 찔리는 칼이 아니라 찌르는 칼, 그것도 아주 깊숙이 찌르는 칼…… 아아, 하느님 맙소사…… 아니다. 이건 사실이 아니다. 이건 망상이다.

최면을 받은 이후부터 생겨난, 악몽이다. 어쩌면 게임 속 세상일지도 모른다.

혹시, 부작용 같은 게 있을까요?

그가 물었을 때, 최면술사가 말했었다.

혹시, 무서운 게 있어요?

아니요.

그렇게 대답하지 말았어야 했다. 그는 무서웠다. 그때부터
지금까지 줄곧 무서웠다. 칼에 찔린 경험 때문에, 망상 때문
에, 악몽 때문에…… 무엇을 믿어야 할지 알 수 없기 때문에.

14

당신은 어떤 길을 선택하시겠습니까?

게임 화면에 선택지가 뜬다면, 1994년 7월 24일 09:54:02
에 이만은 다시는 그 골목길로 가지 않을 것이다. 그 길 말고
도 약국으로 가는 길은 많았다. 옛날 동네는 마치 길과 길로
만 이루어진 것처럼 골목길들이 많았다. 그는 어떤 골목으로
가든 몇 번만 방향을 틀면 약국이 있는 큰길에 이를 수 있었
다. 그렇게 조바심을 내며 서둘지 않았어도 그는 약국 문이
닫히기 전에 약국에 도착할 수 있었을 것이다. 감기약을 샀
을 것이고, 물론 콘돔도 샀을 것이다.

그러나, 그다음날은? 그다음날에도 그는 그 골목으로 가
지 않고, 그 다음다음 날에도 그 골목 근처로는 얼씬도 하지

않고, 또 그 다음다음다음 날에도 그럴 수 있었을까. 아니면 그 일은 오직 그날, 그러니까 19940724095402에만 일어나기로 예정된 일이었을까.

15

"저기예요."

김주희가 멈춰 섰다. 그녀의 집 앞이었고, 김주열이 발견된 폐가가 바로 아래로 내려다보이는 곳이기도 했다. 김주희의 집은 재개발 예정 지구에서도 가장 높은 지대에 있었다.

"기가 막히잖아요."

김주희가 축대 아래쪽을 가리키면서 말했다.

"여기서 저 집이 이렇게 잘 보여요. 마당까지 보이잖아요. 저기 파란 지붕 집, 저어기. 저기 꽃밭 터에 묻혀 있었다는 거잖아요. 여기서 이렇게 잘 보이는 데에 말이에요."

거기서 보이는 건 파란 지붕 집만은 아니었다. 폐가 구역이 전부 다 내려다보였다. 그가 기억하는 모든 골목길들이 보였다. 초등학교에 다니던 시절에 친구들과 숨이 넘어가도록 뛰어다녔던 골목길들. 아무 집이나 초인종을 누르고, 남의 집 대문을 부서져라 두드리고, 벽에 뜻도 모를 낙서를 하고, 괜히 와 하고 웃음을 터뜨렸던 그 시절.

1980년대 초반, 아이들은 돌을 던지며 놀았고 그 돌을 짱돌이라 불렀다. 그즈음에는 대학생들이 시위하는 장면을 자주 볼 수 있었다. 전경과 사복경찰을 피해 도망친 대학생들이 그들이 사는 동네, 그들이 놀고 있는 골목길로 뛰어드는 경우도 있었다. 친구 한 명은 놀랍게도 공처럼 생긴 불발 최루탄을 주워오기도 했다. 자기 겉옷으로 둘둘 말아가지고 왔었는데, 어찌나 꼭꼭 말았는지 그 옷 속에 든 것이 사과만한 최루탄이 아니라 축구공이나 배구공일지도 모른다고 의심했던 기억이 난다. 그애의 얼굴은 눈물 콧물로 범벅이 되어 있었고, 마침내 그애의 겉옷 속에 들어 있던 그것이 모습을 드러냈을 때는 그들 모두가 통곡을 하듯이 눈물 콧물을 쏟아냈다. 그랬음에도 그것은 그야말로 엄청난 '전리품' '놀라운 보물'이었다. 한강에서 보물섬을 찾고, 동네 뒷산에서 금광을 찾는다고 하더라도 그보다 더 귀중한 것을 발견하지는 못할 것 같았다. 그들은 거룩한 감동에 빠졌고, 그 놀라운 보물을 친구들 중 한 명의 집 화단에 묻었다. 냄새도 났고 위험했기 때문에 안전한 곳이 필요했으나, 또한 원할 때마다 얼른 파내기 쉬운 곳이기도 해야 했다. 그들이 화단에다 무얼 묻었는지 궁금해하거나 수상하게 여긴 어른은 아무도 없었다.

그 동네 어른들은 누구나 다 사는 게 바빴다. 애들이 뭘 하고 놀고, 뭘 하고 돌아다니는지 따위는 알 수도 없었고, 알고 싶은들 그럴 시간도 없었다. 아이들은 스스로 컸다. 누구도 그런 환경을 비탄하지 않았고, 문제를 느끼지도 않았다. 그저 스스로 쑥쑥 컸을 뿐이다. 아이들도 가끔은 죽었다. 반친구 하나가 겨울방학 때 시골 친척집에 놀러가서 얼어 있는 연못 위에서 스케이트를 타다가 얼음이 깨져 죽었다고 했다. 누군가가 죽어도 수업은 계속되었고, 선생들은 출석부로 아이들의 머리를 때렸고, 아이들은 이유도 없이 우르르 달려갔다가 우르르 달려왔고, 왜 웃는지도 모르는 채 배를 잡고 웃었고…… 그렇게 세월이 흘러갔다.

김주열도 그랬을 것이다.

김주희의 말에 의하면 김주열은 어려서부터 사고뭉치였다. 그럴 수밖에 없는 환경이었다고 했다. 엄마는 집을 나갔고 아버지는 지방을 떠돌며 일을 했는데, 가끔씩 집에 오는 날에는 술만 마셨고 술을 마신 후에는 어김없이 주사를 부렸다고. 김주열은 이미 중학생 때부터 집에 잘 들어오지 않았다. 빈집이 생기기 시작할 무렵이라 아무 빈집에나 들어가서 나쁜 친구들과 못된 장난을 하는 것 같았다고. 담배는 초등학생 때부터 입에 댔고, 중학교에 들어가면서 술과 본드까지 했다고 했다. 그러다가 고등학교 2학년 때, 완전히 사라져버렸다는 것이다.

"정말로 너무나 기가 막히잖아요."

김주희가 말했다.

"그애가 저기서 20년이 넘게 날 좀 찾아줘, 누나 나 좀 찾아줘 하는데 내가 그걸 못 들었다고 생각하면……"

김주희가 길게 한숨을 내쉬었다.

"그래도요, 난 좋은 쪽으로 생각하기로 했어요. 외롭지 않았겠다…… 그래도 외롭지는 않았겠다…… 내가 절 찾아다니는 걸 알았을 테니까, 아주 버려진 것 같지는 않았겠다…… 그애도 다 알았을 거라고. 매일 저기서 나를 올려다보고 있었으면 내 마음 그애도 다 알았을 거라고. 난 포기 안 했었거든요. 안 한 게 아니라 할 수가 없었거든요. 그게 안 되는 거거든요. 어떨 때는, 죽었어도 좋으니 제발 어디 묻혔는지만이라도 알려줘, 그렇게 기도하기도 했거든요."

김주희가 또다시 말을 멈췄다. 손바닥으로 얼굴을 감싸길래 우는가 싶었으나 손을 떼어냈을 때 눈물 같은 건 보이지 않았다.

"안 울려고요. 눈물도 안 나오더라고요. 죽었는데, 죽어서 백골이 되었는데, 이제 와서 울면 뭐해. 그동안 찾아다녔던 것도 그래요. 끝내고 싶어서 찾아다녔겠지. 죽었다는 걸 알아야 끝낼 테니 그래서 찾아다녔던 거겠지. 죽은 걸 알려고 찾아다닌 거겠지. 그러니 무슨 염치로 울겠어."

과연 그럴까. 이만은 울고 있는 김주희가 찍힌 사진을 떠올렸다. 손바닥으로 얼굴을 가렸는데도 울음이, 서러움이 고스란히 느껴지던.

"울어도 괜찮지 않을까요. 사진 보면서 그렇게 생각했었습니다."

주희가 웃었다. 가게는 어떻게 알고 찾아왔냐고 떡볶이집에서 주희가 물었었다. 옛날 빙수집 얘기를 하고, 사진 얘기도 했었다. 그때도 주희가 웃었다. 사람들이 정말 싫어······ 낮게 말하며 낮게 웃었지만 웃음이 아니라 울음 같다고 그때도 이만은 생각했었다. 어떤 웃음은 그런 것이다.

"안 울 거예요. 그런데 그럼 이젠 뭘 할까요. 복수를 해야 할까요."

다시 축대 아래, 폐가의 파란 지붕을 내려다보며 김주희가 말했다.

"이렇게 끝이 나면 안 되는 거잖아요. 그러면 안 되는 거잖아요."

그러더니 갑자기 김주희가 이만을 돌아보았다.

"어떻게 해야 이제 다 끝이다 싶어질까요?"

그런 걸 누가 알겠는가. 누구도 모를 일이다. 끝이라는 건 언제 내야 하는 건지, 언제 어떻게 내야 잘 끝내는 건지, 그게 끝이 맞기나 한 건지. 끝이라는 것에 잘 끝나고 못 끝나는 게 있기나 한 건지.

사라진 것을 찾아다닌 건 그 역시 마찬가지였다. 김주희가 동생의 행방을 찾아다니는 동안, 그는 누군지도 알 수 없는 범인을 찾아다녔다. 그리고 사라진 연희를 찾아다녔다. 김주희처럼 열심히 한 것은 아니지만, 김주희처럼 그 역시 끝나지 않는 이야기에 매달려 살았다. 매달고 산 것이 아니라 매달려 살았다. 마치 발목에 추가 달린 듯, 그의 인생 어느 한 구석이 항상 기우뚱했다. 처음 개발한 게임이 초대박을 치고 순식간에 부자가 되어버린 남자. 그후로는 줄곧 완만하게 내리막길이기는 했지만, 그래도 첫번째 성공의 후광이 너무 커서 그후로도 줄곧 잘살아온 남자…… 아무리 내려가도 바닥은 보이지 않을 것 같은, 말하자면, 성공한 남자……

그 성공한 남자는 생의 매 순간이 현재진행형이 아니라 과거완료형에 가까웠다. 칼에 찔렸다, 죽을 뻔했다, 사라졌다, 성공했다…… 배부른 소리라는 걸 알았다. 그래서 엄살을 떨지 않았다. 그렇더라도 자신까지 속일 수는 없었다.

그는 사는 게 재미없었다.

16

이만은 안찬기를 생각해냈다. 안찬기는 그의 사건을 맡았던 담당 형사였다. 그것도 두 번씩이나. 칼에 찔렸을 때, 그리고 그로부터 몇 년 후, 그가 만든 게임의 유저였던 한 고등학생이 아파트 옥상에서 뛰어내렸을 때.

친구들끼리 모여서 만든 게임이 호응을 얻고, 그로 인해 회사까지 차리게 되고, 처음 출시한 게임이 엄청난 성공을 거두고, 그렇게 믿기 어려울 정도로 꿈같은 시간이 흘러가던 무렵이었다. 한 고등학생이 아파트 옥상에서 뛰어내려 숨을 거뒀는데, 그 원인이 게임중독인 것으로 추정된다는 뉴스가 보도되었다. 소년이 부모의 카드를 훔쳐 아이템을 사들였는데, 그 액수가 엄청났던 모양이었다. 매스컴에서는 게임의 타이틀까지는 밝히지 않았지만, 사람들은 곧 그 게임이 무엇인지 알아냈다.

그리고 역풍이 몰아쳤다. 게임을 좀 안다고 하는 사람들은 그 게임의 몰입도에 흥분했고, 게임을 모르는 사람들은 그 게임의 아이템 거래 액수에 경악했다. 유저들끼리 아이템을 음성적으로 거래하는 시스템이 이어서 알려졌다. 방송사마다 특집방송을 내보냈다. 그중 한 프로그램의 제목은 지금도 기억한다. '죽음을 부르는 게임'이었다.

역설적이게도 매출은 오히려 증가했다. 가히 폭발적이었다. 서버가 계정 증가와 유저의 접속 속도를 쫓아가지 못해 관리자들은 마치 하루 온종일 전속력으로 백 미터 달리기를 하는 것처럼 숨이 턱끝까지 찼다. 픽픽 쓰러지는 직원들이 실제로 있었고, 그렇게 쓰러진 직원들의 입에서는 단내가 아니라 탄내가 나는 듯했다.

게임에 쏟아진 비난 역시 마찬가지였다. 우박처럼 쏟아지는 정도가 아니라 고공폭격을 당하는 것처럼 느껴질 지경이었다. 그의 부모님조차 예외가 아니었다. 컴퓨터 게임이라는 게 뭔지도 몰랐던 어머니와 아버지는 아들이 하는 일을 대충 PC방 운영쯤으로, 어쨌거나 그 비슷한 일로만 알고 있었다. 칼에 찔리는 사건을 겪은 이후로 아들이 얼마나 힘들어했는지 부모가 누구보다 더 잘 알았다. 그 사건만 아니었다면 서울대나 카이스트 교수도 되었을 아이가 'PC방'이나 하는 게 마음이 아프고 때로는 부끄럽기도 했지만, 그래도 자리를 잡고 돈도 많이 벌며 사는 게 고마워서 아픈 마음, 부끄러운 마음이 잊히던 참이었다. 그런데 고등학생 아이의 자살이 아들의 'PC방' 때문이라는 보도가 나온 후, 어머니와 아버지는 아들이 칼에 찔렸을 때처럼 자식을 보호하지 못한 부모로서의 무한한 고통과 죄의식에 빠져들었다. 그런 부모님을 이해시키는 것은 거의 불가능한 일에 가까웠다. 부모님조차 그러했으니 세상의 이해를 바랄 수 없는 것은 당연했다.

악화된 여론 때문에 그 게임의 메인 개발자였던 이만 역시 참고인 조사를 받아야 했다. 그런데 그 담당 형사가 또 안찬기였다. 이만은 놀라지 않을 수 없었다. 같은 경찰서도 아닌 곳에서 다시 담당으로 만나게 된 우연도 우연이었지만, 그 두 사건이 너무나 다른 종류의 사건이어서 더 그랬다. 한 형사가 칼부림 사건을 담당하고 또 IT 관련 사건도 담당하는 것은 이상한 일이라고 여겼는데, 사실 그건 이만의 생각이었을 뿐이고 사건들의 디테일 같은 건 중요치 않았다. 두 사건의 공통점은 사람이 죽을 뻔했거나 죽었다는 거였다. 그 이유를 정확히 알 수 없다는 점에서도 같았다.

안찬기는 이만에게 좋은 기억으로 남은 사람이 아니었다. 첫번째 사건 때 자신을 윽박지르고 조롱하던 기억이 아직도 생생했다. 그가 피의자가 아니라 피해자였음에도 그랬다. 그때 가장 많이 들은 말이 '그래서?'였다. 그래서, 봤다는 거야, 못 봤다는 거야? 그래서 안다는 거야, 모른다는 거야? 그래서 어쨌다고? 거참, 그래서, 어떻게 됐다고? 그래서, 뭐라고? 분노는 자신을 찌른 누군지도 모르는 자가 아니라 경찰들, 그중에서도 담당 형사였던 안찬기에게 남았다. 어떤 미친놈이 느닷없이 누군가를 칼로 찔러야 했다면 그건 자신이 아니라 이 안찬기란 놈이어야 했다고 생각했을 정도였다.

그러나 다시 만났을 때의 안찬기는 달랐다. 그는 친절했고, 그것도 무한히 친절했다. 그사이에 그의 사람됨이 달라져서가 아니라 이만의 위치가 달라져서였을 것이다. 자살 사건으로 인해 게임이 엄청나게 유명해졌고, 그 게임에 돈을 쏟아붓다가 가정이 깨지고 파산까지 하는 사람들이 있다는 게 알려졌고, 그런 사람들의 돈으로 수익을 쌓아가는 게임의 매출 규모도 알려졌다. 이만도 안찬기의 속내 정도는 짐작할 수 있을 만큼 그사이에 세상을 배웠다.

그랬음에도 당시 안찬기의 친절이 큰 도움이 되었다는 사실까지 부정할 수는 없었다. 참고인 조사는 수월하게 끝났다. 자살한 그 고등학생이 학교에서 심각한 왕따를 당했다는, 그때까지는 매스컴에 보도도 되지 않고 있던 사실을 알려준 사람도 안찬기였다. 헤어지면서는 나중에 소주나 한잔하자는 말을 하기도 했는데, 정말로 몇 번인가 연락이 오기도 했었다. 이만은 만나지 않았다.

그때는 다 극복하고 살게 될 줄 알았었다. 언제나 기억을 덮는 것은 그 기억보다 더 강력한 충격이나 위기여서, 아니면 더 당장의 일이어서, 고등학생의 자살 사건 역시 그전까지 심각하다고 믿었던 모든 일들을 덮어버렸다. 칼에 찔린 자국을 하루종일, 일주일 내내, 한 달 내내 한 번도 생각하지 않고 살았다. 그러나 자살 사건이 사람들로부터 잊히자 그도 그 소년을 잊었다. 놀라울 만큼 깡그리 잊었다. 그리고 칼에 찔린 기억이 되돌아왔다.

기억만이 아니었다. 그의 몸에 여전히 꽂혀 있는 칼이 있었다. 분명히 그런 것 같았다. 긋고 베고 썰고 지나간 것이 아니라 그대로 꽂혀 있는 칼. 그는 두 손을 둥글게 모아 그 칼의 손잡이를 잡는 시늉을 해보곤 했다. 손이 금속을 감싸는 느낌은 상상을 넘어 실제처럼 차갑고, 날카로웠다. 때때로 그의 입에서 신음소리가 흘러나왔다.

그런 순간이 지나고 나면, 다시, 사는 게 미친듯이 재미가 없어졌다.

연락은 금방 닿았다. 그사이에 전화번호가 달라진 모양이
었는데, 안찬기의 예전 근무지에 번호를 남겨두자 한나절도
지나지 않아 전화가 걸려왔다. "좀 뵙고 싶은 일이 있어서."
이만이 말하자마자 안찬기가 대답했다. "그럼 봅시다." 어리
둥절할 정도로 거두절미하는 말투였지만, 이만은 안찬기의
그런 화법이 마음에 들었다.

그런 말투는 만나서도 마찬가지였다. 그동안의 안부를 묻
고 인사를 나누는 따위의 절차를 아예 생략해버린 채 안찬기
는 물었다. 뭐, 무슨 일이신가? 뭐 때문에? 말을 낮출 수는
없으나 높이지도 않으려는 듯했다. 묘하게 기분이 나빠지는
말투였지만 이만은 상관하지 않기로 했다.

"일을 좀 의뢰하려고 합니다. 사적으로요. 가능하겠습니
까?"

"어떤 일인가에 따라 다르지 않으려나?"

그렇게 말하는 안찬기의 입가에 주름이 깊게 패었다. 그사
이에 안찬기는 많이 늙어 있었다. 원래 흰머리가 많았던 걸
로 기억하는데, 염색을 했는지 머리가 새까맸다. 그러나 얼
굴까지 감출 수는 없었다. 늙은 경찰의 얼굴이라고 생각했더

니, 그사이에 정년퇴임을 해서 더는 경찰이 아니라고 했다. 지금은 편의점이나 하나 내볼까 하고 이리저리 알아보러 다니는 중이라는 말이 이어졌다.

"그러니까 자영업 정보 쪽으로는 요즘 내가 좀 빠삭하다는 거지. 그런 걸 의뢰하려고 한다면 말이지만."

이만은 실망하지 않았다. 그가 원한 건 경찰이 아니라 바로 안찬기였기 때문이다.

"사건에 관한 겁니다."

안찬기의 표정에는 변화가 없었다. 어느 동네에 편의점을 내면 좋겠느냐는 질문을 받았어도 다를 바가 없었을 것 같은 표정이었다.

이만은 그간의 일들에 대해 말했다. 서두르지 않고 침착하게. 자신은 이제 피해자도 아니고 참고인도 아니며, 당연히 가해자나 범인도 아니라는 사실을 분명히 해두어야 한다는 생각이었는데, 말을 하다보니 그게 자신을 향한 암시처럼 느껴졌다.

"당최 무슨 소린지."

이만의 말을 다 들은 후, 안찬기의 반응이었다.

"백골 사체가 발견됐다. 서울 어디서. 근데 거기가 칼에 찔렸던 자리더라."

안찬기는 이만의 말을 요약, 반복했다.

"그런데 그 죽은 애가 어떻게 죽었는지, 누가 죽였는지 알아야겠다. 그리고 기왕이면 1994년 그 사건도 다시 파봐야겠다. 그리고 여자친구, 그 여자애의 행방도 알아야겠고…… 또 교통사고를 당할 뻔했는데, 사고를 낸 자의 정체도 궁금하고, 드래곤 뭐? 그건 또 뭐야?"

안찬기의 입에서 기어코 웃음소리가 흘러나왔다. 실소가 분명했다.

"엄청 들겠네, 비용이."

"얼마면 되겠습니까?"

"드라마 찍나."

"네?"

"그런 드라마 있었잖아요, 왜."

이만은 안찬기가 무슨 말을 하는 건지 알 수 없었다. 자신이 바라던 반응이 아닌 것만큼은 분명했다.

"한 가지만 말합시다."

안찬기가 다시 정색하며 말했다.

"날 찾는다는 말을 듣고 내가 이런저런 생각을 해봤는데, 그쪽이…… 뭐라고 불러야 할지 모르겠네. 황대표님이라고 부르기는 좀 그렇고, 첨에 봤을 땐 어린아이나 마찬가지였으니까. 그때 몇 살이셨더라? 아무튼 내가 황대표든, 황사장이든, 그쪽을 기억하는데, 엄청 유명해졌잖아요, 그쪽이? 그게 뭐더라, 그 게임이. 애도 죽고 한 그 게임 말요. 그때 내가 몇 번 연락도 했잖아요, 소주 한잔하자고. 암튼 그래서 내가 자네를, 아니, 그쪽을 기억하는데, 그래도 이십몇 년 전 사건을 물어볼 줄은 몰랐지. 뭐 새로 일이 벌어졌나보다, 일이야 늘 벌어지는 거니까, 답답하면 점집도 찾아가고 무당도 찾아가는 거니까, 전직 경찰이라도 찾아보고 싶은 무슨 일이 있나보다 했다는 거지요. 근데 백골 사체는 뭐고, 교통사고는 뭐고, 얼씨구나, 드래곤은 또 뭐야. 얼씨구나…… 신경쓰지 마쇼, 내 말버릇이야. 난 욕은 안 해, 안 하기로 했어. 이젠 나이도 있고."

이만은 자신의 생각이 틀렸다는 걸 깨달았다. 안찬기는 거두절미 말하는 사람이 아니었다. 이제 보니 남이 듣기 싫어하는 말을 속사포로 쏟아내는 사람이었다. 다시 '그래서'가 떠올랐다. 그래서 어쨌다고, 뭐가 어떻게 됐다고? 말을 하라고, 이 친구야! 기억이 선명하진 않지만 어쩌면 '이 자식아'라고도 했었는지 모른다. 아니, 어쩌면 '이 새끼야'라고도 했을지 모른다. 오래전의 모욕감이 생생하게 되살아났다.

"왜 그런 걸 알고 싶은지는 물어보지 않겠는데, 그래도 맥락은 알아야지 않겠어요, 내가?"

"날 찌른 자를 잡지 못하셨잖습니까."

"그렇지요."

안찬기는 태연하게 대답했다.

"찾아주십시오. 지금이라도 제가 그런 일을 당해야 했던 이유를 알아야겠습니다."

이번에는 안찬기가 아무 말도 하지 않았다. 이만을 바라보기만 했는데, 이만의 대답이 만족스럽지 않아서인 것 같았다. 그러나, 이만은 더는 말할 생각이 없었다. 그런 걸 시시콜콜히 말하는 대신 돈을 쓸 작정이었다. 게다가, 자신부터가 안찬기가 말하는 '맥락'을 온전히 알지 못했다. 그는 1994년 7월 24일 자신에게 일어난 일의 많은 부분을 이해하지 못했다. 그가 당한 일은 묻지 마 칼부림 같은 것이 아니었다.

그러나, 그렇다면 무엇이란 말인가.

보통의 사람들이 그런 것처럼 그 역시 자신이 누군가에게 원한을 살 만큼 나쁜 사람이라고는 생각하지 않았다. 적어도 누군가의 칼에 찔리고, 또 누군가의 차에 깔려도 좋을 만큼은.

그러니 알아야 했다. 이제는 자신이 무엇을 모르고 무엇을 잊었는지 속속들이 알아낼 작정이었다.

"이연희라고 했나? 그때 그 여자친구 이름이?"

잠깐 동안 침묵하던 안찬기가 말했다. 이만은 대답하지 않
았다.

"그 여자애 아버지가 높은 사람이었어."

이만은 안찬기의 말을 대꾸 없이 들었다. 몰랐던 사실이
었다.

"그땐 내가 얘기 안 해줬겠지. 얘기할 필요도 없었고, 안
하는 쪽이 더 나았으니까. 이장군이라고, 이름이 진짜 이장
군인데. 알지요, 그 사람? 보통 사람 아니었잖아요, 왜."

이만은 대답하지 못했다. 이장군을 기억해내지 못해서가
아니었다. 너무 난데없이 튀어나온 그 기이한 이름에 잠시
어리둥절했을 뿐, 그 유명한 정치인의 이름을 모를 리가 없
었다.

"내가 안 잡으려고 한 게 아니라 그래서 끝이 났다 이 얘
깁니다. 여자애가 유일한 참고인이었지요. 근데, 이장군님
딸이었다는 거죠. 찌른 놈은 사라졌고, 참고인은 이장군 따
님이시고, 찔린 사람은 거의 정신이 나갔고. 아무것도 모른
다고만 했으니까. 그러니 끝이지, 어쩌겠어요."

이만은 오래전 세간을 떠들썩하게 만들었던 뉴스들을 떠

올렸다. 이장군이 연루된 권력형 비리와 추문들을. 특별할
건 없었다. 정치인과 권력자 중에 그런 추문과 관련이 없는
사람이 있기나 한지 모르겠으니.

그런데 그가 연희의 아버지라는 것이었다. 이장군이 연희
의 아버지인 걸 몰랐던 것은 물론이고, 그 모든 떠들썩했던
뉴스들이 연희를 만나고 있을 때의 일인지, 그 전이나 후의
일인지도 생각이 나지 않았다. 어느 쪽이든 마찬가지였다.
안찬기는 왜 그때 말해주지 않았을까. 그게 뭐가 그리 대단
한 비밀이었단 말인가.

무슨 영화나 드라마도 아니고.

오히려 그래서 더 어처구니가 없었다. 그 플롯이 너무 허
술하게 여겨져서. 정치인인 아버지, 사라진 딸, 그 두 가지만
으로도 이미 막장의 구성은 충족된 게 아닌가. 그럼 이제 연
희가 내 자식이라도 안고 나타나야 할 순서인가? 같이 잔 적
도 없는데? 알 게 뭔가. 알 수 있으면 그게 막장인가.

안찬기가 테이블 위에 올려놓았던 핸드폰을 챙겼다. 그리
고 자리에서 일어섰다. 혼자 내뱉는 말이 들렸다.

"여긴 근데, 왜 이렇게 커피가 써."

그러고는 가겠다고 말할 거라 생각했다. 혹은 그런 말조차
없이 그냥 가버릴지도 모르겠다고. 그러나 안찬기는 돌아서

는 대신 이만에게 말했다.

"자리 옮깁시다. 어디 가서 낮술이나 한잔하든가."

18

안찬기와 함께 옮겨간 술집은 식당 이름이 정말로 '낮술'
이었다. 연희의 아버지 이장군이라는 사람이 정말로 이름이
이장군인 것처럼.

안찬기는 감자탕과 소주 한 병을 시켰다. 그러나 술은 그
냥 구색 맞춰 시킨 듯했고, 감자탕도 먹는 둥 마는 둥 했다.
이만을 앞에 앉혀놓고 안찬기는 여기저기 전화를 걸고 걸려
오는 전화를 받았다. 뭔가를 과시하려는 행동처럼 보였다.
비용이 많이 들겠다던 안찬기의 말이 떠올랐다. 돈은 문제가
아니었다. 다만 안찬기의 태도가 마음에 들지 않았다. 안찬
기는 빈 수레처럼 소리를 내고 있었다.

그런데 전화를 끊은 안찬기가 말했다.

"용의자 나온 것 같은데?"

무슨 말인가.

"싱겁네."

감자탕의 국물을 뜨며 안찬기가 말했다. 그러나 감자탕 국
물 맛을 말하는 건 아닐 거였다.

"요새 경찰이 수사 잘해. 참 잘해. 그냥 전부 다 CSI야."

CSI라니. 이만은 그 드라마를 몇 편 보기는 했지만, 좋아
하지는 않았다. 그러나 그 드라마로 인해 법의학이라는 것에
대해 조금이나마 알게 된 것은 사실이었다. 그러니까 법곤충
학 같은 것은 전에는 그 단어조차 알지 못했던 것이었다. 사
체에 알을 까는 벌레들에 대한 학문이라고 했다. 아니, 벌레
가 사체를 이용하는 방식에 관한 학문인가.

사체에는 벌레만 들끓는 게 아니다. 식물도 자란다. 나무
뿌리가 백골을 휘감기도 한다. 백골로 파고든 식물 뿌리의
단면을 보고 나무의 연령을 측정하고 뿌리가 언제 유체를 파
고들었는지를 파악해 사망 시기를 추정하기도 한다고 했다.
김주열의 사체는 폐가 꽃밭 터에 묻혀 있었다. 그러니, 이렇
게 생각할 수도 있는 것이다. 20년이 넘게 묻혀 있는 동안,
암매장된 사체가 백골이 되어가는 동안, 얼마나 많은 꽃이
그 뼈와 살에 뿌리를 내렸을까. 그리고 피어났을까. 그러는
동안 범인은 어떻게 살아가고 있었을까.

"그런데 CSI든 국과수든 그런 걸 말하기 전에 먼저 알아
야 할 게 공소시효란 말입니다."

"말씀 편하게 하십시오."

마침내 이만은 말하지 않을 수 없었다. 존대와 하대를 오가는 말투에 짜증이 나서 견딜 수가 없었던 것이다. 안찬기는 기다렸다는 듯이 말을 놓았다.

"당시 살인죄 공소시효가 15년이었단 말야. 그러다가 태완이법이 나왔지. 2015년 7월 31일부터 살인죄는 공소시효가 없게 됐다 이거야. 그런데 사람들이 폐지된 거만 알지, 예외가 있는 건 잘 몰라. 그게 2000년 8월 1일 0시 전에 건 안 된단 말이야. 폐지되기 전에 공소시효가 만료된 범죄라서 안 된다 이 말인 거지. 그게 뭔 개소린지는 모르겠지만 암튼 법이란 게 그래. 그러니까, 공소권 없음."

설명을 마친 안찬기가 빈 잔에 소주를 따르며 중얼거렸다.

"이 백골이, 이게 시효 지난 건 확실한 것 같고……"

그러더니 잠깐 말을 끊었다가 불쑥 이만에게 물었다.

"그게 언제 그렇게 된 건지는 알고 있는 거야?"

몰랐다. 알 리가 없지 않은가. 그렇게 말하고 싶었다. 그러나 모르지 않았다. 김주희에게서 김주열이 실종된 날짜를 이미 들었다. 1994년 7월 24일이라고 했다.

물론 실종 날짜가 사건 발생일과 같다는 뜻은 아닐 터이다. 그러니까 7월 24일에 실종된 김주열은 그날이 아니라 그후 1년이나 몇 년쯤 뒤, 아니 그후 언제라도 죽을 수 있지 않았겠는가…… 그러나, 물론, 또 알고 있었다. 그렇게 생각하는 것은 그렇게 생각하고 싶을 뿐이라는 것을.

"실종 신고가 1994년 8월 3일이네? 집에 안 들어오고 열흘쯤 지나 신고를 했다는데…… 열흘 전이면……"

안찬기가 이만을 바라보았다. 무표정한 얼굴이었지만, 그의 머릿속까지 그렇지는 않을 것이었다. 안찬기 역시 생각하고 있을 게 분명했다. 7월 24일, 이만이 칼에 찔릴 때 김주열은 살아 있었을까, 아니면 죽어 있었을까.

"사인은요?"

이만은 그렇게 물었다가, 다시 물었다.

"……살인인 겁니까?"

안찬기의 대답은 뜻밖이었다.

"그냥 죽었다는데?"

"무슨 말입니까?"

"그 동네에 어떤 미친놈이 하나 있다는 거야. 그놈이 자기도 어디서 들은 얘기라면서 누가 누구를 묻었다고 하더라, 그런데 죽어서 묻은 거 아니라더라, 죽은 놈이 그냥 죽었다, 그런데 같이 있던 놈들이 안 죽였지만 뒤집어쓸까봐 묻어버렸다더라, 이러고 다녔다네. 이놈이 바로 그 용의자인 거고."

"그냥이라뇨?"

그냥이라니. 그런 죽음이 있을 수 있나. 그냥 죽는 죽음이라는 것이……

"약을 너무 많이 했다네, 그날."

"약이요?"

"그 죽은 애가 본드나 가스도 많이 하고 약도 많이 먹었다네. 죽던 날에 말이야. 그 무렵에 노는 애들이 뭐 이상한 약이랑 술이랑 섞어 먹고 그랬어. 애들이니까 아직 뽕이나 뭐 그런 걸 구하지는 못하고, 약국에서 살 수 있는 걸 먹는 거지. 1990년대면 그런 약 약국에서 구하기 어렵지 않았거든. 본드야 지금도 마찬가지고. 아무데서나 살 수 있으니까. 그런데 애가 그러다가 숨이 넘어가버렸다는 거야. 같이 있던 놈들은 겁이 나니까 그냥 묻어버렸다는 거고."

어이가 없다는 듯, 믿을 수 있겠느냐는 듯 안찬기가 실소를 머금은 채로 이만을 바라보았다.

"그 미친놈 말을 다 믿을 수는 없겠지. 지가 한 짓이 아니고 남한테서 들은 말이라는 건 당연히 믿을 수 없고. 어떻게 죽었는지는 더군다나 알 수 없고."

"과학수사 결과가 나왔다고 하지 않았나요?"

"아, CSI?"

안찬기가 웃었다.

"백골 사체 사인은 CSI라도 잘 몰라. 공소시효 안 지났다고 해도 몰라. 그 정도 백골이면 뭐 토막 내서 묻었는지 아닌지 정도나 알 수 있으려나? 그나마 유류품이 있어서 신원이라도 나온 거지. 안 그랬으면, 그냥 아무것도 아닌 거야. 용의자 그놈만 해도 그래. 지 입으로 떠들고 다녔으니까 알게된 거지. 아니면 누가 알겠어."

"경찰은요?"

"경찰이 뭐?"

"경찰이 뭐라도 하지 않았겠습니까? 그 미친놈이…… 그러니까 그 용의자가 그런 말을 그동안 그렇게 떠들고 다녔으면요."

"뭐야? 지금 나를 추궁하는 거야?"

"그렇잖습니까."

"그렇지. 그래서 경찰도 지금 아주 좆 된 모양이야."

안찬기의 얼굴에 쓴웃음이 번졌다.

"미친놈이든 아니든…… 지가 묻었겠지. 묻어도 지가 묻고 죽여도 지가 죽였겠지."

그러고 나서 잠깐의 침묵.

"아니면 저는 안 죽였다, 범인과 같이 있기는 했지만 나는 안 죽였다, 그런 말을 하고 싶었든가. 그런 놈들이 있어. 나쁜 놈들끼리 꼭 누가 더 나쁜 놈인지를 잰단 말이야. 제일 나쁜 놈이 아니라고 해서 나쁜 놈이 아닌 게 아닌데. 이런 새끼들은 꼭 나는 제일 나쁜 놈이 아니니까 나쁜 놈도 아니라고 떠든단 말이지."

그리고 또다시 잠깐.

"경찰이 조사를 안 한 건 아니고, 했는데, 하다가 말았던 모양이야. 이놈이 그런 말을 꼭 술 취했을 때만 했는데, 술 깨고 나서는 번복을 했다는 거야. 그런 말 한 적 없다, 기억 안 난다, 술 취해서 헛소리한 거다. 그러면 방법이 없어. 시체가 없었잖아. 지금은 시체가 있어도 시효가 지났고."

"누굽니까?"

이만이 물었다.

"누구?"

"그런 말을 했다는 사람…… 그 용의자 말입니다."

"알면 뭐하게?"

그러면서도 안찬기는 이만의 앞쪽으로 냅킨을 밀어주었다. 통화를 하면서 뭔가를 끄적이던 냅킨이었다. 냅킨 위에 쓴 글자는 테이블의 물기 때문에 뭉개져 있었다. 그래도 그 이름은 알아볼 수 있었다. 최윤재. 모르는 이름이었다. 알 리가 없지 않은가.

"사체 발굴되자마자 내빼버렸다는데? 공소시효를 모르지는 않을 텐데, 그래도 뻔뻔하게 가만히 있지는 못한 모양이네."

그러면서 안찬기가 다시 한번 실소했다.

"웃기는 게 뭔지 알아? 작년에 태완이법이 발효되고 나니까, 공소시효 말짱 꽝 된 애들만 쫀 게 아니라는 거야. 공소시효 넘긴 애들도 처음에는 쾌재 불렀다가 이제 1년쯤 지나니까 슬슬 불안해지는 거지. 앞으로 법이 또 어떻게 바뀌게 될지 모르니까 안 쫄 수가 없거든. 엄청 쫄아버린 거지. 우리나라, 법 참 잘 바뀌거든. 아주 후딱 바뀌거든. 게다가 그거, 알지도 못하는 사이에 바뀔 때도 많거든. 그리고 법 제일 무서워하는 게 그런 놈들이란 말야. 도둑도 제 발이 저리는데 살인한 놈들이야……"

"비용 말씀해주시겠습니까?"

이만이 안찬기의 말을 자르고 물었다. 안찬기는 태연하게 대답했다.

"견적 좀 뽑아보자고."

1

개 한 마리가 집으로 들어온 적이 있다. 하루 걸러 한 집씩 빈집들이 생겨나던 무렵이었다. 사람들은 집을 버리고 갔고, 가구도 버리고 갔고, 온갖 쓰레기와 함께 개도 버리고 갔다. 집에서 키우던 개들은 대개 순했지만 버림받은 후로는 곧 골칫거리가 되었다. 쓰레기통을 뒤지고, 점점 더러워지고, 더러는 몹시 사나워지는 경우도 있었다. 어린아이들이 그런 개에게 물렸다.

주희의 집으로 들어온 개도 먹을 걸 찾아서였다. 주희가 알고 있는 개였다. 학교에 갈 때마다 그 개의 집 앞을 지나쳤었다. 새끼 때부터 이미 목줄을 달고 살았던 개는 묶인 자리에서 대문밖을 쳐다보느라 항상 고개가 비뚤어져 있었다. 하얀 개였다. 아니, 개라고 부르기에는 아직 어린 강아지였다. 그러니까 사람들은 개만 버린 게 아니라 강아지도 버린 것이다.

주희는 식은 밥을 국에 말아 세숫대야에다 담아주었다. 세숫대야가 너무 커서 작은 개가 그 안으로 빠져버릴 것만 같았다. 그래도 빠지지 않고, 고꾸라지지도 않고 세숫대야와 함께 리듬을 맞춰가며 밥을 먹었다. 허겁지겁, 덜그럭덜그럭, 또 허겁지겁, 덜그럭덜그럭. 그 와중에도 개는 자꾸 문을 돌아보았다. 그 눈빛이 겁에 질렸다기보다 애처로웠다. 어쩌면 자존심이 강한 개인지도 몰랐다. 고작 허기를 못 이기고 남의 집 문턱을 넘은 것이 부끄러운 것일지도. 그게 아니면 그저 유난히 슬프게 생긴 눈을 가진 개이거나. 그것도 아니라면 개들의 눈이란 다 그런 것이거나.

어느 틈엔가 집에 돌아온 주열이 주희 곁에 서서 개를 내려다보고 있었다. 개가 자꾸 대문 쪽을 돌아보는 걸 주열도 눈치챈 듯싶었다. 무슨 일에든 일단 엇나가고 보는 게 주열이었다. 주열이 성큼 걸어가 문을 닫아버렸고, 개는 마치 걸어차이기라도 한 것처럼 달려갔다. 세숫대야가 엎어졌다. 개가 울기 시작했다.

"열어줘. 나가고 싶다잖아."

"열어주기만 해봐. 죽여버린다."

개를 죽인다는 뜻일까. 주희를 죽인다는 뜻일까. 주열은 '죽여버린다' '죽인다' '죽을 줄 알아라'를 입에 달고 살았다. 쌍시옷 자 빼고, 지읒 자 빼고 나면 그랬다. 물론 쌍시옷 자 지읒 자 붙여서 그런 말을 할 때가 더 많았다. 년 자도 붙였다. 한 살 터울이기는 해도 누난데, 쌍시옷 자, 지읒 자, 년 자까지 다 붙여서 욕을 하고 죽여버린다고 했다. 주희는 동생이 무서웠다. 입 밖으로 내는 말 중에 '죽여버린다'와 '죽어버린다'를 빼놓고는 하지 않은 일이 없었기 때문이다.

실은 죽여버릴 뻔한 적도 있었고, 죽어버릴 뻔한 적도 있었다. 싸움을 하다가 머리가 깨졌을 때는 본인이 죽을 뻔했었고, 주희를 사납게 밀쳐 넘어뜨렸을 때는 하마터면 죽일 뻔하기도 했었다. 그러니 작은 개 한 마리를 죽이는 것쯤이야 뭐 어려운 일이겠는가.

개는 밖으로 나가려고 기를 썼다. 문을 긁으며 낑낑대다가 나중에는 늑대처럼 고개를 쳐들고 우우 하고 울기도 했는데, 그 조그만 개가 큰 개 흉내를 내는 게 그 와중에도 웃겼다. 순한 개였다. 주희를 올려다보며 호소하는 개의 눈이 촉촉하게 젖어 있었다. 그 눈이 주희를 빨아들일 듯했다. 그 개를 내보내주지 않은 건 주열이 무서워서는 아니었다. 어쨌든 누군가는 키워줘야만 할 개였다.

당장 그날부터 주열이 그 개를 길들이려고 했다.

손 쥐. 엎드려. 가만있어. 기다려.

개는 끈에 묶여서만 살았지 그런 식의 훈련은 한 번도 받아본 적이 없는 것 같았다. 주열이 나타나기만 하면 꼬리를 가랑이 사이로 말아넣고 바닥에 엎드려 꼼짝도 하지 않았다. 개를 길들이는 방법을 배워본 적이 없는 건 주열도 마찬가지였다. 주열은 무조건 개를 때리기부터 했다. 손 쥐! 하고는 패고, 이미 엎드려 있는 개한테 엎드리라고 소리지르고는 또 때리고, 이미 얼어붙어 있는 개한테 가만있어, 기다려, 해놓고는 '이런 개 같은 개새끼, 죽여버린다'라고 욕을 했다. 그러다가도 문득 개의 앞에 쭈그려앉아 하염없이 머리를 쓰다듬어주었다. 그야말로 하염없이. 저러다간 개의 머리털이 다 빠져버리지 싶을 정도로, 오래. 다행히 개는 밥은 잘 먹었다. 그게 주열이 사라진 후 20년 넘는 시간 동안 주희에게 위로가 되었다. 주열이도 어디에 있든 밥은 먹겠지, 굶지는 않겠지, 그렇게 애써 생각해볼 수 있었기 때문이다.

주열이 사라진 건 개가 집으로 들어오고 열흘이 채 안 되어서였다. 주희는 그 개를, 그 개가 죽을 때까지 키웠다. 어

린 개가 늙어 죽을 정도의 세월이 흐를 때까지 주열은 나타
나지 않았다. 개가 죽던 날, 주열을 찾는 것도 이제 그만둬야
지 했었다. 그러나 그만두는 게 그만두지 않는 것보다 더 어
려운 일이라는 걸 그때 알게 되었다. 그만둬야지 마음먹을
때마다 마치 뒷덜미 어딘가가 갈고리에 꿰이는 듯했다. 그
느낌은 미안함인 것도 같았고, 슬픔인 것도 같았고, 분노인
것도 같았고, 그 모든 게 다 뒤섞인 감정인 것도 같았다. 때
로는 주열의 목소리가 등뒤에서 들려오기도 했다.

'꺼내줘, 나 좀 꺼내줘.'

주희는 조용히 대답했다.

'어딨는지를 알아야 꺼내주지.'

마치 서랍에서 양말을 꺼내달라는 동생에게 대답하듯이.

그사이에 같이 살았던 남자들이 있었다. 오래 살지 못하
고 헤어지기는 했지만 그중의 한 남자와는 혼인신고도 했고,
그 사람을 닮은 쌍둥이를 낳아 키웠다. 늘 궁핍하기는 했지
만 그래도 아버지가 남긴 오두막 같은 집 한 채 덕분에 길거
리에 나앉아 살지는 않았다. 굶고 살지도 않았다. 그러니 행
복했던 순간이 있었을 텐데, 행복까지는 아니더라도 뭉클하
거나 짜릿한 순간들은 있었을 텐데, 주희에게는 도무지 그런
기억이 없었다. 기쁜 것도 미안하고, 즐거운 것도 미안했던

것이다. 그러고 나면 화가 났고, 슬펐고, 이내 서러워졌다.

주열은 하나뿐인 동생이었다. 그 동생은 누나에게 사납고 못되게 굴기만 한 게 아니라 때로는 오라비처럼 굴기도 했다.

아버지가 그녀를 때렸을 때였다. 그날 아버지가 뜨거운 프라이팬을 휘둘러 주희는 얼굴에 화상을 입을 뻔했다. 얼굴이 휙 돌아갔다가 되돌아올 때, 출렁하고 쏟아져내린 머리카락이 눈앞의 세상을 가려주었다. 눈만 감으면, 아니, 누군가, 혹은 무엇인가가 눈만 가려준다면…… 안전한 기분이 들 것 같았다.

주희가 아버지에게 얻어맞는 것을 목격한 그날, 주열은 똑같은 방식으로 아버지를 때렸다. 그걸 '때렸다'라고 말할 수 있다면…… 아버지가 자신을 때릴 때도 그건 '때리는 것'하고는 다른 어떤 일이라고 여겨졌는데, 주열이 아버지를 때릴 때는 더욱 그랬다. 그건 짓뭉개는 일이었다. 밟고, 내던지고, 아주 납작하게 뭉개버리는 일이었다. 프라이팬을 휘두르고, 주먹으로 때리고, 발로 짓밟고, 사발과 접시를 내던졌다. 그중에서도 가장 수치스러웠던 순간을 꼽는다면 아마도 뒤집개가 쓰였을 때일 것이다. 아들에게 뒤집개로 얻어터지는 아버지라니…… 슬픈가…… 아닌가…… 웃기는 일인가……

아버지가 마당으로 도망쳤다. 주열이 쫓아 나갔다. 그때

부터는 소리만 들렸다. 이러고도 아버지야, 이러고도 아버
지야, 이러고도! 주열에게는 같은 말을 꼭 세 번씩 반복하는
습관이 있었다. 왜 때려, 왜 때려, 왜 때리냐구. 누구 맘대로,
누구 맘대로, 누구 맘대로! 누나란 말이야, 내 누나, 내 누나
라고!

주희는 부엌을 치웠다. 아버지가 그녀에게 집어던졌던 사
발 조각을 쓰레받기에 쓸어 담고, 주열이 통째로 내던져 바
닥에 흩어진 숟가락과 젓가락을 모으고, 바닥에 뒹굴고 있던
뒤집개도 챙겼다.

"야!"

어느 틈엔가 부엌문 앞으로 돌아온 주열이 소리를 질렀다.
숨을 몰아쉬며, 거의 악을 쓰듯이. 주열이 무섭지 않은 건 그
때가 처음이었다. 고개를 숙여 머리카락으로 눈을 가린 후에
야 안전하게 여겨지던 세상이, 언제나 그렇던 세상이, 고개
를 똑바로 쳐들어 쳐다보고 있는데도 무섭지 않았다.

"다시 맞기만 해봐."

그리고 잠깐의 침묵 후, 주열이 다시 말했다.

"또 그럼, 죽여버린다."

다시 맞으면 주희를 죽여버린다는 뜻일까, 아버지를 죽여
버린다는 뜻일까. 보통때라면 무서웠을 그 말을, 주희는 떨지

않으며 들었다. 어쩌면 조금쯤 미소를 지었던지도 모른다.

아버지는 그후로 다시 집에 돌아오지 않았다. 얼마 지나지 않아 교통사고를 당했다는데, 한동안 무연고자로 처리되었다가 나중에야 신원이 밝혀졌다.

기뻤을까, 슬펐을까.

2

주열의 친구들이 있었다. 그러나 주희가 안다고 할 만한 친구는 하나도 없는 거나 마찬가지였다. 학교 친구도 있고, 동네 친구도 있고, 어쩌다 한 번씩 교회에 가는 걸 봤으니 분명히 교회 친구도 있었을 텐데 주희는 그들 중의 누구도 제대로 알지 못했다. 어디에서 그 아이들을 찾아야 할지는 더더욱 몰랐다.

주열은 친구들을 집에 데려오는 법이 없었다. 주희 때문이었다. 학교의 나쁜 놈들, 동네의 불량한 자식들이 집에 놀러 오려고 기를 쓰는 건 주희를 한번 건드려보려는 수작에 지나지 않는다고 생각했다. 사실이었다. 주희는 지나치게 예뻤다.

주열이 집에 안 들어오기 시작한 것은 이미 중학생 때부터였다. 처음에는 하룻밤만 안 들어와도 주열을 찾아 온 동네를 헤매고 다녔다. 사흘을 안 들어왔을 때는 학교에도 찾아갔었다. 그때 체육 수업중이던 학교 운동장이 통제 불능의 광란 상태가 되어버렸다. 교무실이 있는 건물 안으로 주희가 도망치듯 들어가자 수업중이던 아이들이 소리를 지르고 교실 창문을 두드렸다. 어떤 아이는 그 창문 너머로 튀어나오기까지 했다.

나중에 그 사실을 알게 된 주열이 길길이 뛰었다. 욕에다 년 자까지 붙인 게 그때가 처음이었다. 뭐든지 처음은 충격이라 주희는 그 욕설에 상처를 받았고, 다시는 그애가 집에 들어오거나 말거나 절대로 찾아다니지 않으리라고 결심했다. 그러나 닷새 동안이나 집에 들어오지 않았을 때는 그런 결심 같은 건 아무 소용이 없었다. 이번에는 학교에 가보지는 못하고 그냥 대책도 없이 동네의 빈집들만 돌아다녔다. 그 빈집 중의 한 곳에서 그애를 발견했다. 주열은 또 길길이 뛰고 욕을 했다. 이번에는 년 자 붙은 욕설 정도가 아니었다. 듣기만 해도 온몸이 너덜너덜해지고 피투성이가 될 것 같은 욕설들이 거침없이 쏟아져나왔다.

혹시, 주열이는 그때도 약을 하고 있었던 것일까. 본드도 하고 약도 한 것일까.

그랬을 것이다. 알고 싶지 않아 모르는 척했을 뿐, 주열이 하루가 멀다 하고 본드 흡입을 한다는 건 주희도 알고 있던 사실이었다. 본드에 취해 축대에서 뛰어오르고, 하늘을 날고, 엄마를 만나고, 엄마에게 년 자 붙여 욕을 하고, 주희에게로 날아서 돌아오고, 날개로 주희를 감싸고, 소리 죽여 흐느껴 울었다. 행복하게 해줄게, 너는 내가 행복하게 해줄게, 아무도 너를 못 건드리게 할게…… 본드에 취한 주열은 미친듯이 사나워졌다가 또 하염없이 부드러워지곤 했다. 낮은 목소리로 말했고, 속삭이듯이 흐느꼈다.

　주열이 마지막으로 사라졌을 때, 주희는 일주일을 기다렸다. 그러고는 빈집을 돌아다니며 또 며칠을 찾아다녔다. 학교로는 찾아갈 엄두를 내지 못해 전화만 걸어보았다. 열흘째 되던 날, 경찰에 신고했다.

　경찰은 아무 소식도 전해주지 않았다. 한 달이 지나고, 두 달이 지나고, 1년이 지나가는 동안, 누구도, 단 한 번도. 찾아가서 물어봐도 마찬가지였다. 그들은 오히려 되물었다. 아직도 안 돌아왔어? 조금 더 친절한 경찰은 주희에게 믹스커피를 타주고, 사탕도 주고, 껌도 까주었다. 그러나 누구도 주희의 말을 귀담아듣지는 않았다. 그들은 그냥 빙글빙글 웃으며, '이 깜찍하게 생긴 여자아이'가 '깜찍하게 말하는' 모습을 쳐다보기만 할 뿐이었다.

3

최윤재를 만난 게 그즈음의 어느 날이었다.

골목에서 한 아이를 마주쳤는데, 그 얼굴이 눈에 익었다. 그렇더라도 그렇게까지 허겁지겁 도망치는 모습을 보이지 않았다면 그 뒤를 쫓아가볼 생각까지는 안 했을 것이다.

골목 끝에 꼬마김밥 공장이 있었다. 지금 떡볶이집 주인이 그때 그 김밥 공장의 사장이었다. 주희는 그날 공짜로 김밥을 얻어먹었다. 공장이래봤자 낡은 한옥집을 개조한 곳에서 대량으로 김밥을 말아 파는 곳에 지나지 않았다. 방에서 김밥을 말고, 마당에서도 말고, 마루에서도 말았다.

최윤재가 그곳 마루 한쪽에서 김밥을 먹고 있었다. 허겁지겁 도망쳐오느라 땀을 줄줄 흘리며. 주희는 그 반대편에 앉아 김밥을 먹었다. 툭툭 잘라준 그 꼬마김밥을 그냥 주는 대로 받아 통째로 먹었다. 내 동생 아냐고 물어보고 싶은데 무슨 까닭인지 그 말이 금방 나오지 않았다.

꼬마김밥을 꾸역꾸역 몇 줄이나 먹은 후에야 최윤재에게

말을 걸 수 있었다. 가까이 가지도 못한 채 마루 이쪽에서 마루 저쪽으로. 최윤재는 아무것도 모른다고 했다. 주열이 누구랑 놀았는지 모르고, 뭘 하고 놀았는지도 모르고, 주열이 누군지도 모른다고 했다. 이상한 화법이었다. 그냥 주열이를 모른다고 하면 될 텐데 모든 걸 다 모른다고 말한 후에야 누군지도 모른다고 했다. 그런 놈들이랑은, 하나님, 씨팔, 같이 놀아본 적도 없다고 말했다. 그애가 '하나님' 하던 기억이 그후로 아주 오랫동안 남았다. 하나님, 해놓고는 난데없이 씨팔, 씨팔 했기 때문이다.

그 꼬마김밥집에 최윤재의 엄마가 있었다. 김밥을 사러 온 것 같았다. 주희가 한마디씩 말을 건넬 때마다 최윤재는 주희가 아니라 자기 엄마를 쳐다보면서 대답했다. 욕을 할 때도 마찬가지였다. 일하던 아주머니들이 일제히 최윤재를 향해 욕을 하기 시작했다. 저놈 자식이, 저놈 새끼, 저 싸가지 없는 새끼가, 욕하는 것 좀 보라며. 그 와중에 최윤재의 엄마는 주희에게 김밥 한 줄을 또 가져다주었다. 마치 주인처럼. 그리고 네가 윤재 여자친구냐고 물었다. 여태껏 사라진 동생 얘기를 하고 있었건만 이건 또 무슨 얘기란 말인가. 주열에 관한 얘기를 안 듣는 건 누구나 다 똑같았다.

나중에 알고 보니 최윤재는 시장통에서 '해장국집 아들'로

유명했다. 그애네 집이 부자였다. 해장국집에 손님이 어찌
나 많은지 돈을 세지를 못해 그냥 쓸어 담는다고 했다. 그런
집 아들이라 유명했고, 그런 집 아들인데 모지리라서 유명했
다. 그애가 어려서부터 코를 많이 흘렸다. 코 흘리는 것쯤은
병도 아니라 돈은 많아도 시간은 없던 부모는 그애를 병원에
데려가지도 않았는데, 그게 동네 아이들에게 놀림감이 되었
다. 아이는 코찔찔이라는 별명을 달고 살았고, 따돌림을 당
했고, 돈을 뺏겼다. 나중에는 자기가 가져다 바쳤는데, 그래
도 괴롭힘은 계속되었고, 더 커서는 옷을 뺏기거나 얻어맞기
도 했다. 당한 건 그 아이인데 '쪼다' '병신' 소리는 또 그애
가 들었다. 병신처럼 왜 맞고 돌아다니냐고, 왜 돈은 뺏기냐
고, 그애 엄마는 누가 보거나 말거나 그애의 등짝을 때렸다.
그래서 그애는 코도 흘리고 눈물도 흘렸다.

주열이 사라진 고등학교 2학년 때는 그렇지 않았다. 코도
흘리지 않고, 눈물을 보이지도 않았다. 그러나 무지막지하게
땀을 흘렸다. 셔츠가 앞가슴까지 다 젖을 정도였다.

주열의 사체가 발견된 곳에서는 유류품이 무더기로 쏟아
져나왔는데, 주열의 것만은 아니었다. 옷의 일부, 벨트 장식,
피어스 한 짝, 너클 반지 같은 것들은 주열의 것이 분명했지
만, 누구의 것인지 알 수 없는 라이터, 여자아이의 것으로 보

이는 귀고리, 망가진 삐삐도 있었다. 또 수없이 많은 본드 튜브와 비닐봉지, 술병 들이 나왔다. 주열만 묻은 게 아니라 그 빈집의 쓰레기들을 통째로 묻어버린 게 아닐까 싶을 지경이었다. 여자 스타킹이 나왔고, 번개탄의 일부도 나왔고, 부탄가스 통들도 나왔고, 컵라면 용기도 나왔다.

그중에 어떤 것이 최윤재의 것이었을까.

최윤재가 술에 취해 떠들고 다녔다는 말들을 주희는 주열의 사체가 발견된 후에야 알게 되었다. 최윤재가 암매장에 관해 떠들고 다녔을 뿐만 아니라 제 발로 파출소를 찾아가 자기가 저지른 짓이라고 자수를 한 적까지 있었다는 것이었다.

전부터 최윤재는 동네 파출소의 단골손님이었다. 대개 주취 사고였는데, 지역 유지인 최윤재의 아버지가 번번이 아들을 빼냈다. 자수를 하겠다며 취중 소란을 피웠던 날도 마찬가지였다. 파출소의 순경은 최윤재의 집에 연락했고, 이번에도 아버지가 박카스 한 박스를 사가지고 와서 최윤재를 데려갔다. 그후 그 순경은 최윤재의 자수에 대해 본서에 보고를 올렸다. 무시할 만한 진술이 아니라고 여겼던 것인데, 그때가 태완이법이 통과된 지 얼마 안 되었을 때였기 때문이었다.

살인죄의 공소시효를 폐지하는 태완이법은 역설적이게도 이미 공소시효가 완료된 살인범에게 영원한 면죄부를 주는 법이기도 했다. 최윤재가 취중 자수를 했을 때, 순경의 신경을 거슬렀던 것도 그것이었다. 이 술 취한 놈이 헛소리를 하는 것이든, 근거 있는 말을 하는 것이든 공소시효가 완료된 사건이 아니기를 바랐던 것이다.

본서는 순경의 보고를 무시했다. 술 취한 최윤재의 자수뿐만 아니라 그런 걸 보고랍시고 올린 순경도 무시했다. 아예 진저리를 치는 형사도 있었다. 최윤재가 파출소에만 단골인 게 아니라 경찰서에도 단골이었기 때문이다. 최윤재는 관내에서 벌어지는 모든 사건 사고에 목격자를 자처하거나 자수를 하는 미친놈으로 유명했다.

주희는 아무것도 몰랐다. 최윤재가 술만 취하면 동네방네 떠들고 다녔다는 그 말을 누구도 주희에게 전해준 사람이 없었기 때문이다. 최윤재는 술주정뱅이 미친놈이고, 그놈이 하는 소리는 미친 소리고, 무엇보다도 그런 일에 끼어드는 건 미친 짓이라고 모두들 여긴 것이다. 주희가 주열을 찾아다니고 있다는 걸 알면서도, 모두들.

그들은 주희의 이웃이었다. 가깝든 멀든, 그랬다. 그러니까 주희가 동생을 잃어버린 걸 알았던 사람들. 주희가 그 동생을 여전히 찾아다니고 있다는 걸 알았던 사람들. 그 사람들은 사라진 사람에게는 그토록 관심이 없다가 동네에서 발견된 백골 사체에는 열렬히 반응했다. 그로 인해 재개발이 또 미뤄질까봐 걱정인 사람들, 그 덕분에 혹시 재개발이 또 미뤄지지는 않을까 기대하는 사람들, 이도 저도 아닌 사람들 모두가 최윤재에 대해 이야기하기 시작했다. 모두가 한꺼번에 손을 들고 저요, 저요, 하는 듯했다. 내가 알아요! 내가 수상한 놈을 안다니까요! 이러면서.

그래서, 주희는, 최윤재를 찾아가야 했다.

4

주희가 일하는 떡볶이집과 마찬가지로 최윤재의 아버지가 하는 해장국집도 그 시장통과 역사를 같이하는 가게로 유명했다. 그러나 떡볶이집과는 달리 그 해장국집은 완전히 망해버린 거나 다름없었다.

수십 년 동안 거듭된 비정상적인 재개발 정책으로 인해 시장을 둘러싼 동네들은 완전히 난개발되어버렸다. 신축 아파트 단지와 폐가 구역이 길 하나를 사이에 두고 있는 식이었는데, 해장국집은 폐가 구역 쪽에 붙어 있었고 시장이 재정비될 때마다 조금씩 변두리로 밀려나더니 이제 와서는 일부러 찾아가지 않으면 있는지도 알 수 없는 식당이 되어버렸다.

그 식당을 한동안 최윤재가 맡아서 했었다. 연전에 무슨 사고를 당해 머리를 다쳤다는데, 그전까지는 아무리 술을 마셔도 그럭저럭 가게는 볼 수 있던 것이 그후로는 완전히 반푼이가 되어버렸다는 소문을 들은 기억이 있었다. 원래도 반푼이였으니 이제는 반의반푼이가 되었다는 것일까. 아니면 아예 남은 게 없다는 것일까.

주희는 최윤재가 싫었다. 주열에 관한 그의 취중 자백을 몰랐을 때도 그랬다. 언제부턴가 주희를 꼬박꼬박 누나라고 부르기 시작했는데, 그런 자식한테 누나 소리 듣는 것도 싫었다. 주열이를 모른다면서, 주열이랑 친구도 아니라면서, 주희가 보이기만 하면 멀리서든 가까이서든 소리를 질렀다. 누나, 해장국 먹으러 와! 해장국 공짜로 잘 끓여줄게. 꼭 먹으러 와, 누나!

정말로 해장국을 먹으러 간 적도 있었다. 최윤재는 주희의 맞은편에 앉아 자기 식당의 해장국 비법에 대해 이야기했다. 이런 건 며느리도 몰라, 아무도 몰라, 그렇게 되도 않는 오래된 농담까지 섞어가며. 잠시도 쉬지 않고, 내리, 침을 튀겨가며. 어느 때보다도 밝은 얼굴이었는데, 그 얼굴에 침을 뱉어주고 싶었다. 최윤재의 식당에 간 것은 해장국을 먹기 위해서가 아니라 주열이를 모른다는 최윤재의 말을 믿지 않았기 때문이었다. 믿을 수가 없었다. 믿을 수 없는데도 어쩔 수가 없었다.

주열의 사체가 발견된 후, 최윤재는 어딘가로 꽁꽁 숨어버렸다. 주희는 공소시효라는 말만 들어도 치가 떨렸다. 사람이 죽어 사체로 발견되었고, 그 일을 자기가 저질렀다고 자백한 인간이 있는데, 그런 인간을 체포조차 하지 않는다는 것이다. 아니, 법적으로 할 수 없다는 것이다. 경찰은 주희를 위로하며, 그래도 조사는 할 거라고, 잠적한 최윤재가 나타나기만 하면 조사는 할 거라고 했는데, 주희는 그렇게 말하는 경찰의 얼굴에도 침을 뱉어주고 싶었다. 최윤재가 스스로 나타나지 않으면 찾아다니지도 않겠다는 말로 들렸기 때문이다.

주희는 매일매일 최윤재의 식당을 찾아갔다. 경찰이 아니니 최윤재를 다른 곳에서 찾을 방도가 없었다. 그래서 무조건 식당에 가서 한 시간도 앉아 있고, 한나절도 앉아 있고, 나중에는 해장국까지 시켜 먹었다. 주열의 사체가 발견된 후부터 밥을 도통 먹지 못했는데, 그 해장국은 먹혔다. 심지어 맛있기까지 했다. 기가 막힐 노릇이었다.

해장국을 시키던 날, 노인이 쟁반에 반찬 그릇들을 담아왔다. 최윤재의 아버지였다. 최윤재가 늦게 본 아들이라 팔십은 가까울 노인이 아직 칠십 정도밖에는 안 돼 보일 정도로 정정했다. 하나뿐인 아들을 야단치고 욕하고 때리느라 늙을 사이도 없었던 모양이었다.

최윤재의 아버지는 주희에게도 욕을 한 적이 있었다. 오래전의 일인데, 길에서 최윤재에게 다시금 주열에 대해 묻고 있는 그녀를 보고는 달려와 갑자기 을러댔었다. 뺨을 때려주겠다고 했던가? 귀싸대기를 갈겨주겠다고 했나? 더 험한 말이었던 것도 같은데, 어쨌든 그런 뜻이었다. 다시는 최윤재 곁에 얼쩡거리지 말라고 했었다. 주희가 최윤재 곁에서 얼쩡거린다는 것은 말도 안 되는 얘기였는데, 그걸 최윤재의 아버지도 모르지는 않는 것 같았다. 그런 말을 하면서 눈을 부라리기는커녕 주희와 눈을 마주치지도 못했던 것이다. 흡사 무서워하기라도 하는 듯이.

유골이 발견된 후에는 더했다. 주희만 보면 눈만 피하는 게 아니라 몸도 피해버려서 일하는 아주머니가 혼자 손님을 치르느라 땀을 뻘뻘 흘린 끝에 주희에게 이제 그만 좀 오면 안 되겠냐 묻고 싶은 얼굴이 되기까지 했다. 주희가 해장국을 시키던 날은 최윤재의 아버지도 마침내 포기한 듯했다. 자리를 피하지 않았고, 쟁반을 직접 가져오기까지 했다. 할 말이 있는 듯한 얼굴이었는데, 끝내 말없이 반찬 그릇들만 내려놓았다. 주희는 해장국을 다 먹은 후에도 자리에서 일어서지 않았다. 최윤재의 아버지가 보고 있는 TV 프로그램을 같이 보았다. 아주머니가 주방에서 수박 접시를 들고 나와 주희의 테이블에 올려놓았다. 달아요, 드셔봐. 여전히 최윤재의 아버지는 TV만 보고 있었다. 한여름에 감기라도 들었나. 자꾸 코를 풀고 있었다. 감기가 맞을 것이다. 그렇지 않다면 울고 있는 거겠나. 왜 울겠나.

미안하다고 말하지 못해 우나. 용서해달라고 말하지 못해 우나. 그렇게 말하는 순간, 미안하고 용서받지 못할 일들이 눈사태처럼 불어나버릴 것 같아 그게 무서워 말을 하는 대신 울기로 했나.

수박까지 다 먹고 나서도 주희는 일어서지 않았다. 비 내리는 소리가 들리기 시작했다. 창에 부딪치는 빗방울이 처음부터 묵직했다. 큰비가 될 기세였다. 아주머니가 눈짓을 하며 뭐라고 입술말을 했다. 주희는 그 눈짓을 좇아 밖으로 나왔고, 곧 아주머니가 따라 나왔다. 아주머니의 손에 낡은 우산 하나가 들려 있었다. 그러나 우산이나 주려고 좇아 나온 것은 아닐 터였다. 아주머니가 다시 입 모양으로만 무슨 말을 했다. ㅇㅁㅂ, ㅇㅁㅂ…… 주희는 그 입술말을 읽었다.

그 동네에 최윤재의 이모부가 살았다. 폐가 구역, 주열의 사체가 발견된 빈집에서 멀지 않은 곳에. 배달 나간 길에 사체가 발견됐다는 소문을 듣고 그대로 도망쳤다더니 겨우 한동네 사는 이모부 집에 숨어 있었다는 것이다. 그 이모부가 최윤재만큼이나 술주정뱅이로 유명해 동네 토박이들치고 모르는 사람이 없었다. 주열의 사체가 발견된 후 그가 자기 집 앞을 지나가는 사람 누구에게나 온갖 상욕을 해댔는데, 그게 이제 보니 최윤재가 숨어 있어서였던 모양이었다.

아주머니가 다시 안으로 들어가려다 말고 멈칫하다가 주희의 뺨을 쓸었다. 흠칫 놀라 피하려 했는데, 그러지를 못했다. 비가 처마 안쪽으로 들이쳐 주희의 얼굴이 젖어 있었다. 젖은 얼굴을 닦아주는 식당 아주머니의 손이 따뜻했다.

주희는 한동안 거센 빗발 사이로 골목을 바라보고 서 있었다. 번개가 쳤다. 그러고는 삽시간에 장막이 쳐지듯 어둠이 내려앉았다. 사위가 한밤중처럼 어두워져 앞의 가게에서 불을 켰다. 튀김과 어묵을 파는 가겐데, 한 여자가 창가에 서서 밖을 내다보고 있었다. 마치 자신의 모습 같았다. 뭔가를 하려고 하고 있으나 그게 무엇인지를 모르는 사람의 모습. 등 뒤에서 무슨 소리가 들렸다. 그저 빗줄기가 창에 부딪치는 소리일 뿐이었을 텐데, 고개를 돌리는 순간 최윤재의 아버지가 보였다.

노인이 유령같이 서서 창밖의 주희를 바라보고 있었다. 손에 들린 핸드폰이 보였다. 아들에게 전화를 걸었을까. 그랬다면 도망가라고 말했을까, 용서를 빌라고 말했을까.

주희는 아주머니가 건네준 살이 부러진 우산을 펼치고 골목을 올라가기 시작했다. 또 번개가 쳤다. 사방이 번쩍하는 그 잠시 동안 골목을 내려오고 있는 누군가의 실루엣이 비쳤다. 그로테스크한 그림 같은 그 모습은 순식간에 다시 어둠 속으로 스며들었다. 최윤재였다.

주희를 본 최윤재가 절뚝절뚝, 되돌아섰다. 연전의 사고로 머리도 다치고 다리도 다쳤다고 했다. 술주정뱅이가 그후로 헛소리가 더 늘었다고 했다. 최윤재가 걸어온 길을 되올라가기 시작했다. 주희가 그 뒤를 쫓았다. 최윤재가 이모부 집 방향으로 가다가 방향을 틀었다. 축대가 나왔다. 최윤재가 갑자기 멈춰 서서 주희 쪽을 돌아보았다. 그러고는 뭐라고 말을 하는 소리가 들렸다. 빗소리 때문에 그 소리가 잘 들리지 않았다.

뭐라고? 뭐라고 말했니?

이번에는 정확히 들렸다. 땡땡땡.

뭐라는 거야, 저 자식이. 최윤재가 축대에서 뛰어내린 게

바로 그 순간이었다. 뭐라는 거야, 저 자식이, 라고 생각하
던 그 순간. 땡땡땡이라는 거야? 라고 생각하던 바로, 그 순
간에.

축대 아래의 차도에서 급브레이크를 밟는 소리가 들렸다.
그리고 무언가가 굉음을 내며 부딪치는 소리, 자동차에서 울
리는 경보음이 한꺼번에 이어졌다.

5

"그러니까 투신자가…… 동생이랑 아는 사이다……"

목격자 진술을 받으며 경찰이 말했다. 그리고 물었다.

"어떻게 아는 사이?"

경찰들은 흔히 말끝을 자른다. 주열이를 찾아다니는 동안
경찰들에게서 그런 말투를 숱하게 들었는데, 그때는 자기가
어려서라고 생각했었다. 그래서 기분 나빠하면 안 된다고 여
겼었다. 최윤재 때문에 목격자 진술을 할 때는 지금 자기 정
신이 어디에 있는지도 모르겠어서 기분 나쁠 겨를조차 없었
다. 대답도 그렇게 나왔다.

"내 동생을 파묻었거든요."

"뭐요?"

경찰도 놀라면 말을 높인다.

"죽여서 파묻었어요."

이번엔 경찰이 반응조차 하지 못했다. 둘 중의 한 가지 생각을 하고 있을 것이다. 투신을 한 놈이 미쳤나, 이 여자가 미쳤나. 투신을 한 놈이 뛰어내렸나, 이 여자가 떠밀었나.

주희는 아무 생각도 할 수 없었다. 최윤재가 뛰어내리던 장면이 눈앞에서 계속 반복되었다. 최윤재가 죽으려고 거기에서 뛰어내렸다고는 믿어지지 않았다. 축대 아래가 차도라고는 해도 차가 많이 다니는 곳이 아니었다. 최윤재가 거기에서 뛰어내리던 순간에 달려오는 차량만 없었다면 최윤재는 아마 발목 하나 접질리지 않을 수도 있었을 것이다. 그놈이 왜 죽으려고 했겠나. 무슨 무서운 마음이 있고, 무슨 미안한 마음이 있어 죽으려고 했겠나.

"그래서, 최윤재가 뭐라고 말했다고요?"

경찰이 잠깐 바깥으로 나갔다 온 뒤 다시 질문을 시작했다. '투신자'가 아니라 최윤재라고 이름을 부르고 있었다. 주열과 주희에 대해서도 그사이에 알았을 것이다.

"땡땡땡…… 땡땡땡이라고 그랬어요."

경찰이 다시 입을 닫았다. 잠시 후, 경찰이 자리를 뜨며 집에 가도 좋다고, 더 물을 게 있으면 다시 연락한다고 했는데, 주희는 자리에서 일어설 수가 없었다.

그때 눈앞에 물컵이 놓였다. 진술을 받던 경찰이 준 물을 다 마시고, 더 달라고 해서 다 마셨었다. 진술까지 끝낸 마당에 또 한번 달라고 할 수가 없어서 빈 컵인 채로 놔두었는데 누군가 물을 채워다준 것이다. 간신히 고개만 돌려 올려다보니 늙은 경찰이 거기에 서 있었다. 그가 물컵 옆에 명함을 놓았다. 안찬기라고 쓰여 있고, 무슨 과장인지 계장인지 하는 직함도 쓰여 있었는데, 옛날 거라고 했다.

전직 경찰이든 현직 경찰이든, 누군가의 친절이 간절히 필요했던 주희는 그가 따라준 물을 달게 마시고, 경찰서 휴게실로 자리를 옮긴 후에는 그가 자판기에서 뽑아준 꿀물을 또 달게 마셨다. 안찬기가 집에 갈 수 있겠느냐고 물었다. 주희는 고개를 끄덕였다. 꿀물이 좀 힘이 된 듯싶었다. 그리고 주희가 휴게실 문을 나서려고 할 때, 등뒤에서 안찬기가 말했다.

"그거 공소시효 얘기였을 겁니다."

주희가 멈춰서 다시 등을 돌려 안찬기를 바라봤다.

"내리 그러고 다녔답니다, 최윤재가. 땡 쳤다고 말입니다."

주희는 무슨 말인지를 알아듣지 못했다.

"형사소송법 개정된 후부터 말입니다."

주희는 여전히 무슨 말인지 잘 알아듣지 못했지만, 알아들은 것처럼 고개를 끄덕였다. 지금은 무슨 말을 들어도 이해하지 못할 거라는 생각이 들었다. 충격이 좀 가라앉은 후에, 그때 다시 생각해보면 이해할 수도 있을 것이다.

그런데 충격이라니.

최윤재가 죽어서 충격인가? 주열이가 죽어서 발견된 것이 충격인가.

머리가 깨질 듯이 아팠다. 안찬기가 등뒤에서 다시 잘 가라고 말했다. 잘 가라는 말이 그렇게 있는 그대로 들리기는 처음이었다. 정말이지, 잘 가야 했다. 안 그러면 최윤재처럼 어딘가로 떨어질지도 모를 일이었다. 집으로 가는 길에는 축대가 많았고, 골목길은 울퉁불퉁했고, 빈집도 많았다. 빌어먹을 동네였다. 그러니, 잘 가야 했다.

6

떡볶이집으로 찾아온 안찬기를 만난 것이 그 이튿날 오전이었다. 전날 그런 일을 겪고도 주희는 보통 때와 똑같이 출근해 있었다.

한여름 오전의 떡볶이집에는 손님이 없었다. 평상에 걸터앉은 주희에게 늙은 주인이 쉼없이 부채질을 해주고 있었다. 에어컨과 선풍기가 동시에 돌아가고 있었지만 덥든 춥든 부채질을 하는 건 주인의 습관이었다. 마음이 짠해지면 그 부채질을 다른 사람에게 해주었다. 더 마음을 짠하게 하는 손님이 보이면 그 손님의 등을 손으로 쓸어주기도 했다. 다정한 사람이었다. 주희는 좀더 나은 일자리가 생길 때마다 가게를 그만두곤 했지만 언제나 다시 돌아왔다. 주희에게 떡볶이집은 이제 와서는 일터라기보다는 집 같았다. 늙은 엄마가 있는 집. 아무 말 안 해도 다 알아들어주는 엄마가 있는 집, 친정집.

주희는 친엄마를 가끔 만났다. 1년에 두어 번쯤, 그야말로 드문드문. 집을 나갔던 엄마가 몇 년 만에 다시 연락해왔을 때, 그때 이미 엄마에게는 같이 사는 남자가 있었고, 그 사이에서 생긴 자식들도 있었다. 그때부터 이미 그 엄마가 친엄마처럼 여겨지지 않았다. 그 엄마는 주열이 사라졌을 때 찾아다닐 생각도 하지 않았다. 어쩌니 하고 한 번 말했고, 언젠가 한 번 울었고, 그후 시간이 그리 오래 흐르지도 않았는데 어쩌겠니, 라고 또 한번 말한 게 다였다. 그후로 엄마는 주열의 이름조차 입에 올리지 않았다. 주희는 그 엄마가 싫었다.

"저 손님 또 오네."

가게 쪽으로 걸어오고 있는 안찬기를 먼저 발견한 건 주인이었다. 어제 아침에도 와서 떡볶이를 먹었다고 했다. 주인은 늙은 남자 손님이 혼자 와서 김밥이나 순대 없이 떡볶이만 먹는 것도 이상했지만, 그보다는 손님의 기색이 그냥 떡볶이만 먹으러 온 사람 같지가 않았다고 했다. 주인은 눈치가 빠른 사람이었다.

"경찰이라네."

경찰이었다네, 라고 말하기 복잡해 주희는 그렇게 말했고, 곧이어 안찬기가 가게 문을 밀었다. 주인이 급히 주희에게 물었다.

"경찰이 왜? 또 뭐하러?"

"모르지."

안찬기는 주희에게 눈인사를 하고 자리에 앉았다. 주희는 물병과 컵을 쟁반에 받쳐 그가 앉은 자리로 갔다.

"유명 맛집이라면서 손님이 없습니다?"

"여름엔 그래요. 아직 이른 시간이기도 하고요."

"잠깐 앉으시겠어요? 괜찮으면?"

주희는 안찬기의 맞은편에 앉았다. 그런데 왜 찾아온 것일까. 주희를 바라보는 안찬기의 시선보다 그를 바라보는 주희의 시선이 오히려 더 깊었다.

갑자기 선풍기 날개에 뭔가가 걸렸는지 탁탁탁탁 요란한 소리가 나기 시작했다. 너무 낡아서 이제는 고쳐 쓸 수도 없게 된 선풍기였다. 주희는 일어나서 벽에 걸린 선풍기를 껐다가 다시 켰다. 여전히 소리가 났다.

선풍기 옆에는 액자로 된 메뉴판이 걸려 있었는데, 그 액자 바깥에 벚나무 사진 하나가 따로 꽂혀 있었다. 벚꽃이 어찌나 풍성하게 피어 있는지 선풍기가 덜덜덜덜 돌아갈 때마다 그 꽃잎이 액자 바깥으로 흩날릴 듯했다. 주희가 자리로 돌아왔을 때 그녀의 머리 위에 앉은 하얀 꽃잎 같은 게 보였다. 낡은 선풍기를 두드리면서 묻은 먼지였다.

"송중호, 황경선, 그리고……"

안찬기가 핸드폰을 꺼내 화면을 보면서 이어 말했다.

"정명주, 민혁. 이중에 혹시 아는 사람이 있어요?"

"누군데요?"

주희가 물었으나, 안찬기는 대답하지 않았다. 주희를 바라보기만 했는데, 그 시선이 마치 들여다보는 듯했다.

그사이 안찬기의 핸드폰 화면이 꺼졌다. 요새는 늙은 경찰도 수첩 대신 핸드폰 메모 앱을 쓰는구나 여겼는데 다시 켜진 화면을 보니 사진 보관함이었다. 종이에 쓴 것을 사진으로 찍어둔 모양이었다.

시간이 좀더 흘렀다. 그사이에 떡볶이집 주인이 소리가 들릴 듯 말 듯 켜져 있던 TV마저 꺼버려 선풍기 돌아가는 소리만 계속해서 들렸다. 마침내 안찬기가 입을 열었다.

"최윤재하고 같이 있었던 애들입니다. 그날, 그 집에."

그날, 그러니까 주열이가 죽던 날. 그 집, 그러니까 주열이가 파묻힌 집. 주희는 금방 알아들었다. 그러니까 주열이를 파묻은 아이들이라는 것. 파묻기 전에는 뭘 했을까. 죽였을까.

그런 생각들이 스쳐지나가는 동안에도 주희의 표정에는 변화가 없었다. 너무 많은 일들이 벌어진 며칠 동안 그녀가 느낄 수 있는 충격의 수위 같은 것이 생긴 듯했다. 그 수위를 가늠하는 시간이 필요할 터였다.

"뭐하시는 거예요?"

이번에도 안찬기는 금방 대답하지 않았다. 주희의 질문이 무슨 뜻인지를 먼저 헤아려보려는 듯했다.

"왜 그런 걸 알아보고 다니시는 거냐고요."

"그런 질문이라면, 의뢰인이 있어요. 내가 그런 걸 알아보고 다니면 나한테 돈을 주는 거지."

"누가요?"

안찬기가 주머니를 뒤적뒤적하더니 명함 한 장을 꺼냈다. 황이만의 것이었다. 누군가 찾는 사람이 있다고 했던, 그래서 폐가 앞에서도 서성이고, 그녀도 찾아왔었던. 무슨 회사의 대표라는 직함이 적혀 있었는데, 들어본 적이 없는 회사였다.

"무슨 회사예요?"

"게임 만드는 회사랍니다. 컴퓨터 게임, 핸드폰 게임, 그런 거."

"그 사람은 돈이 많아요?"

이번에도 안찬기는 잠깐 얼떨떨한 표정이었지만 곧 대답을 하기는 했다.

"꽤 많은 것 같던데?"

"남의 일에 돈을 쏟 만큼?"

"아마 남의 일이 아니니까 쓰겠죠?"

누군가를 잃어버렸다고 했었다. 여기 이 동네 어디에서. 주열이 파묻힌 곳 어디쯤에서. 그런 마음은 자기 손금 들여다보는 것보다 더 환해서 그 이상 더 묻지 않았었다.

"뭘 알고 계시는 거예요, 아저씨는, 그래서?"

"동생이 죽던 날 밤에 그 집에 최윤재 말고도 아까 말했던 그애들이 같이 있었다는 겁니다. 최윤재 아버지가 털어놨어요. 아들이 죽고 나니까 더는 숨길 것도 없다 싶었겠지요? 최윤재가 혼자 다 뒤집어쓰는 게 억울하기도 했을 테고. 그 아버지가 실은 오래전부터 전부 알고 있었답니다. 이 최윤재라는 놈 입이 거의 줄줄 새는 주전자 수준인데, 그걸 다 주워 담고, 막고, 수습하고 다닌 것도 실은 이 아버지였다는 거고요."

"그래서요?"

"죽였다고는 안 하더랍니다."

주희는 더는 대꾸하지 않고 듣기만 했다.

"사고였다는 거죠. 그날 애들이 좀 그런 짓을 많이 했다네요. 본드도 하고. 뭐 약 같은 것도 좀 먹은 거 같고. 그 와중에 동생이 갑자기 그렇게 됐고, 또 그다음에 애들이 그렇게 했다는 거죠."

그렇게…… 또 그렇게…… 이상한 말투였다. 차마 들을 수 없는 말이 뭔지 알아서일까. 경찰을 오래 하면 그런 말들을 알게 되는 것일까. 그래서 죽었다는 말 대신 그렇게, 묻었다는 말 대신에도 그렇게라고 하게 되는 것일까.

"사고라고요."

주희의 입매가 단단해졌다. 거짓말이라고 말하고 싶었다. 그러나 동시에, 알 수 없다고 생각했다. 주열이가 사고로 죽은 것과 살해당해 죽은 것 중에 어느 쪽이 더 나은 일인 걸까. 알고 싶었고 동시에 알고 싶지 않았다.

자신이 숨어 있는 최윤재를 찾아내려고 더 기를 쓰지 않았던 것도 그래서였던가 싶었다. 최윤재를 만나면 물어봐야 할 텐데, 묻기도 전에 들어야 할 대답이 너무나 무서워 귀를 막아버리고 싶었던 것일지도. 해장국집을 찾아갔던 며칠 동안, 최윤재가 거기 없는 걸 오히려 다행스러워하고 있었는지도 몰랐다. 그래서 해장국도 먹고, 빈속을 뜨겁게 데우며, 자신이 알고 싶은 게 무엇인지, 피하고 싶은 것은 무엇인지 생각할 수 있었던 걸지도.

그런데 사고로 죽었다고……

다행인가……

아닌가……

"최윤재 아버지가……"

한참 만에야 주희가 다시 입을 열었다.

"언제…… 주열이가 언제 그렇게 되었는지도 알던가요?"

"동생이 집에 안 들어오기 시작했다던 날, 그날까지는 살아 있었답니다."

7월 24일이었다. 다른 날과 다를 게 하나도 없던 7월 24일. 그날 다른 게 하나라도 있었다면 주열이가 혹시 가출을 한 건가, 다시 돌아오지 않으려고 집을 나간 건가, 그런 생각을 해보기라도 했을 것이다. 그러나 그날은 다른 날과 똑같은 날일 뿐이었다.

주열은 그날 저녁까지 먹고 집을 나갔다. 그렇게 더운 날에 땀을 줄줄 흘리며 라면을 끓여먹었다. 보고 있는 주희까지 몸이 끈적해지는 느낌이었다. 그날을 되새기고 되새기고 또 되새기는 동안, 그날의 모든 풍경들이 건조한 기록처럼 변했는데, 무슨 까닭인지 그 무더위만큼은 몸에 묻은 듯 생생한 감각으로 남아 사라지지 않았다.

"애들이 그 짓을 한 건 그다음날 새벽이라고 하고요."

24일까지는 살아 있었고, 25일에는 죽어 있었다는 뜻이었다. 24일부터 25일 사이, 죽음과 암매장 사이에는 누구도 알지 못하는 시간과 누구도 알지 못하는 사건이 있다는 뜻이기도 했다.

"공소시효가 지나기만을 기다렸군요."

주희가 말했고, 이번에는 안찬기가 대답하지 않았다.

"최윤재하고 최윤재 아버지 말이에요. 주열이 그렇게 된 날짜까지 정확히 짚어가면서 말이죠."

"아마도? 설마 제사라도 지내려고 날짜를 챙기지는 않았겠죠?"

주희의 표정이 변했다. 안찬기의 말투가 싫었다. 모욕을 느끼게 하는 말투였고, 기억에 익숙한 경찰의 말투였다.

"어제 말씀드렸죠? 땡땡땡. 작년에 태완이법 제정될 때, 최윤재 이놈이 아주 쾌재를 불렀답니다. 자기 건 끝났다면서."

"안 죽었다면서요?"

주희가 끼어들었으나 안찬기는 무시하고 말을 이었다.

"그때부터 땡땡땡 하고 다녔답니다."

"근데 왜 뛰어내려요?"

안찬기가 어깨를 으쓱해 보였다. 그걸 누가 알겠냐는 듯이. 그러나 어쩌면 그렇게 뻔한 걸 왜 묻냐는 뜻이었는지도 모른다. 그의 이어진 말이 그랬다.

"아마 무서웠나보죠? 법보다 더?"

주희가 무서웠을 거라는 뜻이었다. 새삼스럽게. 난데없이, 지은 죄가 무서워져서, 주희가 무서워져서, 축대에서 뛰어내려서라도 도망을 치고 싶었을 거라는 뜻이었다.

"다른 애들은요?"

주희는 잠시 후 다시 물었다. 그러고는 안찬기가 대답하기도 전에 이어 말했다.

"그애들도 벌받지 않겠군요. 최윤재하고 똑같이."

"벌을 벌써 받았다고 해야 하나, 최윤재하고 똑같이?"

"무슨 말이죠?"

"죽었어요."

"누가요?"

"그애들 전부, 아니 하나 빼고."

주희의 얼굴이 잠깐 창백해지는 듯했다. 잠시 후, 주희가 낮은 목소리로 물었다.

"어떻게요?"

"황경선은 교통사고, 정명주는 스스로. 동생 그렇게 되고 금방 그런 건 아니고 한 사람은 10년쯤 전에, 한 사람은 얼마 안 됐고. 대충 그래요. 최윤재는 어제 그런 거고. 민혁은……민혁이는 아는 거 같던데?"

"혁이요. 걔 이름이 외자예요."

잠시 후, 주희가 이어 말했다. 아는 사람이어서일까. 처음으로 목소리에 감정이 실렸다.

"혁이 소식 몰랐어요."

"민혁도 교통사고. 황경선은 버스 타고 가다가 그렇게 됐고, 민혁은 운전중에 본인이 사고를 냈고. 와이프가 지방에서 펜션을 하는데, 거기 갔다 오던 길에 그랬던 모양입니다. 민혁하고는 어떻게 알아요?"

"주열이 친구라고 인정한 애가 그애뿐이었어요. 주열이 찾아다니는 동안, 친구라고 말하는 애가 하나도 없었어요.

다들 모른다고만 하더라고요. 혁이하고도 주열이가 사라지기 전에는 몰랐어요. 나중에 찾아다니다가 알았죠."

그때 늙은 주인이 갑자기 끼어들었다.

"나잖아, 나! 내가 얘기해줬잖아!"

주희가 늙은 주인은 돌아보지도 않은 채, 주인의 말을 이어받았다.

"그애 엄마, 혁이 엄마가 김밥 공장에서 일을 했어요. 우리 엄마가…… 아, 저 할머니가 우리 엄마예요. 친엄마 말고, 그냥 엄마. 그때 우리 엄마가 김밥 공장을 하고 있었는데, 그래서 혁이 엄마를 알고 혁이도 알고 혁이가 주열이랑 다니는 것도 보고 그랬던 모양이에요. 최윤재도 마찬가지고요. 혁이가 그 김밥 공장에 자기 엄마를 보러 자주 왔다네요. 최윤재는 혁이 찾아서 자주 드나들었고요. 나도 최윤재를 쫓아서 거기까지 가게 된 거고요. 그런데, 안 적으세요?"

"뭘요?"

"아니에요. 됐어요."

주희가 거슬렸던 것은 안찬기가 아무것도 적지 않으면서 자기 이야기를 듣고만 있는 게 아니었다. 물병에 맺혀 있던 물방울이 흘러내려 테이블 위에 고여 있었다. 안찬기가 검지 끝으로 그 물자국을 문대고 있었는데, 그게 꼭 뭘 쓰는 것처럼 보였다. 그래서 물어봤을 뿐이었다.

　주희는 앞으로도 모르게 되겠지만, 그때 안찬기가 테이블 위에 물방울로 쓰고 있던 것은 물음표였다. 끝없는 물음표. 주희는 앞으로도 모르게 되겠지만 그 물음표는 주열의 사건에 관한 것이 아니라, 이만의 사건에 관한 것도 아니라, 주희에 관한 것이었다. 안찬기가 주희에게 느끼는 인상은 대부분의 사람들과 같았다. 예쁜 얼굴을 가진 여자. 그런데 그 여자의 예쁜 얼굴이 전혀 눈에 들어오지 않았다. 최윤재의 죽음에 충격을 받은 여파인지 지나치게 무표정해 보이기도 했는데, 그 때문만은 아니었다. 어제 경찰서에서 만났을 때와 다른 얼굴이라는 느낌이 들었다. 경찰서에서 그토록 연약했던 얼굴이 전혀 보이지 않았던 것이다. 고작 하룻밤 사이에. 그들의 죽음 같은 건, 어떻게 죽었는지 따위는 아무 상관도 없다는 듯이 주희의 목소리가 무표정한 얼굴만큼이나 내내 냉정했다.

　"그리고 누구라고요?"

　"누구요?"

　"하나는 안 죽었다면서요?"

　안찬기는 다시 한번 흥미롭게 주희를 바라보았다. 동생을 잃고 산 세월이 20년이 넘은 사람이었다. 가족을 잃어버린 사람의 마음을 그가 다 짐작할 수는 없을 것이다. 아니, 조금도 이해할 수 없을 것이다. 그 오랜 세월이 그들의 무엇을 무뎌지게 하고, 무엇을 더 날카롭게 했을지. 상처는 날카로워지고 연민은 무뎌졌을까. 아니면 상처는 무뎌지고 분노는 날카로워졌을까. 그렇더라도 이 여자의 반응은…… 흥미롭지 않을 수 없었다.

"송중호라는 놈인데, 종적이 파악되지 않습니다. 이놈이 질이 아주 안 좋습니다. 툭하면 교도소를 들락거리던 놈인데, 지금은 수감중인 건 아니고요. 그런데 생활반응이 끊긴 게……"

"죽었겠지!"

또 늙은 주인이 끼어들었다.

"그런 걸 천벌이라 하는 거야. 망할 놈의 새끼들. 죽어 마땅한 놈들."

그리고 부채 부치는 소리, 선풍기 날개가 탁탁탁탁 돌아가는 소리.

"최윤재 그 미친놈이 죽기 전에 땡땡땡을 했다고? 저 혼자 종 치고 장구 치고 아주 별짓을 다 해. 그런데 그런다고 끝이 나? 저 혼자 종 친다고 끝이 나냐고. 벌을 받아야 그게 끝이지!"

"김밥 사진이 근사합니다."

늙은 주인의 말을 무시한 채 안찬기가 난데없는 말을 했다. 그는 벽에 붙은 메뉴판의 사진을 바라보고 있었는데, 근사하다고 말할 만한 사진은 아니었다. 안찬기가 본 건 실은 그 액자 모서리에 꽂힌 벚나무 사진이었다. 어제 김주희를 만나러 왔다가 떡볶이만 한 접시 먹었는데, 그때는 보지 못했던 사진이었다.

"한 줄 줘?"

주인이 물었고, 안찬기는 싸달라고 했다. 안찬기가 돌아간 후 주희는 주인에게 물었다.

"어제 뭘 물어봤어요, 저 사람이?"

주인은 대수롭지 않게 대답했다.

"아니, 그게, 늙은이가 자꾸 떡볶이가 안 맵다고 투덜대길래, 그래서 내가 그러기는 했지. 우리집 매운 떡볶이는 울고 싶은 사람한테만 특별히 만들어주는 건데, 댁도 울고 싶으신가, 하고."

주희가 눈을 내리깐 채 한숨을 내쉬었다. 주인은 눈치도 밝고 다정한 사람이었지만, 언제나 말이 너무 많았다.

"그런 손님은 어떤 손님이요, 하길래……"

"뭐랬어요?"

"할말이 뭐가 있냐. 그런 손님이란 게 그냥 울고 싶은 손님인 거지. 그 속마음이야 내가 어떻게 알겠냐, 했지."

둘 사이에 잠깐 침묵이 고였다. 어색한 분위기를 깨려는 듯 주인이 부채질을 더 요란하게 해대기 시작했다. 주희가 벌떡 일어났다.

"왜?"

"나도 매운 떡볶이 먹고 싶어서. 진짜 왕창 매운 거 먹고 싶어서."

"어제 그만큼 울었으면 됐지. 또 울게?"

주희는 대답하지 않았다.

7

황이만. 게임 회사 사장이라고 했다. 컴퓨터 게임을 만드는 사람이라고. 주희는 컴퓨터도 몰랐고 게임도 잘 몰랐다. 물론 게임이란 걸 아주 안 해본 것은 아니었다. 어려서는 다마고치 키우는 데 빠졌었고, 컴퓨터로 〈프린세스 메이커〉 같은 게임을 하기도 했었다. 한동안은 〈애니팡〉에 미쳐서 핸드폰을 손에서 놓지 못했다. 그러나 동시에 컴퓨터 게임이란 게 그렇게 귀여운 것들만 있는 건 아니라는 것도 알았다.

고등학교를 다닐 때, 학교 가는 길에 오락실이 있었다. 주열이 거기에서 살다시피 했었다. 오락실 창문으로 들여다보이던 주열의 얼굴…… 그건 동생의 얼굴이 아니었다. 더 솔직히 말하면 사람의 얼굴도 아니었다. 집에 들어온 날이면 그런 얼굴로 컴퓨터 앞을 떠나지 않았다. 어디에서 훔쳤는지 뺏었는지, 당시로서는 고사양의 고가 컴퓨터였다. 주열이 그 컴퓨터를 애지중지했다. 그 애지중지하는 컴퓨터로 주열이 게임이 아니라 전쟁을 했다. 그 안에서는 사람들이 너무 쉽게 죽었고, 너무 잔인하게 죽었고, 심지어는 너무 통쾌하게 죽었다. 그런 통쾌한 죽음을 실행하는 주열의 얼굴에서 번쩍번쩍 빛이 났다.

황이만이라는 사람이 만든다는 게임도 그런 게임일까. 그래서 누군가의 죽음에 그토록 관심이 많은 걸까.

안찬기가 주희를 찾아왔던 그날 저녁 황이만도 그녀를 다시 찾아왔다. 안찬기처럼 가게 안으로 들어오지는 않고, 가게 바깥 평상에 앉아 주희가 나오기를 기다렸다. 가게 문을 닫을 시간이 될 때까지 그랬다. 얼굴이 붉길래 술을 마셨나 했더니, 오래 바깥에 앉아 있어 무더위에 익은 모양이었다. 밤이 되어도 푹푹 찌는 무더위가 여전했다.

시장 끝에 새벽까지 여는 실내 포차가 있었다. 주희네 떡볶이집보다 어묵 국물 맛이 더 좋았다. 주희가 소주부터 시켰다. 잠시 메뉴를 올려다보다가 닭발도 시키고, 계란찜도 시켰다. 닭발을 시키면서는 이 집 닭발 먹다가 병원에 실려 간 사람이 있다는 믿기 어려운 이야기를 했고, 그래서 계란찜도 같이 먹어야 하는데 이 집 계란찜 이름이 폭탄계란찜이라는 말도 했다. 그런 말 끝에 불쑥 물었다.

"형사님이 다녀가셨어요. 뭘 찾고 계신 거예요?"

그리고 이어서 또 물었다.

"뭐가 궁금해요?"

이만은 대답 대신 소주잔을 들어올렸는데, 술잔은 입술에 닿기만 하고 다시 내려왔다.

"거기에 있었습니다."

주희는 들었다.

"동생이 죽은 거기, 그 집 앞에 있었습니다."

여전히, 주희는 들었다. 거기가 어디를 말하는 건지, 그 집 앞이 어디를 말하는 건지 못 알아들을 리 없었다. 그러나 해석하려고 들면 도무지 무슨 뜻인지 알 수가 없는 말이기도 했다.

"1994년 7월 24일 밤에 제가 동생분을 봤던 것 같습니다."

이 사람은 1994년이 얼마나 오래전인지 알고 말하는 것일까? 2014년도 아니고, 2004년도 아닌 1994년에 주열이를 봤다는 것이다.

"······어떻게요?"

주희가 마침내 물었다.

"모르겠습니다. 우연인지 아닌지······ 그걸 알아내려고 하고 있습니다."

"······그게 왜 중요해요? 그쪽한테 그게 왜?"

이만이 천천히 입을 열어 대답했다.

"나도 그날 죽을 뻔했었습니다."

그리고 잠시 후, 다시.

"내가 왜 죽을 뻔했어야 했는지······ 내가 아직 그 이유를 모릅니다."

도대체 무슨 말인가 싶었다. 그러나 자세히 묻고 싶은 마음이 들지 않았다. 오히려 말하고 싶었다. 하지만 살았잖아요. 주열이처럼 죽지 않고, 당신은 살아 있잖아요. 그래서 잘 살고 있잖아요.

그런 말을 하는 대신 술을 많이 마셨다. 한동안은 말도 없이 그냥 계속 술잔을 채우고, 마시고, 채우고 마셨다. 그러는 동안, 가끔씩 그게 무슨 말이냐고 묻고 싶어지기도 했으나, 번번이 그 질문을 술로 삼켰다. 죽음에 대한 이야기를 더는 하고 싶지 않았다. 아니, 더는 듣고 싶지 않았다. 술기운이 오른 다음부터 주희의 말이 조금씩 많아지기 시작했는데, 여전히 죽음에 대한 이야기는 아니었다. 작정을 한 듯 어린 시절, 주열과 함께 살던 시절의 추억에 관한 것들만 말했다.

이만은 술을 거의 마시지 않았지만, 포장마차라는 곳에 있으면 술을 마시지 않아도 취기에 물드는 것인지 표정이 조금씩 풀어졌다. 굳이 이날, 이 자리에서 자신이 칼에 찔렸던 얘기를 하지 않아도 좋을 것 같았다. 더군다나 말을 듣다보니 주희와 자신은 공통점이 많았다. 한동네에서 같이 산 세월이 5, 6년은 되었다. 둘은 같은 초등학교를 다녔고, 같은 시장에 심부름을 다녔다. 꼬마김밥 공장을 알았고, 떡볶이 맛을 알았다. 그뿐만이 아니었다. 이야기가 1994년으로 흘러가자 또다른 공통점이 발견되었다.

커트 코베인이었다. 그 시절에 그들은 커트 코베인에 열광했다. 둘은 실내 포장마차에서 〈Smells Like Teen Spirit〉을 같이 불렀다. 같이 부르기는 했으나 주희가 가사를 거의 몰랐다. 영어를 한글로 받아 적은 것 같은, 그것도 매우 이상한 방식으로 받아 적어 외운 것 같은 가사로 주희가 노래를 불렀다.

에야에야에야오.

이만은 웃음을 터뜨렸다. 이만도 가사를 정확히 외우는 건 아니었지만 적어도 '헬로 헬로 헬로 하우 로' 정도는 알고 있었다. 그걸 에야에야에야오로 부르다니. 그런데도 저렇게 정말 가사가 그렇다는 것처럼 부르다니. 나중에는 이만도 낮게 에야에야에야오를 따라서 했다. 주인이 좀 조용히 해달라고 할 때까지 그랬다.

그들은 커트 코베인의 노래를 부르기는 했지만, 커트 코베인의 죽음에 대해서는 말하지 않았다. 커트 코베인은 1994년에 자살로 생을 마감했다. 주희는 그 사실을 알고 있을까? 이만이 궁금해하고 있을 때, 주희가 갑자기 물었다.

"같은 사람이라고 생각하시는 거예요?"

그리고 한 호흡 쉬었다가 짧게 이었다.

"그쪽을 죽을 뻔하게 한 사람이?"

그리고 또다시.

"그애들 중 하나라고 생각하세요?"

"모르겠습니다."

"뭐든지 했을 만한 애들이죠. 그러니까 우리 주열이도 그렇게 했겠죠. 그렇지만……"

다시 주희가 침묵했다. 하고 싶은 말이 있는 얼굴이었는데, 동시에 말할 생각이 없는 것도 같았다. 주희는 다시 커트 코베인에 대한 이야기를 꺼냈다. 자신이 얼마나 열렬한 너바나 팬이었는지, 커트 코베인이 어린 시절 얼마나 가난했는지, 얼마나 불행했는지, 그가 죽었을 때 자신이 얼마나 슬펐는지…… 멀리 돌아가려고 애써도 결국 누군가의 불행과 고독과 죽음에 대한 이야기였다.

주희는 그날 술을 많이 마셨다. 포차에서 나올 때 보니 주희 혼자 마시다시피 한 빈 소주병이 세 병이나 되었다. 이미 자정을 넘긴 시간이었는데, 주희는 주열을 보러 가겠다고 했다. 취한 주희를 말릴 수 있을 것 같지 않아 이만은 따라갔다. 폴리스 라인이 사라진 폐가는 어둠 속에서 그냥 하나의 무덤처럼 보였다.

"어제 TV를 보는데 사람을 죽이고 그 시체를 내다버리는 영화가 나오더라고요."

차마 들어가보지는 못하겠는 듯 문만 바라보며 주희가 말하기 시작했다.

"얼른 꺼버렸는데, 또 얼른 다시 켜게 되더라고요. 어떻게 하는 건가, 저런 짓은 어떻게 하는 건가 싶어서요. 그런데 재미난 게, 그 영화가 재미난 게 말이에요. 죽은 사람이랑은 아무 관계도 없는 옆집 사람이 시체를 치워요. 죽인 사람을 대신해서요. 영화에서는 그 죽은 사람이 나쁜 놈이더라고요. 그런데 다들 가만 놔두니까, 하늘도 가만 놔두니까, 누군가는 대신 벌을 주고 누군가는 대신 그 쓰레기를 치워주는 거지요."

이만은 주희가 말하는 영화가 어떤 건지 알 것 같았다. 그도 그 영화를 봤었다. 한 남자가 이웃집 여자를 위해 시체를 대신 유기해주는 영화.

"나쁜 놈은 벌을 받아야 하는 거니까요. 누가 나쁜 놈이든 벌을 받아야 하는 거니까요. 그래야 하는 거니까요."

주희는 한동안 말없이 서 있었다. 그리고 다시 말했다.

"나쁜 놈이 한 나쁜 짓은 그냥 지나가면 안 되는 거니까. 하늘이 할일을 안 하고 있으면 사람이 해야 하니까. 하늘에서 내리는 벌 말고, 벼락 같은 거 말고, 교통사고 같은 것도 말고, 사람이 하는 거 말이에요."

술기운 때문일 것이다. 주희는 에야에야오를 반복했듯이 같은 말을 계속하고 있었다. 그러다가 아주 길게 침묵했다. 그리고, 문득, 말했다.

"내가 죽였어요."

이만이 고개를 돌려 주희의 옆얼굴을 바라보았다.

"전부 다, 내가."

이만은 잠자코 있었다.

"그게 누구든, 가만 놔두고 싶지 않았어요. 만일에 주열이를 건드린 놈이 있다면, 그게 누구든, 죽일 거라고 다짐했었어요."

주희가 이만을 돌아보았다. 미소를 띤 얼굴이었다.

"이뤄졌어요. 그렇죠?"

그리고 잠시 후, 다시 말했다.

"그러니까 그쪽도, 그만두세요. 다 이뤄졌으니까 말예요."

8

최윤재의 사망 사고 신고가 들어오던 시간에 안찬기가 그 경찰서에 있었던 것은 김주열의 사망에 대해 조사하기 위해서였다. 말이 조사지, 후배들에게 들러붙는 거나 다름없었다. 김주열의 사체가 발견된 곳의 관할서에는 여전히 아는 후배들이 현역으로 있었다. 스무 살에 시작한 형사 생활을 정년이 될 때까지 했으니 전국 어디에든 연이 닿지 않는 경찰이 없었다. 한 다리를 건너든 서너 다리를 건너든, 어떻게

든 닿기는 닿았다. 그렇더라도 직접 아는 사이와 통해서 아는 사이는 다르지 않을 수가 없었는데, 운이 좋게도 김주열 사건의 담당이 그가 잘 아는 후배인 박관용 형사였다.

떡볶이집에서 김주희를 만난 후에도, 그는 곧바로 경찰서로 가서 박형사 옆에 들러붙어 앉아 있었다. 그 낮, 그 저녁, 그 밤, 그리고 이튿날 오전까지 내리. 설마 복직한 거냐고 농을 건네는 형사도 있었다. 그렇게 농을 건넨 형사가 이튿날 이른 아침에 그에게 해장국을 사주며 최윤재네 해장국집 이야기를 했다. 그 집이 아직도 아는 사람들은 아는 맛집이라면서. 최윤재의 아버지가 형사들에게는 해장국값을 안 받는다는 말도 했다. 그러면서 또 농담을 했다. 그 해장국이 이제 보니 뇌물이었네, 뇌물이었어. 그가 최윤재의 사망과 관련된 아버지의 이야기를 좀더 구체적으로 해주었다.

최윤재의 아버지는 아들이 그런 식으로 어이없이 죽은 걸 천벌로 생각하기보다 억울하게 여기는 게 더 많은 것 같다고 했다. 최윤재가 숨어 있던 이모부 집에서 나온 것이 아버지의 설득 전화를 받고 나서였다는 것이다. 주희에게 사죄를 하려고 나온 것이니 천벌을 받을 이유도 없고, 주희를 피해 뛰어내릴 이유도 없었다는 것이다. 물론 아버지의 말을 다 믿을 수는 없었다. 최윤재가 아버지의 말을 좇아 정말로 주희에게 사죄하기 위해서 나온 건지, 아니면 더 멀리 도망치려다가 들켰던 것인지는 아버지라도 그 속내를 다 알 수 없을 테니.

더군다나, 안찬기가 최윤재 이모부의 주변 사람들을 따로 탐문해본 바에 의하면, 최윤재가 거기에 숨었던 것도, 거기에서 나온 것도 아버지의 생각과는 다른 바가 많았다. 유골이 발견되자 최윤재가 다시 겁을 먹었던 모양이었다. 땡땡땡이라고 그렇게 외치고 다니기는 했지만, 정작 유골이 발굴되자 정말로 아무도 안 잡으러 오는 건지 확신할 수가 없었던 것이다. 그런데 정말로 안 잡으러 오더라는 것이다. 하루, 이틀…… 일주일이 되도록. 그러니 더는 주희를 피할 이유도 없게 되었다는 것이다.

아무튼 최윤재의 아버지에 의하면, 최윤재와 그 일당들은 1994년 7월 24일 밤, 빈집에서 본드를 하고 약을 하고 술을 마셨다. 그러다가 김주열만 놔두고 다들 먼저 집으로 돌아갔다. 최윤재는 제일 먼저 그 집에서 쫓겨났다. 애들은 최윤재가 사온 본드만 뺏고, 얼마 놀아주지도 않은 채 욕을 하며 쫓아버렸다. 그리고 최윤재는 한밤중에 창문을 두드리는 소리를 듣고 깼다. 창밖에서 송중호가 빈집으로 다시 오라고 불렀다. 최윤재가 빈집에 다시 갔을 때는, 김주열은 이미 죽어 있었다. 얼마나 토했는지 토사물로 기도가 다 막혀 있었다고. 개새끼가 본드를 뒈질 때까지 했다고, 이런 개새끼, 미친새끼, 송중호가 욕을 했다고. 그 욕을 듣고 있는 시체의 얼굴이 시퍼렜다고. 왜 묻어야 했는지는 이유도 모르겠다고, 송중호가 그러자고 했는데, 안 그러면 자기도 그냥 묻어버릴 것 같았다고. 자기도 죽여 묻어버릴 것 같았다고.

최윤재의 아버지는 평생을 불안 속에서 살았다. 최윤재 본인이야 말할 것도 없을 것이다. 최윤재 아버지의 진술을 있는 그대로 믿고, 또 최윤재가 아버지에게 털어놓았다는 말을 믿는다면, 그들의 불안은 얼떨결에 동참하게 된 암매장이 아니라 그전의 일, 그러니까 김주열의 죽음에 대한 것이었다. 죽이지 않았는데, 죽이지 않았다고 말할 수 없어서. 죽이지 않았는데, 죽인 사람이 될까봐서.

그래서 최윤재가 술만 취하면 그 일을 떠들고 다니고, 자기가 한 짓은 아니라고 하고, 그러다가 더 취한 날에는 실은 나도 한 짓이 있기는 하다고 말하고, 그러나 절대로 죽인 건 아니라고 말하고는 했다는 것이다. 그러고 나면 아버지가 또 그 뒷수습을 하고 다녀야 했고.

최윤재가 자수하는 소동을 벌였을 때 그걸 본서에 보고했다가 무시와 조롱만 당했던 순경은 설마 그 때문은 아니었겠지만 얼마 뒤에 경찰을 그만두었다. 그만둔 후에는 난데없이 장편소설 공모에 당선되어 작가가 되었다. 그 일이 한동안 경찰들 사이에서 화제가 되었는데, 상금이 일이천도 아니고 억 단위였기 때문이다. 순경 노릇을 겨우 두어 해 했던 주제에 셜록 홈스 뺨치는 범죄 스릴러 추리소설을 썼다. 그 소설을 안 읽은 경찰이 없었다. 범죄소설이어서가 아니라, 그 소설을 쓴 사람이 경찰 출신이어서도 아니라, 상금 때문이었다. 모두들 읽고 나서 욕을 했다. 말도 안 되는 걸 소설이랍시고 썼다는 욕이었는데, 실은 질투에 지나지 않았다. 안찬기도 마찬가지였다. 소설을 읽었고, 이런 건 나도 쓰겠다고 욕했다.

안찬기는 후배 형사에게서 그 순경의 근황에 대해 들었다. 이제는 추리소설 작가가 된 그 '전직 순경'이 김주열이 사체로 발견되자마자 취재를 한답시고 여기저기 쑤시고 다닌다고 했다. "소설가님께서 소설을 어떻게 쓰실지는 모르지만, 이거 또 괜히 우리가 좇 되는 거 아닌가 모르겠어요"라며 박 형사가 고개를 흔들었다.

안찬기는 그 작가의 전화번호를 수첩에 적었다. 혹시 최윤재에 대해 자신이 모르고 있는 걸 알고 있을지 알아볼 작정이었지만—말하자면 최윤재의 죽음과 함께 등장한 그 수

두룩한 이름들에 대하여, 그리고 그 공교로운 죽음들에 대하여—그게 아니더라도 충고 한마디쯤은 해줄 수 있을지 몰랐다. 소설은 그냥 소설로 쓰라고 말이다.

순경 노릇 기껏 한두 해 해본 그 '전직 순경'은 잘 모르겠지만, 경찰 일은 언제나 결과가 중요했다. 나쁜 놈들을 잡느라고 얼마나 애를 썼는지, 죽을 똥을 쌌는지, 죽을 똥만 싼게 아니라 정말로 뒈질 뻔한 게 몇 차례인지, 그런 건 조금도 중요하지 않았다. 그 과정에서 저질러진 잘못과 실수, 그러고도 잡지 못한 범인, 놓쳐버린 범인, 그런 것들만 부각되어 무책임하고 무능하다는 비난만 받게 되는 게 바로 경찰 일이었다. 물먹고 좆 되는 일에 관해서라면, 맞았다. 배가 터지게 먹었고 수도 없이 되었다.

정년퇴임을 했고, 이제는 전직 경찰이 되었고, 앞으로는 혹시 편의점 주인이 될지도 모를 안찬기는, 그러나 평생 동안 형사였던 사람이었다. 그것도 나쁜 시절을 다 거쳐나간 형사였다.

전문 영역도 없이 아무 사건이나 맡아 나쁜 놈을 때려잡고, 나쁜 놈인지 아닌지 확인하기도 전에 두드려 패기부터 하고, 매달고, 물에 처넣어 고문을 하고, 돈을 받아 챙기고, 그러면서도 어느 날은 피해자 때문에 눈물을 펑펑 쏟고, 열흘 스무 날 집에도 들어가지 않고 씻지도 않으면서 잠복을 하고, 난데없이 시위 현장에 배치되고, 머리가 깨지고, 쇠파 이프에 맞아 어깨가 나가기도 하고…… 그랬던 모든 시절 동안 형사였던 사람인 것이다.

정년퇴임을 할 때 안찬기를 가장 끔찍하게 만든 상상은 동네 사람들이 그에게 잃어버린 개나 고양이를 찾아달라고 부탁하는 것이었다. 실제로 그런 일은 없었고, 앞으로도 생길 것 같지 않았지만 안찬기는 여전히 그런 불안을 안고 살았다. 말하자면 쓸모없어지는 것, 사그라드는 것, 무의미해지는 것에 대한.

이만의 사건을 조사하기 시작한 이후로 사는 게 갑자기 의미 있어졌다고 할 수는 없었다. 그러나 지루함을 잊을 수는 있었다. 그저 그 정도였다. 그런데 갑자기 몸속에서 불이 켜진 듯한 기분이 들기 시작했다. 최윤재의 사망 때부터였다. 아니, 더 정확히 말하면 최윤재를 끝으로 김주열 암매장 사건의 공범들이 모두 죽었다는 것을 깨닫게 된 때부터였다. 물론 아직 실종된 송중호가 남아 있기는 했지만, 단순 실종이 아닌 것만은 분명했다. 송중호의 생활반응이 끊긴 게 벌써 1년째라고 했다.

황이만의 사건과 김주열의 사건, 그리고 최윤재의 사망이 어떻게 연결된 것인지 아직은 알 수 없었다. 전혀 별개의 사건일 수도 있었다. 그런데도 몸속 어딘가가 자꾸 간질간질했다. 실 끝만 찾으면 주르륵 풀릴 수도 있을 것 같았다. 그런 촉이 왔다. 주르륵 풀린 그 끝에, 뭔가, 예기치 못한 것이 끌려 나올 것 같은 촉도 왔다.

9

안찬기는 드래곤2974를 확인하기 위해 이만의 회사 건물 CCTV를 살펴봤다. 이만의 설명과 다른 바는 전혀 없었다. 드래곤2974가 벌였다는 소동도 별것 아니었다. 커피 트레이를 들고 가던 다른 업체의 직원 하나가 드래곤2974와 부닥쳐 사과를 했는데, 괜찮다는 말 한마디 없이 손만 휘휘 저어 놓고는 나중에야 몹시 심한 욕을 하더라는 것이었다. 그 욕하는 소리가 너무 커서 멀리 떨어져 있던 시큐리티의 귀에까지 들렸다고 했다.

그 장면은 영상으로도 확인할 수 있었다. 안찬기는 그 장면에서 영상을 멈추었다. 드래곤2974와 커피 트레이를 든 사람이 충돌하는 순간, 로비 바깥을 지나가는 차가 눈에 띄었다. 체로키 같았다. 안찬기는 영상을 처음부터 다시 보기 시작했다. 또다른 체로키가 보였다.

아니, 같은 체로키였다. 체로키 한 대가 회사 건물을 빙글 빙글 돌고 있었다. 마치 주차할 곳을 찾듯이 천천히. 마침내 건물 입구의 건너편에 선 체로키는 주정차 금지 구역인데도 그곳에 오래 머물러 있었다. 건너편 건물의 경비가 나타나 체로키의 창문을 두드렸다. 체로키는 떠났고, 다시 돌아오지 않았다. 적어도 그가 보고 있는 CCTV에는 더는 등장하지 않았다. 주차를 다른 곳에 했다면 근방의 다른 CCTV에 잡혔을 것이다. 그러나 안찬기는 확인할 수 없었다. 상관없었다. 중요한 것은 그 영상이 황이만이 교통사고를 당하기 전날의 것이라는 사실이었다. 안찬기는 다시 전전날의 영상을 확인했다. 체로키는 보이지 않았다. 그 앞의 날에도 역시 마찬가지였다. 체로키는 정확히 그 전날부터 황이만을 쫓아다니기 시작한 것이다. 그러니까, 재개발 지구에서 백골 사체가 발견되었다는 보도가 된 날부터.

체로키의 운전자가 고령이라고 했었다. 칠십몇이랬나 팔십몇이랬나. 안찬기는 수첩을 뒤져보았다. 이만에게 의뢰를 받을 때 적어두었던 것들이 있었다. 강한경, 77세, 림수목. 그 외에 더 참고할 만한 정보는 없었다. 안찬기는 그다음 일이 무엇인지 알았다. 전화하기. 현직에 있는 후배들에게 들러붙기. 강한경은 교통사고 가해자여서 그 기록이 금방 확인되었다. CCTV에서는 보이지 않았던 림수목의 앞뒤 글자도 알 수 있었다. 감림수목원이었다. 안찬기는 곧바로 수목원으로 향했다.

주소지를 향해 한 시간쯤 운전하자 서울 경계에 있는 화훼촌이 나왔다. 목적지 부근에서부터 비닐하우스들이 눈에 띄기 시작했다. 초원 꽃집, 영주네 화원, 그린 하우스…… 수목원 같은 곳은 보이지 않았다. 차를 세우고 내려서 다시 한번 거슬러올라가보았으나, 역시 마찬가지였다.

'꽃과 나무를 파는 집'이라는 간판이 붙은 비닐하우스의 문이 열려 있는 게 보였다. 그러고 보니 영업중인 가게가 그 집 말고는 한 곳도 없었다. '꽃과 나무를 파는 집'의 주인이 감림수목원은 광릉수목원 같은 그런 거창한 곳이 아니라 화훼촌 뒤편에 있는 농원이라는 것을 알려주었다. 이어서 꽃이나 화분은 팔지 않고 나무만 파는 농원인데 지금은 영업을 하지 않는다는 것도 말해주었다. 문을 닫은 지가 꽤 됐다는 것이었다.

"왜요?"

"왜긴 왜겠어요. 망한 거지."

화원 주인은 묻는 대로 대답을 잘했다. 심심한 기색이 역력했다. 비닐하우스 안, 꽃과 나무들조차 심심해 보이는 한낮이었다.

"거기 주인을 잘 알아요?"

"다들 서로서로 알죠. 나나 그 아저씨나 여기 사람이니까요. 여긴 외지인이 거의 없거든요."

그러고는 잠시 후, 안찬기가 묻지도 않은 말을 하기 시작했다. 말동무가 생겨 반가운 듯했다.

"여기 화훼촌 처음 생길 때 지역 주민들한테 지원이 꽤 나왔거든요. 그러니까 너도 나도 다 꽃집 열고 그랬지. 그땐 다들 꽃 팔고 화분 팔아서 떵떵거리고 잘살게 될 줄 알았지. 큰 농원 하던 사람들까지 여기다 비닐하우스 짓고 장미꽃이니 안개꽃 같은 걸 떼다 팔고 그랬어요. 그러다 다 망했지. 다 망했어. 감림수목원만 하더라도 은행관리로 넘어간 지 좀 됐죠. 그래도 농원 정도나 되니까 은행에서 잡아주지, 이딴 비닐하우스는 누가 받아나 주겠습니까? 공짜로도 안 받지. 나라도 안 받지. 그런데 거긴 왜 찾아요? 소나무 사시게?"

경찰에 있을 때 탐문수사를 하다보면 이렇게 말이 많은 사람을 만나게 되는 경우가 종종 있었다. 사실 그런 사람은 어디든지 있었다. 그렇더라도 탐문을 시작하자마자 이런 사람인 건 운이 좋다고밖에는 할 수 없는 일이었다. 그는 이제 경찰도 아니었다. 필요하다면 아마 사칭이라도 했겠지만 다행히 그런 일은 생기지 않을 것 같았다.

강한경은 수목원이라 이름 붙은 농원이 은행관리로 넘어간 후에도 주기적으로 와서 나무를 돌봤다고 했다. 갑자기 건강이 나빠져 더는 나무를 돌볼 수 없게 되었을 때는 그냥 와서 한 바퀴씩 돌아보고 가기도 했던 모양이었다. 언젠가는 나무 밑에 앉아 평평 우는 걸 본 적도 있다고 주인은 말했다. 강한경이 폐암 환자이고, 교통사고 때문이 아니라 그 때문에 병원에 입원해 있다는 사실을 안찬기는 묻지 않고도 알게 되었다.

감림수목원은 화훼촌 뒤편으로 나 있는 농로를 따라 조금 더 걸어들어간 곳에 있었다. 수목원에서는 나무와 함께 조경용 석상도 팔았던 모양이었다. 조잡한, 그러나 크기는 엄청나게 큰 석상들이 한쪽에 늘어서 있었다. 묘목과 나무들 역시 뿌리째 파여 한쪽으로 옮겨져 있었다. 무슨 공사를 할 모양이었는데 아직 초기 단계로 보였다. 파헤쳐진 곳보다는 여전히 그대로인 곳이 더 많았고, 훌륭한 수형을 지닌 나무도 아직 몇 그루 심어져 있었다. 수령이 아주 오래되었을 것으로 보이는 나무들이었다. 그리고 그중에 누가 봐도 눈에 띌만한 소나무 한 그루가 있었다.

"거기가 이 일대에서 제일 큰 농원이었어요. 이 일대가 다 뭐야. 여기저기 통틀어서도 그랬지."

안찬기가 돌아 나올 때 꽃도 팔고 나무도 파는 집의 주인이 농로 입구에 서 있다가 말했다. 안찬기가 돌아 나오기를 기다리고 있었던 모양이었다. 안찬기가 아니라 누구에게라도, 꽃이나 나무가 아니라 사람이기만 하다면 하루종일이라도 말을 하고 싶은 얼굴이었다.

"강씨 아저씨가 그걸 지키느라고 온갖 일을 다 했어요. 은행 돈만 갖다 쓴 게 아니라 끌어올 수 있는 건 다 끌어오고, 팔 수 있는 건 다 팔아서 거기다 집어넣었단 말이죠. 사실 그 연세에 이게 할일이 아닌데 말이에요. 사람들은 꽃하고 나무는 물만 먹으면 사는 줄 알지. 근데 그게 아니거든. 이게 보통 품이 드는 일이 아니야. 힘은 또 얼마나 써야 하게. 그런데 그 아저씨가, 이제는 뭐 할아버지지. 나야 입에 붙어서 아저씨라고 부르지만 낼모레면 팔십인 양반이니. 그래도 병 걸리기 전에는 청년 못지않았어요. 멋쟁이는 또 얼마나 멋쟁이였게. 그 아저씨가 지프차 몰고 다니는 거 보면 아가씨들도 홀딱 반할 지경이었으니 말해 뭐해. 그런데, 병이 그게 무서운 거야. 병원 가니까 대번에 그냥 말기라고 나오더래. 아니무슨 그런 게 있어요? 평생 꽃하고 나무하고 살았는데, 또 하필이면 폐암이야. 그 아저씨가 담배도 안 피웠거든요. 아무튼 내 말은 강씨 아저씨가 참 평생 동안 나무만 의지하고 살다가 끝이 너무 안 좋게 돼버렸다 이거죠."

"그런데 나무들이 남아 있던걸요."

안찬기가 말을 끊으며 물었다.

"좋은 나무들 같던데요?"

"잘생겼죠? 누가 봐도 근사한 놈들이지. 강씨 아저씨가 농원 넘길 때 울면서 사정했대요. 다른 건 다 어떻게 해도 좋으니까 딱 한 나무만 파지 말고 거기 그냥 둬달라고. 그런데 뭐 그렇게 되겠나. 아저씨 죽자마자 다른 데로 가겠지, 그 나무도."

"그 나무는 왜 파지 말랬대요?"

남아 있던 나무들 중에서도 유독 눈에 띄던 소나무를 떠올리며 안찬기가 물었다.

"거기다 아들을 묻었거든요."

"네?"

"수목장요, 수목장."

안찬기가 놀라는 게 우스웠던지 꽃도 팔고 나무도 파는 집의 주인이 웃음소리까지 내가며 말을 이었다.

"설마 매장을 했겠어요, 저기다가? 화장해서 함에 담아 묻었다고 하더라고요. 근데 그 함이 저절로 녹는다네. 흙속에서 녹아서 사라진대. 그러니 이젠 뭐, 아무것도 없는 거지. 하나뿐인 아들이 그렇게 가버린 거지."

안찬기는 한동안 말없이 감림수목원을 향해 서 있었다. 화원 주인이 계속해서 무슨 말을 해댔지만 귀담아들을 만한 내용은 더 없었다. 차를 댄 곳으로 돌아가려고 몸을 돌리다가 그는 이만이 걸어오고 있는 것을 발견하고 깜짝 놀랐다. 이만에게는 강한경의 주소지를 알려준 적이 없고, 자신이 이곳을 찾아올 예정이라는 말도 한 적이 없었기 때문이었다. 놀라기는 이만 역시 마찬가지인 모양이었다. 이만이 잠깐 멈춰 섰다가 그를 향해 걸어오기 시작했다.

안찬기는 서둘러 이만에게로 걸어가 그의 어깨를 툭툭 쳤다. 차로 가자는 뜻이었다. 화원 주인이 아무리 생각 없는 사람이라고 할지라도 하루에 두 번씩이나 낯선 이가 나타나 감림수목원에 대해 캐묻는 것을 별일 아니라고 여기지는 않을 것이었다.

차에 올라 문을 닫자마자 안찬기는 이만에게 여기를 어떻게 알았느냐고 물었다. 보험회사 통해 들었겠지 짐작하며 물은 말이었는데 인터넷에서 찾았다는 답이 돌아왔다. 교통사고 현장을 누가 찍어 인터넷에 올렸는데, 거기 나온 체로키 차량 사진의 수목원 로고를 다시 이미지 검색인가 뭔가로 해서 알아냈다는 것이었다.

　남이 사고를 당했는데 그걸 찍어 인터넷에 올리는 심사는 대체 무엇일까. 안찬기는 이해할 수 없었다. 그러나 그런 사진들이 넘쳐난다는 걸 그도 알고 있었다. 자신과 상관이 있든 없든, 그게 무슨 일이든, 우선은 찍고 보는 것이다. 미제로 빠질 뻔한 살인사건이 그런 사진으로 해결되기도 했는데 그런 단서를 발견하는 게 사이버 수사대도 아니고 팀 내의 막내 형사일 때도 많았다.

　"만나셨어요?"

　이만이 물었다. 강한경에 대해 묻는 거였다.

　"만났으면 뭘 물어봤으려나."

　안찬기는 돌려서 대답했다. 드래곤2974를 조사하다가 그 CCTV 화면에서 체로키를 발견했다는 말을 이만에게는 아직 하기 전이었다. 강한경을 만나보고 뭔가 좀 윤곽이 드러나면 판단할 작정이었는데, 이만을 여기서 만난 바에야 말하지 않을 이유가 없다 싶기도 했다.

　이만은 조용히 들었다. 그들이 차를 출발시키지 않고 갓길에 머물러 있는 걸 화원 주인이 계속해서 바라보고 있었다. 말도 많고 관심도 많고 시간도 많은 사람이었다.

　"날 쫓아다닌 건가요, 그럼?"

더 게임

출간일 : **2023. 06. 16.** | 작가명 : **김인숙**

▶ 미스터리

읽은 날짜

....

감상평

....

....

....

....

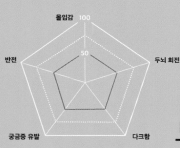

"알 수 없지."

그렇게 대꾸하기는 했으나 의심할 여지가 없는 일이었다. 황이만도 그렇게 알아들었을 것이었다.

"왜 그랬을까요."

대답을 들으려고 하는 말이 아니었다. 답을 바란 질문이었더라도 안찬기는 대답할 수 없었을 것이다. 왜 쫓아다녔을까를 묻는 것인지, 아니면 왜 사고를 냈는가를 묻는 것인지 알수 없기도 했지만, 안다고 해서 달라질 것도 없었다. 그건 우연도 아니었고, 사고도 아니었다. 강한경은 이만을 덮치려고 했던 게 분명했다. 그리고 체로키로 사람을 덮치려고 했다면, 그건 분명히 살의였다.

"모르는 사람이에요. 확실해요."

"이제부터 알아봐야겠지."

"김주열하고 상관이 있을까요?"

안찬기는 대답 대신 시동을 걸었다. 거기에 더 머물러 있다가는 '꽃과 나무를 파는 집' 주인의 눈이 빠지게 생겼다. 아마도 뒤늦게 그들이 의심스러워지기 시작했을 터였다. 강한경을 만나면 분명히 그들에 관한 말을, 그것도 꽤 과장해서 할 것 같았다. 그러기 전에 강한경을 만나야 했다. 그러나 이만을 달고 갈 생각은 없었다.

"이장군 말이야."

"네."

"그 사람한테 보좌관이 있었어. 여자친구였다는 애, 이…… 이…… 그래, 이연희, 맞지? 그 여자애를 참고인으로 조사할 때 같이 왔었지. 나중에 서에서 좀 수군수군했어. 그 사람이 이장군 해결사 비스무리한 걸로 유명했더라고. 집 안 쪽 일은 그 사람이 싹 다 해결하고 다녔다니까. 그러니까 그때 그 여자애도 데리고 왔던 거겠지. 삼촌이라고 불렀던 것 같은데, 진짜 삼촌 같지는 않았고."

"네."

그런데요, 묻는 대신 이만은 네, 하고 대답했다. 알고 있는 내용이어서가 아니라 안찬기의 말을 끊지 않으려는 것 같았다.

"핫, 근데!"

난데없이 안찬기가 혀를 찼다.

"이 양반이 나보다 먼저 편의점을 내셨네!"

무슨 말이냐는 듯 이만이 안찬기를 바라봤다.

"송도 쪽이야. 가볼 테야?"

묻는 듯이 말했지만 가보라는 뜻이었다.

한때 이장군의 보좌관이었던 유상대. 그에 대해서는 어렴

지 않게 알아낼 수 있었다. 짐작보다도 더 쉬웠다. 권력의 측
근에 있었으니 경찰들과도 인연이 있으리라 확신했는데, 두
다리를 건너기도 전에 그를 안다는 사람을 만났다. 그가 온
갖 잡다하고 지저분한 일들을 처리하는 동안 경찰들에게 챙
겨준 뒷돈이 많았던 모양이었다. 게다가 그런 일을 꽤나 솜
씨 있게 했던지 그를 안다는 사람이 그와의 인연을 굳이 감
추려고 들지도 않았다.

유상대의 소재지를 파악하기는 했지만 안찬기는 그와의
대면을 미루는 중이었다. 지금은 편의점 주인이라지만 과거
에는 그 이장군의 보좌관이었던 사람이 경찰 신분증도 없는
그에게 어떤 말이든 쉽게 해줄 것 같지가 않았다. 누구나 '꽃
과 나무를 파는 집'의 주인 같지는 않은 법이다. 미끼가 없으
면 절대로 입을 열지 않는 부류의 사람들이 있다. 유상대는
분명히 그쪽일 것이다. 그러나, 혹시, 황이만이 그 미끼가 되
어주지는 않을까? 알 게 뭔가. 아무튼 안찬기는 지금 이만을
떼어놓고 다른 걸 좀 알아보고 싶을 뿐이었다.

이만을 택시 타기 좋은 곳에 내려주자마자 안찬기는 부재
중 전화를 확인했다. 박형사의 이름이 떠 있었다. 부탁해놓
은 일을 다 끝낸 모양이었다. 폐가 구역이 우범지대가 되자
재개발 예정 지구 조합에서 곳곳에 CCTV 카메라를 달았다.

대개는 작동되지 않는 전시용이었지만, 최윤재가 뛰어내린 곳은 가까운 데 알박기를 하고 살고 있는 조합원의 집이 있는 덕분에 작동되는 카메라를 달아놓았다는 것을 알게 됐었다. 박형사에게 그걸 확인하고 전화를 해달라고 했었다. 그 안에 뭐가 있을까? 설마 김주희가 최윤재를 떠밀었을 거라고 생각하는 것은 아니었다. 그러나, 뭔가가 있으리라는 예감을 지울 수가 없었는데, 떡볶이집에서 본 그녀의 태도 때문이었다.

하룻밤 사이에 김주희가 달라져 있었다. 이유가 뭘까.

10

경찰서로 가는 길에 강한경이 입원해 있다는 병원이 있었다. 병원이 어딘지는 '꽃과 나무를 파는 집'의 주인에게서 들었고 병실은 병원에서 알아낼 수 있었다. 친척 사칭이 통했다. 704호. 황이만에게 전염이 된 모양이었다. 그 숫자가 의미심장하게 여겨졌고, 그런 자신이 어처구니없게도 여겨졌다. 아무튼 7월 24일이라는 날짜를 다시는 잊지 못하게 된 것만은 확실했다. 1994년 7월 24일 21시 54분에 황이만이 칼에 찔렸다. 그러나 죽은 사람은 황이만이 아니다.

엘리베이터에서 내린 후에도 길고 복잡한 복도를 지나서야 704호가 나왔다. 병실 앞 복도에 긴 의자가 놓여 있었다. 안찬기는 그 의자에 앉아 잠시 생각을 가다듬었다. 무턱대고 병실로 들어가 강한경에게 말을 물을 수는 없었다. 먼저 전략을 짜야 했다.

맞은편 의자에 앉은 남자가 흘깃 그를 바라보더니 몸을 돌려 앉았다. 통화를 하는 중이었는데 남에게 들려주고 싶지 않은 내용인 모양이었다. 어차피 잘 들리지도 않았다. 실종이라는 말이 불쑥 튀어나오기 전까지는 귀 기울여 들을 생각도 없었다.

"죽었다니까요! 사망 확인서 있을 거 아닙니까? 법적으로 그렇잖아요? 지금 법적인 걸 물어보잖아요, 제가. 실종 얘기가 왜 나와요?"

안찬기는 자신도 모르는 사이에 몸을 기울였다.

"아니, 깨어나긴 했지만 정신이 완전히 나가버렸다니까요. 아무 말도 안 해요. 폐암 말기라니까요. 차 타고 나가서 교통사고 낼 만큼 멀쩡한 상태가 아니라니까 그래요. 아무튼 그건 나도 어떻게 된 건지 모르겠고, 말기가 맞다고요. 그러니까 이걸 지금 빨리 처리하지 않으면 남은 거까지 은행에

싹 다 넘어갈 상황이라고 말씀드렸잖아요, 제가?"

남자가 갑자기 자리에서 벌떡 일어섰다.

"아니, 그럼 돈 받고 하는 일이 뭡니까? 돈 받아 처먹고 하시는 일이 뭐냐고요, 이 새끼야!"

사납게 전화를 끊고 돌아서던 남자가 안찬기를 발견했다. 안찬기는 피하지도 않고 남자의 시선을 받았다. '뭘 봐, 이 자식아' 하고 한마디쯤 욕설을 내뱉기라도 할 것처럼 성난 얼굴의 남자는, 그러나 말없이 안찬기를 지나쳐 704호로 들어갔다. 잠시 후 남자가 병실을 나왔을 때, 이번에도 둘의 눈이 마주쳤고, 남자 역시 시선을 피하지 않았다.

"나 알아요?"

남자가 물었고, 안찬기는 대답 없이 남자를 빤히 쳐다보기만 했다. 자기를 아느냐고 물을 때는 불쾌하거나 화가 난 것처럼 보였던 남자의 얼굴이 점점 불안해졌다. 뭔가 켕기는 것이 있는 자의 얼굴이었다. 안찬기가 비로소 입을 열었다.

"사고 때문에요."

"강한경씨 찾아왔어요?"

운이 좋았다. 강한경의 이름이 나와서는 아니었다. 교통사고와 폐암 말기를 운운할 때 이미 강한경과 관계된 자일 거라는 짐작이 있었다. 다만, 자신이 건드린다고 해서 남자가 반응을 할 거라는 확신은 없었다. 그런데 남자가 반응을 보인 것이다. 생각보다 깊이 찔리는 데가 있거나 조금만 흔들어도 어지러울 만큼 심약한 사람이거나 둘 중 하나일 터였다. 남자가 말했다.

"교통사고, 그거 보험회사에서 처리하지 않았나요? 뭐 문제 있어요?"

"참 이상해……"

"뭐요?"

"사람들은 왜 돈이면 다 된다고 생각하나 몰라. 사과도 한마디 안 하고."

남자는 인상을 찌푸린 채로 복도 의자에 앉아 있는 안찬기를 내려다보았다. 판단이 잘 서지 않는 것 같았다.

"노인이 지금 상태가 아주 안 좋으셔서…… 죄송하게 됐네요. 그날도 병원에 있다가 나가셨던 모양인데…… 원래는 운전을 아주 잘하시는 분인데…… 아무튼 많이 다치신 것처럼 보이진 않네요. 다행입니다."

"다친 사람은 내가 아니고요. 그런데 누구신지?"

"강한경씨 보호잡니다."

"아들?"

"아닙니다. 조칸데……"

남자가 말을 멈췄다. 알지도 못하는 사람이 묻는 대로 대답하고 있다는 걸 비로소 깨달은 것이다.

"아무튼, 지금 강한경씨가 상태가 아주 안 좋으세요. 그러니까 사고 처리는 보험회사하고 하시고…… 그런데 그거 벌써 다 하지 않았어요? 누가 얼마나 다쳤는지는 모르겠지만 사과는 나중에 받으셔야겠습니다. 많이 아프십니다."

강한경의 조카라는 남자가 병실로 들어갔다. 이상한 방문객이 왔다고 경고하려는 것이거나, 아니면 당황한 탓인 듯했다. 잠시 후 강한경의 조카가 다시 나왔다. 이번에는 눈조차 마주치지 않고 엘리베이터 쪽으로 가버렸고, 안찬기는 704호 병실로 들어섰다.

강한경의 침대는 곧 찾을 수 있었다. 강한경은 눈을 감고 누워 있었다. 잠이 든 건지 의식이 없는 건지 알 수 없었다. 새까맣고 깡마른 얼굴이 먼저 눈에 띄었다. 체로키를 몰기는 커녕 그 차에 올라탈 기운도 없을 것 같은 모습이었다. 병에 대해서 잘 알지는 못하지만 죽음이 가까이 와 있는 것만큼은 분명해 보였다. 그렇다면 죽기 전에 반드시 해야 할 일이었다는 뜻일까, 황이만을 차로 밀어버리는 것이?

그런데 하필이면 왜 그날이었을까. 김주열이라는 아이의 사체가 발견된 직후에. 더군다나 그날은 백골 사체의 신원이

외부에 알려지기도 전이었는데.

잠시 후 안찬기는 병실에서 나와 다시 복도의 긴 의자에 앉았다. 그곳에서 그는 이만의 흉내를 내봤다. 핸드폰을 꺼내 인터넷에 강한경의 이름과 실종이라는 단어를 입력하고 검색 버튼을 눌렀다. 혹시나 싶었지만 아무것도 나오는 게 없었다. 어차피 큰 기대도 하지 않았었다. 그렇게 쉽게 모든 것이 찾아진다면 범인도 인터넷으로 찾을 수 있을 것이다.

그런데 범인이라니……

자신이 아주 자연스럽게 범인이라는 단어를 떠올리고 있다는 사실에 안찬기는 새삼 놀랐다. 잠시 후에는 자신이 어떤 종류의 범인을 생각하고 있는 것인지조차 모르고 있다는 사실에 더 놀랐다. 범인이라면 황이만을 칼로 찌른 자일까, 김주열을 죽인 자일까.

물론 아직까지 김주열이 살해당했다고 판단할 만한 근거는 없었다. 최윤재는 김주열이 본드를 하다가 죽었다고 진술했다. 정황상 믿기 어려웠지만, 믿기 어려운 말이 믿기 쉬운 거짓말보다 더 진실에 가까울 때가 있다는 것도 그는 알고 있었다. 진실을 어떻게 규정하느냐에 따라서는 그랬다. 예컨대, 정당방위가 있다. 죽은 놈은 죽을 만큼 잘못했을까. 죽인 놈은 죽일 만큼 필사적이었을까. 죽이지 않으면 죽을 상황이었을까. 최종적인 판단을 하는 건 경찰의 몫이 아니었다. 그렇더라도, 판단 없이는 수사할 수 없었다. 오직 증거에 입각한 객관적인 수사? 엿먹으라는 소리나 마찬가지였다.

안찬기는 인터넷 검색을 중단하고 통화 목록을 열었다. 역시 제일 빠른 건 인터넷도, 탐문도 아닌 전화였다. 그는 박형사에게 전화를 걸어 부재중 전화가 CCTV에 관한 것이었다는 걸 확인한 후, 덧붙이듯이 강한경과 관련된 실종자 명단을 찾아달라고 부탁했다.

다시 병실로 들어선 것은 그로부터 삼십 분쯤 후였다. 강한경은 여전히 깨어 있지 않았다. 안찬기는 강한경의 침대에 명함을 올려놓았다. 퇴임하기 전에 쓰던 명함이었으니 일종의 경찰 사칭일 수도 있겠으나 그후로 다시 명함을 가져본 적이 없어서 어쩔 수가 없기도 했거니와, 아직은 그 명함이 효력을 발휘할 거라고 믿었다.

강한경은 아마도 전화를 걸어올 것이다. 누군가를 차로 밀어버리고 싶을 만큼 열렬한 적의를 지닌 사람이라면 그만큼 할말도 많을 것이다. 누군가를 차로 밀어버리고 싶을 만큼 열렬한 적의가 있음에도 끝내 그렇게 하지 못한 사람이라면 더더욱 할말이 많을 수밖에 없을 것이다.

11

안찬기가 강한경의 병원에 머물고 있는 동안, 이만은 송도의 편의점 앞에 도착했다. 유리창 안으로 노인이라고도 할 수 없고 노인이 아니라고도 할 수 없는 남자가 보였다. 이만은 편의점 안으로 들어갔다.

남자가 카운터에서 몸을 일으켰다. 카운터 한쪽에는 노트북 모니터가 켜져 있고, 화면에 유튜브 영상이 정지되어 있었다. 요란한 분장을 한 여자가 허리춤에다 지폐를 빽빽하게 꽂고 두 팔을 높이 쳐든 채 멈춰 있었다. 부흥회에서 찬양하라 외치기라도 하는 것 같은 모습이었지만, 실은 품바였다. 그 품바가 중장년과 노년층에게 폭발적인 인기를 끈다는 기사를 본 적이 있었다. 카운터를 보던 남자는 방금 전까지도 폭소를 터뜨리고 있었던 듯 얼굴에 웃음주름의 흔적이 가득했다.

이만은 생수 한 병을 냉장고에서 꺼내 계산대 위에 올려놓았다. 계산은 눈 깜짝할 사이에 끝이 났다. 이만은 무슨 말이든지 해야 했다.

"뭐 좀 여쭤보려고요."

"네에."

친절한 목소리였다. 시간이 많으니 뭐든지 물어보라는 것 같은. 기껏해야 길이나 묻는 거겠지, 그렇게 여기는 것 같은.

"유상대씨를 찾고 있습니다."

"누구신지?"

마땅히 받으리라고 예상했던 질문이었다. 동시에 어떤 대답을 해야 할지 망설이지 않을 수 없는 질문이기도 했다. 나는 이연희를 아는 사람, 나는 이연희의 옛날 남자친구, 아니, 나는 이연희와 잘 뻔했으나 자지 못했으니 남자친구라기보다 그냥 친구…… 아니, 그건 자는 것과는 상관없는 거 아닌가. 그런데 연희는 나를 남자친구라고 생각하기나 했었을까. 그후에라도 나를 과거의 남자친구로 한 번쯤 떠올려보기나 했을까.

어쩌면 오직, 이렇게만 생각하지는 않을까.

그애, 칼에 찔린 애……

"이연희에 대해서 물어보려고요."

누구냐는 질문에는 대답하지 않고 이만은 물었다. 유상대는 당황하는 것 같지 않았다. 놀라는 것 같지도 않고, 어리둥절해하는 것 같지도 않고, 궁금해하지도 않는 얼굴이었다.

"뭘 물어보려고요?"

해결사였다고 했다. 안찬기는 해결사 비슷한 일을 한 사람

190

이라고 했지만 이만에게는 그 말이 그냥 '해결사'로 들렸다. 한때 최고 권력자 중의 한 사람이었던 이장군을 위해 뭔가를 '해결'하고 다닌 사람이라면 보통 사람은 아닐 터였다. 그래서일까, 저 흔들림 없는 얼굴은. 저렇게 웃고 있는 얼굴은 혹시 전혀 웃지 않는 얼굴인 것이 아닐까.

유상대가 카운터 밖으로 나왔다. 카운터 안에 있을 때도 느꼈지만 작은 키의 남자였다. 작은 키였고 노인의 몸이었다. 그 남자가 제법 키가 큰 이만을 올려다보듯이 바라보았다.

"뭘 알고 싶다고 했잖아요?"

"연희를……"

"연희가 뭐요?"

"연희 소식을…… 연희가 사라져버린 후에…… 소식을 알 수가 없어서……"

내가 지금 무슨 소리를 하고 있나. 이게 지금 말이 되는 소리인가. 그걸 판단하기도 전에 유상대가 말을 끊었다.

"그럴 리가요."

유상대가 말했다. 갑자기 단단한 목소리였다. 왜소하지만 단단하고 위압감이 느껴지는 몸처럼 목소리도 그랬다.

"사라진 건 연희가 아니잖아요. 그걸 물어보러 온 거잖아요? 안 그래요? 황이만씨."

유상대가 그의 이름을 정확히 부르는 순간, 편의점 문이 열렸다. 노인인 여자가 그들을 한번 쳐다보고는 곧바로 카운터 안으로 들어갔다.

"나와봐요, 내가 밖에서 알려줄 테니."

갑자기 유상대가 이만의 팔을 잡았다.

"이 손님이 길을 물으시네."

카운터를 향해 말한 후에는 편의점 문을 열고 이만을 밖으로 밀었다. 후끈하다못해 사람을 죽여버릴 것 같은 더위가 확 몰려왔다. 이만을 뒤쫓아 나온 유상대가 물었다.

"여긴 어떻게 알았어요?"

이만은 대답 대신 명함 한 장을 꺼내 건넸다. 안찬기의 것이었다. 혹시 필요하면 써보라고 안찬기가 일부러 건네준 것이었다. 그 명함을 잠깐 내려다본 후에 유상대가 말하기 시작했다.

"난 이제 이장군 의원님하고는 아무 관계가 없어요. 그분 남산 계실 때부터 시작해서 여의도 가실 때까지 오래 보필했는데, 끝이 안 좋았죠. 사실은 쫓겨난 거나 다름없어요. 연희가 미국으로 가서 제 아버지하고 인연을 딱 끊어버렸는데, 아, 그건 알고 있는 거예요? 연희 미국 간 거? 미국 가서는 이름도 아예 미국 이름으로 바꿔 산다던데. 아무튼 그걸 내

탓으로 돌리더군요. 내가 뭘 어쨌다고? 이젠 돌아가셨으니
하는 말이지만."

미국…… 연희가 미국에 갔다…… 이만은 물론 알지 못
했다. 그래서였나. 그동안 이연희에 관한 그 어떤 검색 결과
도 찾을 수 없었던 것은……

"그러니 난 아무것도 모른다는 거죠. 연희가 미국으로 간
거 말고는 난 아무것도 몰라요. 그런데 황이만씨가 찾는 게
연희가 맞아요? 내게 묻고 싶은 게 그거예요?"

푹 찌르듯이 들어오는 질문이었다. 실제로 가슴이나 배의
어딘가에 날카로운 통증 같은 게 느껴지기까지 했다. 편의점
안에서도 같은 식의 질문을 받았었다. 사라진 건 연희가 아
니지 않냐고, 유상대가 푹 찌르듯이 물었었다. 이번엔 이만
이 물을 차례였다.

"날 어떻게 아십니까?"

"왜 모르겠습니까. 연희 친구라면 황이만씨 말고도 다 압
니다. 게다가 황이만씨는 날 경찰서에까지 가게 만들었잖아
요. 그때 이의원님이 노발대발, 정말 그런 난리도 없었습니
다."

그러고는 새삼스럽게 이만의 얼굴을 들여다보듯이 바라보
았다.

"많이 변하지 않았군요. 편의점 들어오자마자 알아봤어요. 그 정도로 내가 사람 얼굴을 잘 기억합니다. 이장군도 그거 하나는 인정했지. 집 앞에서 얼쩡거리는 놈은 한 번만 봐도 안 잊어버렸거든요. 그런데 지금 황이만씨가 나한테 묻고 싶은 건 그게 아니잖아요. 그렇죠?"

다시 한번 찌르는 듯한 질문이었는데, 통증은 그 질문이 아니라 그에 이어진 말로부터 왔다.

"나도 거기 있었어요."

순간 적막이 찾아왔다.

"황이만씨, 당신도 거기 있었고요."

거기라니……

이만은 순식간에 알아들었다. 김주열이 죽은 곳, 그가 칼에 찔린 곳, 거기.

그때, 편의점 쪽으로 아이들이 몰려왔다. 아이들이 매장 밖에 있는 아이스크림 냉동고를 열었다. 한꺼번에 떠드는 소리에 유상대의 목소리가 파묻혔지만, 이만은 전부 알아들었다.

"알고 싶은 게 그거잖아요. 그렇죠? 그런데요, 잊으세요. 세월이 그렇게 흘렀으면 잊으세요. 오죽하면 법에서도 잊어주는 세월입니다. 공소권 없음, 공소시효 만료, 그게 무슨 뜻인지 알아요? 잊어주겠다는 뜻입니다. 마치 꽉 막힌 도로 같은 거예요. 앞에서 사고차량이 막고 있으면 뒤차들이 가지를 못하는 거예요. 그래서 차를 강제로 빼주는 거지요. 그래야 도로가 움직이니까요. 그래야 사니까요. 그러니까 내 말은, 잊어버리라는 겁니다. 그게 황이만씨한테도 좋다 이겁니다. 그러니까 나는 잊어주겠다 이겁니다. 잊어줄 수 있다 이겁니다."

아이들이 아이스크림을 하나씩 들고 우르르 편의점 안으로 들어갔다. 다시 조용해진 길가에 유리창 두드리는 소리가 들렸다. 유상대의 아내가 유리문을 안쪽에서 두드리고 있었다. 유상대가 편의점을 한번 돌아본 후, 다시 말을 이었다.

"난 들어가봐야 해요. 내가 카운터 비우는 걸 집사람이 아주 싫어한단 말입니다. 집사람은 가게를 보러 나오는 게 아니라 날 감시하러 나와요. 무섭죠. 이 나이쯤 되면 무서운 거라곤 마누라 눈 밖에 나는 거하고 병 걸리는 거밖에 없어요. 죽을병 걸리기 전에 마누라한테 잘해놔야 한다 이겁니다."

이만은 편의점 안으로 들어가는 유상대를 붙잡지 못했다. 혼이 다 나가버린 것 같은 기분이었는데, 무슨 까닭인지 유상대가 무서웠던 것이다. 마치 잠깐 동안 엄청난 협박을 받은 것 같은 기분이기도 했다. 턱끝에서 땀이 뚝 떨어졌다. 얼굴 전체가 땀으로 흥건했다. 그 잠깐 사이에 그토록 많은 땀을 흘렸다니 믿어지지 않을 지경이었다.

멍하니 서 있는 이만 앞에 빈 택시가 다가와 섰다. 예약등이 켜져 있었다.

"내가 불러드렸어요! 타고 가세요!"

뒤에서 편의점 문이 열리고 유상대의 목소리가 들렸다. 이렇게 갈 생각은 조금도 없었지만, 유상대에게서 들어야 할 말이 엄청나게 많이 남아 있는 것 같았지만, 이만은 택시를 고분고분히 탔다. 더위를 먹은 것처럼 속이 울렁거리고 눈앞이 노란 것이 쓰러질 것 같았기 때문이다. 급한 것은 더 급한 것으로 가려지기 마련이었다. 당장은 잠시라도 열을 식힐 곳이 필요했고, 유상대에 대한 생각은 그후에야 다시 할 수 있을 것 같았다.

택시 안에서 몸이 식고 머리가 식는 동안, 유상대의 말이 이명처럼 응응 울렸다. 점차 그 울림이 말과 목소리로 다시 살아났다. 이만은 그 말들을 한 마디 한 마디 되새겼다. 처음부터 끝까지 반복해서. 유상대를 어디서 본 것 같다는 느낌이 든 건 그때였다.

어디였더라…… 어디였더라……

이만은 핸드폰을 꺼냈다. 사진 보관함으로 들어가 다운로드해둔 사진을 띄워 확대했다. 김주열의 사체가 발견된 곳, 폐가 앞 골목의 사진.

그가 거기에 있었다. 울고 있는 김주희가 찍힌 사진 속에. 사람들 틈에 껴 있는 키 작은 남자. 흐릿한 사진이었지만, 유상대가 분명했다.

나도 거기 있었어요.

유상대가 말했었다.

황이만씨, 당신도 거기 있었고요.

그건 언제를 말하는 것이었을까.

12

그 사진을, 같은 시간에, 안찬기도 보고 있었다. 울고 있는 김주희를 확인하기 위해서였다. 사진은 작았고, 화질도 좋지 않았다. 게다가 사진 속 여자는 두 손으로 얼굴을 완전히 덮다시피 하고 있었다. 우는 것으로도 보였고, 놀라고 있는 것처럼도 보였고, 심지어는 웃고 있는 것처럼 보이기도 했다. 김주희처럼 보이기도 했고, 김주희가 아닌 것처럼도 보였다.

사진에서 눈을 돌려 방금 전까지 보고 있던 CCTV 영상을 주시했다. 김주희가 뒤를 돌아보는 장면에서 화면이 정지되어 있었다. 김주희의 진술은 전부 사실이었다. 최윤재가 축대 옆 길을 절뚝절뚝 걸어올라왔고, 그 뒤를 김주희가 쫓아올라오고 있었다. 최윤재가 갑자기 멈춰 섰고, 번개가 쳤고, 땡땡땡 하는 듯했다. 그리고 뛰어내렸다. 한 가지 눈에 띄는 것은 김주희가 아주 잠시이기는 하지만 뒤를 돌아봤다는 것이었다. 땡땡땡과 뛰어내리는 사이. 찰나의 사이. CCTV에 김주희의 뒤쪽은 보이지 않았다.

왜 뒤를 돌아보았을까. 땡땡땡이 하도 난데없어 누구에게 하는 소린가 싶어 반사적으로 뒤를 돌아보았던 것일까. 아무도 없는 것을 확인하고 다시 고개를 돌린 것일까.

최윤재의 땡땡땡은 과연 김주희에게 한 말이었을까.

그는 다시 사진으로 시선을 옮겼다. 그리고 사진의 구석구석을 확대해보았다. 유상대가 보였다. 그 바로 옆이었다. 한쪽 구석에 찍힌 발이 있었다. 사진 속 신발이 최윤재가 죽던 날 신었던 것과 같았다.

사체 발굴 소식만 듣고 곧바로 도망을 쳤다더니 그전에 현장엘 와보았던 것일까. 그런데 그곳에서 김주희를 보고 도망을 쳤던 것일까.

그럴 리가 없을 것 같았다. 사체 발굴 현장까지 보러 올 정도면, 그 정도로 뻔뻔하다는 뜻이었다. 더군다나 벌써 1년째 땡땡땡 하고 돌아다녔다지 않는가.

그렇더라도 막상 맞닥뜨리자 겁이 났던 것일까. 혹은 미안했던 것일까?

그래서 숨기까지 했다고?

그러고 나서는 도망을 치느라 뛰어내리기까지 했다고?

아무래도 자연스럽게 여겨지지가 않았다. 그는 다시 사진을 들여다봤다. 이 여자는 김주희일까, 아닐까.

13

아무 소득이 없는 시간이 며칠 더 흘렀다. 은퇴한 후 시간이 많아진 게 괴로운 건 떠오르는 생각들이 많아서였다.

안찬기는 40년 동안 경찰로서 살았다. 경찰 생활은 지겹고, 때때로 끔찍했다. 나쁜 놈을 잡는 보람보다 나쁜 놈을 놓친 열패감이 더 컸던 청춘의 시절은 금방 지나갔고, 나중에는 보람도 열패감도 없었다. 그러나 그래서 버틸 수 있었을 것이다. 일이 성취의 수단이 아니라 직업이 된 순간부터 몸속에 들어 있는 톱니바퀴가 길이 든 것처럼 돌아가기 시작했다. 민원실에서 근무하는 순경들과 다를 바가 없었다. 출근하고 퇴근하고 월급 받고, 또 출근하고 퇴근하고 월급 받고.

그러지 말 걸 그랬다는 생각이 들기 시작한 건 퇴직을 한 후부터였다. 시간이 많아져서였다. 생각이 이른 아침 강가의 안개처럼 몰려와 스며들어서는 몰려올 때와는 달리 금방 빠져나가지 않고 스며든 채로 머물렀다. 좀더 재밌게 살 걸 그랬다, 좀더 잘할 걸 그랬다, 그런 생각뿐만 아니라 좀더 잘해줄 걸 그랬다는 밑도 끝도 없는 생각도 들었다. 그냥 누구에게든. 피해자에게든, 피의자에게든.

황이만의 사건도 마찬가지였다. 그는 처음부터 그 사건의 담당은 아니었다. 그 사건을 맡은 선배가 갑자기 맹장이 터져 일을 떠안게 되었었다. 선배가 실려간 병원이 황이만이 입원해 있는 병원과 같았다. 겸사겸사 선배의 병문안을 갔더니 칼부림 사건에 뭐 대단한 게 있겠냐며, 선배는 미안하단 말도 하지 않았다. 그런 선배에게 그 사건 참고인의 아버지가 이장군이더라는 말은 하지 않았다. 그랬다면 맹장이고 뭐고 당장 뛰쳐 일어났을 것이다. 줄 잘 서는 일에 목숨을 거는 사람이었다.

그는 관심 없었다. 줄이든 무엇이든, 그런 일에는. 오히려 이장군 때문에 짜증이 났었다. 정치와 얽힌 사건은 그게 어떤 종류의 사건이어도 싫었는데, 더군다나 이장군이 끼어들어 전한 메시지가 분명했기 때문에 더 그랬다. 참고인을 빼라는 소리였다. 수사할 거리가 참고인 하나밖에 없는 사건에서 참고인을 빼라니 접으라는 말이나 다를 바가 없었다.

그는 물론 현장에 나가보았다. 맹장이 터지기 전에 선배가 남긴 기록과 다른 것은 없었다. 사건이 있던 날 밤에 거센 소나기가 쏟아졌었다. 핏자국이든 뭐든 남은 흔적이 없었다. 흉기도 범인도 찾을 수가 없었다. 목격자가 있기는 했다. 피습사건이 일어난 시간대에 황이만의 자취방 앞에서 수상한 사람을 보았다는 이웃 주민이 있었다. 맞은편 집 주민이었는데 비가 오려나 보려고 창밖으로 고개를 내밀었다가 수상한 자를 보았다고 했다. 맞은편 집이 총각 하나만 사는 달셋방인데, 어떤 사람이 그 집 문을 강제로 열려고 하는 것 같았다는 것이었다. 그런데 잘 안 됐던지 그냥 가버리더라고. 도둑이라고 생각했으면 신고했겠지만, 그리고 뭐 아가씨가 사는 집이었으면 걱정이라도 했겠지만, 그 수상한 자가 도둑도 아니고 술 취해서 집을 잘못 찾은 사람처럼 보이기도 했다는 것이었다. 얼굴은 어두워서 보지 못했다고 했다.

목격자가 그 수상한 자의 얼굴을 봤다고 한들 달라지는 것은 없었을 것이다. 그 정도의 사건에 몽타주를 작성하고 그 몽타주를 배포하고 또 용의자를 수배하고 하는, 그런 공력을 들일 형사는 없다.

그 당시에 김주열이 암매장된 빈집은 조사하지 않았다. 그래야 할 이유가 없었다. 황이만은 칼에 찔린 후 스스로 몇십미터를 걷거나 기어 내려왔다. 그래서 처음에는 자기가 찔린곳이 정확히 어딘지도 몰랐다. 황이만은 쓰러지고 엎어지며닥치는 대로 골목에 있는 집들의 문을 두드렸다. 그중 한 집에서 사람이 나왔고, 그 사람이 신고를 해 경찰차가 왔다. 사람이 죽어가는 상황이어도 구급차보다 경찰차가 오는 게 더당연하던 시절이었다. 경찰은 사람이 쓰러져 있다는 곳의 위치를 잘 찾지 못했다. 골목은 복잡했고, 번지수가 적혀 있지않은 집도 많았다.

그래서 황이만은 하마터면 죽을 뻔했을까? 그렇지는 않았다. 칼에 여러 번 찔리고 베이기는 했지만 다행히 대동맥을비켜가 치명상을 피했다. 그랬으므로 수사를 깊이 해야 할이유도 없었다. 날이면 날마다 그보다 더 심각한 사건들이터졌다. 그렇지 않은 날에는 시위 현장에도 동원되어야 했고, 무슨 무슨 행사에도 동원되어야 했고, 서장 아들의 결혼식에도 가야 했다. 그런 시절이었다.

"여기 나왔네."

옆자리에 앉아 있던 박형사가 자기 책상 위의 모니터 화면을 안찬기 쪽으로 돌려주었다. 박형사의 책상 위에 호두과자 포장지가 수북했다. 그가 고속도로 휴게소에서 사온 것이었다. 소득이 없던 며칠 동안, 안찬기는 발품을 팔고 다녔다. 죽은 사람들이 많아서 알아보고 다녀야 할 것도 많았다.

박형사는 현직에 있는 후배 중에 가장 정이 많았다. 무엇이든 거절하지 못하기로 유명했다. 그러니까 그는 지금 친분을 이용하는 걸로도 부족해 정도 이용해먹는 중이었다. 별수 없는 일이었다. 부탁이든 청탁이든 호두과자든, 아무것도 먹히지 않게 되는 때가 곧 올 것이다.

모니터에 '의문사 진상 규명 촉구'라는 제목의 박스 기사가 떠 있었다. 1994년 11월 초 한 신문에 실린 것이었는데, 과거 반정부 활동을 하다가 사망하거나 실종된 사람들의 사건에 대한 진상 규명을 촉구하는 민간단체들의 성명서가 실려 있었다. 그 성명서에 조인한 민간단체들이 한둘이 아니었다. 어떤 단체는 안찬기에게도 익숙했고 어떤 단체는 처음 들어보는 것이었다. 그중의 한 단체 이름을 손으로 짚으며 박형사가 말했다.

"그 양반이 여기 소속이더라고요. 그 명단은 나중에 또 나오니까 이따가 보고. 그런데 희한한 게 그 양반 아들이 유명하더만요. 달리 유명한 게 아니라 실종으로 유명해요."

"의문사라며? 죽은 건 아니고?"

"의문사 전에 의문의 실종도 있다 이거지. 실종된 채 발견 안 됐으니까 의문사일 수도 있다는 건데, 그냥 그럴 수도 있다가 아니라 죽었다고 확신한다는 거지. 시체만 못 찾았다 이거지. 우리가 어디다 갖다 감쪽같이 묻었다 이거지. 어디 강이나 바다에 버렸거나."

"갑자기 무슨 우리냐? 쌍팔년도냐, 지금이? 나이도 어린 게."

박형사가 웃었다.

"선배님 만나면 이래서 좋습니다. 아직도 어리단 소리를 들어요, 내가."

"이게 전부야?"

"뭐, 딴거 필요해요? 실종 신고 기록은 그 파일 안에 있어요. 근데 별거 없어요."

"강한경이 아들이 둘인가?"

"왜요?"

하나뿐인 아들이 죽어 수목장을 했다는 얘기를 '꽃과 나무를 파는 집'의 주인에게서 분명히 들었다. 그런데 그 죽은 아들이 기록상으로는 여전히 실종이라는 것이다.

"그런데 말이에요."

박형사가 말했다.

"이거 실종 신고가 까마득히 오래전이잖아요."

실종 신고는 1994년에 되어 있었다. 7월 24일은 아니었다. 두 달쯤 전인 5월 말이었다. 그러나 중요한 것은 그게 1994년이라는 것이었다. 작년 재작년도 아니고 20년도 더 전인, 1994년. 이걸 우연이라고 할 수 있을까.

게다가 20년이면 실종 상태에서도 얼마든지 사망 선고 신청이 가능했다. 신청을 안 해도 법원에서 알아서 사망 선고를 내려주기도 했다. 20년이란 그런 세월이었다.

"이렇게 오래된 걸 왜 찾아요?"

"글쎄."

안찬기는 말을 흐렸다.

"실종자 찾아주기, 뭐 그런 거 해요? 하더라도 이렇게 오래된 걸 왜 해? 이렇게 오래된 거에 돈이 나오면 뭐 얼마나 나오겠나."

정이 많은 박형사는 입이 가벼웠다. 어쩌면 무지근한 마음을 그렇게 가벼운 말로 털어내려는 것일지도 모르겠지만. 실종자 가족의 마음이라는 게 어떤 건지 형사인 그가 모를 리 없고, 퇴직 형사가 이런 거나 알아보고 다니는 게 얼마나 처량한 일인지를 또한 모를 리 없을 테니 말이다. 그래서 안찬기 역시 농담으로 대꾸했다.

"늙어봐라. 한 푼이 아쉽다."

그러면서 그는 다시 모니터를 들여다보았다. 그사이에 화면이 꺼져 있었다.

"이거 어떻게 하는 거냐?"

"어이구, 참. 일부러 이러나 정말로 모르나 몰라."

박형사가 마우스를 움직이자 모니터 화면이 켜졌고, 다시 그 기사가 나왔다. '의문사 진상 규명 촉구'. 다른 화면을 띄우자 관련 자료가 떴다. '강제실종'이라는 단어에 노란색 하이라이트가 쳐져 있었다.

실종이면 실종이지, 강제실종은 다 뭔가. 강한경이 활동했던 단체의 정확한 명칭은 '의문사 유가족과 강제실종자 가족 협의회'였다. 역시 단체의 성명서가 있었는데, 그에 의하면 강제실종이란 공권력이 개입된 의문의 실종을 말하는 것 같았다. UN의 규정이 어쩌고저쩌고하는 설명이 붙어 있기는 했지만 한마디로 말하면 경찰이 잡아갔는데, 그런 것 같은데, 그후 사라져버렸다는 얘기였다. 더 간단한 방식으로 이해할 수도 있었다. 말하자면 시체를 못 찾았다는 것이다.

그들이 말하는, 혹은 주장하는 관련된 케이스들이 있었다. 시체를 찾기는 했으나 오히려 그럼으로써 공권력이 개입된 사실이 확증된 것들이라고 했다. 그들에 의하면, 실종 신고를 했음에도 무연고자로 처리되어 이미 화장되어버린 경우가 있고, 익사체로 떠오른 경우도 있고, 숲속에서 목을 맨 채로, 혹은 매달린 채로 발견된 사람도 있었다. 경찰의 발표는 물론 그들의 주장과는 달랐다. 교통사고, 추락사, 익사, 자살. 경찰은 이 사건들을 이례적으로 빠르게 처리했다. 당연히 그랬을 것이다. 매우 정치적인 사안이었을 테니. 고문은 없었다, 강제구인이나 연행도 없었다, 그런 시도조차 없었다…… 사인을 발표하면서 경찰 혹은 기관이 내놓은 해명을 믿은 사람은 아무도 없었을 것이다. 황이만의 여자친구 아버지인 이장군이 바로 이 협의회에서 지목하는 '꼭대기'였다. 대통령을 빼고는 그랬다.

안찬기는 정치와 얽힌 사건이 싫었다. 그는 어떤 방식으로든 경찰의 편일 수밖에 없었는데, 동시에 그런 자신이 딱히 자랑스럽게 여겨지지도 않았다. 옳고 그른 것, 맞고 틀린 것을 판단하기에 앞서 편을 가르고 선을 긋는 일이 먼저였다. 누가 내 동생을 때렸느냐며 밥을 먹다가도 숟가락을 집어던지고 뛰어나가는 형이나 다를 바가 없었다. 상대가 뭘 어쨌는지도 모르고, 어떤 놈인지도 모르고 그냥 뛰쳐나가는 것이다. 누가 시켜서도 아니고, 그냥 본능이었다. 게다가 그 본능이란 것이 한번 발동되기만 하면 얼마나 사나운지.

아무튼 강한경의 아들 강노을이 실종자였는데, 그것이 강제실종이라는 주장이 있었던 모양이었다. 그 주장에 의하면 강노을은 기관원들에게 연행된 후에 사라졌다. 부평 지역의 공장노동자였고, 노조 설립 운동과 관련되었던 듯했다. 과격분자였던 것으로 보이지는 않았다. 연행된 이유도 본인 때문이 아니었다. 다른 '주요 인물'의 행적을 캐던 도중에 엮였을 뿐인 듯했다. '강노을은 곧 귀가 조치되었다. 그후의 행적에 대해서는 알지 못한다.' 그것이 기관에서 주장하는 바였다.

주목할 만한 것은 당시 강한경의 행동이었다. 강노을이 강제실종자로 유명해진 것이 바로 강한경 때문이었다. 아들이 실종된 후 얼마 동안 강한경은 이 단체의 회원으로 활동했다. 그것도 상당히 열성적으로. 시위, 기자회견, 투서, 심지어는 투석, 더 나아가서는 화염병 투척까지 했다. 화염병 투척의 경우는 결과가 아주 나빴다. 그게 시위로만 끝나지 않고 실제 화재로 이어진 것이다. 그때부터 협의회의 공식적인 활동에서 강한경이 사라졌고, 얼마 후에는 명단에서까지 사라져버렸다. 협의회 쪽에서 강한경과 선 긋기를 한 것 같았다.

강한경은 아들이 강제실종되었다고, 즉 죽었다고 믿은 모양이었다. 그렇지 않다면 그렇게 맹렬히 단체 활동을 한 이유가 설명되지 않았다. 그러나 강노을은 살아 있었다. 살아 있었으니 돌아올 수 있었고, 돌아왔으니 수목장을 할 수도 있었던 것이다. '꽃과 나무를 파는 집' 주인의 말에 의하면 강한경에게는 자식이 하나밖에 없고, 그 아들은 죽어서 나무 아래 묻혔다고 했다. 그게 언제였을까. 실종된 날짜는 알 수 있지만 사망한 날짜는 알 수 없었다. 강노을은 서류상으로는 여전히 실종 상태였다. 20년이 넘도록. 강한경이 아들 강노을의 사망신고를 미루어 얻은 혜택이 있었을까. 그렇지는 않을 것 같았다. 강노을에게 나올 연금이 있을 것 같지도 않고, 설령 있다 한들 대단한 액수일 리도 없을 것이다.

의문은 또 있었다. 그는 왜 황이만을 차로 밀어버리려고 했을까. 그것도 김주열의 사체가 발견된 직후에. 강노을과 황이만은 접점이 전혀 없었다. 둘은 나이도 달랐고 사는 곳도 달랐고 자란 환경도 달랐다. 군이 찾자면 이연희 정도일까. 강노을이 끌려가 조사를 받은 기관의 수장이 이연희의 아버지였고, 그 이연희는 황이만의 여자친구였다. 그러나 이런 연결은 너무 억지스럽게 여겨진다. 이런 식으로 갖다붙이자고 들면 연결되지 않는 것이 없고, 인연 아닌 것이 없을 것이다. 더군다나 그 둘을 김주열과 연결시킬 수 있는 고리가 전혀 없었다. 그러나 반면, 많은 범죄의 해결이 그야말로 실낱같은 가능성으로부터 시작되기도 한다는 걸 그가 모르는 바는 아니었다.

안찬기는 습관처럼 수첩을 꺼냈다. 형사 생활을 그만둔 후로 팽개쳐버렸던 수첩을 다시 가지고 다니기 시작했다. 그 수첩 안에 그가 찾는 이름이 적혀 있었다. 페이지를 넘기면서 그는 '이연희, 이연희' 두어 번 그 이름을 중얼거렸다. 그 이름 위에 빨간 동그라미를 쳐놓은 페이지가 금방 나왔다. 동그라미를 그렸던 이유가 기억났다. 이 사건에는 '사라지는 사람'들이 너무 많았다. 김주열은 20년이 넘게 실종 상태였다가 백골로 발견되었고, 강노을은 심지어 강제실종되었던 적이 있으며 기록상으로는 여전히 실종 상태였다. 이연희는, 실종은 아니었다. 이연희는 현재 한국에 거주하지 않는 것으로 확인되었다. 언제부턴지는 정확히 알 수 없으나 미국에 아예 정착한 모양인데, 이장군의 장례식 때는 귀국을 해 기사에도 났던 걸 확인할 수 있었다. 그러니까 사라졌다는 건 황이만의 주장일 뿐이었다. 그 주장에 따르자면 헤어진 연인은 전부 사라진 사람이라고 말해도 좋을 것 같았다. 안찬기에게도 사라진 여자들이 많았다. 다른 남자와 잘 살고 있거나, 아니면 뜻밖에 일찍 죽었거나, 대개는 그냥저냥 늙어가고 있겠지.

그는 이연희와 유상대를 기억했다. 참고인 조사를 위해 이

연희에게 연락을 했는데, 이연희가 오기로 한 시간에 서장 실에서 호출이 왔다. 가보니 이연희가 그곳에 있었다. 서장 은 이연희가 이장군의 딸이라고 말했고, 그는 서장이 말하는 바를 알아들었다. 계속 고개를 숙이고 있던 이연희의 얼굴 은 잘 떠오르지 않는데, 서장실 밖에 서 있던 유상대의 얼굴 은 분명히 기억이 났다. 익숙한 기운이 있었다. 해결사의 기 운 같은 것…… 유상대의 옆을 지나가면서 일부러 그의 눈 을 똑바로 쳐다봤다. 조금도 흔들림이 없는 눈이었다. 위 협도, 경고도, 불안도 없었다. 무언가를 그냥 송두리째 빨아 들이거나 쏟아낼 것 같은 눈이었다. 좋은 쪽이 아니라 나쁜 쪽으로.

하, 그런데 편의점 주인이 되었다 이거지!

해결사든 경찰이든, 늙으면 별수없는 것이다.

수첩을 덮고 일어나 안찬기는 잠깐 망설였다. 유상대에게 갈 것인가, 아니면……

잠시 후, 안찬기는 감림수목원 쪽으로 마음을 정했다.

그로부터 두 시간쯤 후, 여전히 공사가 중지된 채 텅 비어 있는 감림수목원을 이리저리 돌아다니던 안찬기는 강한경이 아들을 묻었다는 소나무 근처에 빈병 여러 개가 버려져 있 는 것을 발견했다. 술병이었다. 대부분 특별할 것 없는 소주

병이었는데, 그 사이에 눈에 띄는 병이 하나 있었다. 정종 병이었다. 버려진 지 얼마 안 된 것으로 보이는 소주병들과 달리, 정종 병은 흙과 나뭇잎에 반쯤 묻혀 있었다. 안찬기는 쭈그려앉아 그것을 파냈다. 병을 거의 뽑아내다시피 해야 했다. 병 속에 비닐 포장지가 꽂혀 있었다. 북어 포장지였는데, 포로 저민 것이 아니라 제사상에나 올릴 통북어가 들어 있던 포장지였다. 그 안에 뭔가가 더 있었다. 두어 장의 영수증이었다. 영수증은 습기에 젖어서 포장지에 찰싹 달라붙어 있었지만, 오히려 그 덕분에 글자를 알아볼 수 있었다. 정종과 북어, 담배를 산 영수증이었다. 상품명보다 더 중요한 것이 있었다. 영수증의 날짜였다. 7월 25일이었다.

14

수목원에서 나온 안찬기는 차를 송도 쪽으로 몰았다. 눈앞에 수북이 쌓인 퍼즐 조각들이 있었다. 한 피스만 빠져도 퍼즐 맞추기가 얼마나 골치 아파지는지 안찬기는 잘 알았다. 유상대를 만나는 걸 더 미뤄서는 안 될 것 같았다.

유상대의 편의점은 송도 신도시의 대규모 아파트 단지 입구에 있었다. 늦은 오후였고, 더워 죽는다는 말이 조금도 과장으로 여겨지지 않을 정도로 푹푹 찌는 날씨였다. 거리를 지나는 사람이 없었다. 더위도 더위지만 평소에도 사람들이 분주히 오고갈 만한 곳으로는 보이지 않았다.

편의점 유리창 안으로 유상대의 실루엣이 보였다. 카운터에 앉아 모니터를 들여다보고 있었다. 우스운 장면이라도 보았는지 갑자기 파안대소하는 표정이었는데, 그 음소거 된 웃음이 기이하게 여겨졌다.

안찬기는 편의점 문을 열고 들어갔다. 유상대가 시선은 여전히 모니터 쪽으로 둔 채 안찬기 쪽으로 고개를 돌렸다. 방금 전 파안대소하던 표정이 그대로 남아 있었다. 그 표정을 조금도 바꾸지 않으며 유상대가 안찬기와 시선을 맞추었다.

유상대가 몇 살이라고 했더라. 자신보다 나이가 많은 것은 분명했다. 해결사라고 불렸던 예전의 모습은 이제 어디에서도 보이지 않았다. 그저 보통의 늙은 사람일 뿐이었다. 머리는 듬성듬성했고, 얼굴에는 잘고 굵은 주름이 가득했고, 팔뚝의 살은 늘어지고 처졌다. 배도 나온 것 같았다. 그런데도 익숙한 기운이 있었다. 안찬기는 곧 그것이 과거로부터 소환된 추억의 기운이라는 것을 깨달았다. 유상대가 감추고 있는 것 때문일지도 몰랐다. 안찬기가 편의점 안으로 들어서자마자 마치 물이 흐르듯 자연스러운 동작으로 가리기는 했으나 유상대의 손보다 안찬기의 눈이 더 빨랐다. 경마 정보지였다.

"여전해 보이십니다."

안찬기가 말했다. 유상대가 자신을 알아본다는 것은 시선이 마주쳤을 때부터 알았다. 유상대의 얼굴에 웃음주름이 더 넓게 퍼졌다. 마치 기다려온 사람을 만났다는 듯이. 그러나 이런 일이 아니었다면 음식점에서 합석을 해도 못 알아봤을 사이였다. 그런데도 지금은 그 역시 유상대를 정확히 알아보고 기억할 수 있었다. 기억이란 게 그렇게 이상한 것이다. 건드리면 터지는 물집처럼, 기억은 몸속에 잠복해 있다가 터지며 흔적을 남긴다.

"형사님이야말로 어떻게 그렇게 안 변하셨어요? 나야 이렇게 쭈그렁 할배가 다 됐지요."

"안 놀라십니다?"

"황이만이 왔었잖습니까."

"그랬어요?"

짐짓 놀라는 척을 해 보였지만, 그저 시간 끌기에 불과했다. 그런 수쯤은 눈에 보인다는 듯 유상대 역시 여유를 잃지 않았다.

"네. 그앨 보내셨지요, 형사님이. 그애한테 명함까지 들려

보내셨잖아요. 안 그래도 알아먹었을 텐데. 그런데 그앤……
아, 이젠 애도 아니지요. 옷을 좋은 걸 입었더군요. 운전을
해서 왔더라면 얼마나 좋은 차를 타는지도 봤을 텐데 택시를
타고 왔더군요. 황이만이 그 친구가 돈을 많이 벌었지요?"

"그렇죠. 황이만 그 친구, 성공했죠. 그것도 꽤 크게."

"그런 것 같았습니다. 한동안 그 친구가 TV에도 나오
고 그런 적이 있었죠? 그랬죠? 무슨 애들 게임을 만든댔던
가. 그래봤자 애들 게임으로 버는 돈이 얼마나 되겠나 했더
니…… 뭐 저도 검색이라는 걸 좀 해볼 줄 압니다만, 엄청
성공했더라고요. 올 줄 알았죠. 실은 그래서 검색도 해본 거
고요. 그런 건 그렇게 모르는 체할 수 없는 거니까."

"그래서 거기 갔었어요? 유상대님도? 뭘 모르는 체할 수
없어서?"

"내가 거기 간 건 어떻게 아십니까?"

"거기가 거기인 건 어떻게 아십니까?"

"설마 내가 그랬다고 생각하시는 건 아니죠, 안형사님?"

"뭘 말입니까?"

"그 백골 사체 말입니다, 안찬기 형사님."

그 와중에도 유상대의 얼굴에서는 가면 같은 미소가 사라
지지 않았다. 안찬기는 유상대가 자신의 이름을 또박또박 발

음하며 형사님이라고 호칭하는 것을 놓치지 않았다. 무시와 경멸이었다. 안찬기가 지금은 형사도 뭣도 아니라는 것을 알고 있다는 것이다. 어려운 일은 아니었을 것이다. 경찰서로 전화 한 통만 해봐도 알 수 있었을 테니. 그런데, 그래서 만만했을까. 안찬기가 혹시 찾아올지도 모른다고 생각하는 것이. 안찬기가 정말로 나타났을 때의 심정이.

"내가 왜 그런 짓을 했겠어요?"

유상대가 물었다.

"글쎄, 왜 그런 짓을 했을까요?"

"다 아시잖아요."

"내가 뭘요? 어떻게요? 다 죽고, 살아 있는 사람들은 다 자기는 아니라고 하는데?"

"뭐가 아니라고요?"

"김주열, 죽인 거."

"난 아닙니다."

"그것 봐요."

"칼에 대해서 묻고 계신 거라면, 네, 들고 있었습니다."

칼이라…… 이건 또 처음 듣는 소리였다. 그러나 안찬기는 그냥 듣고만 있었다. 심장의 박동이 조금 빨라졌지만, 드러내지는 않았다. 아무리 늙었다고는 하더라도 유상대가 만

만한 자일 리는 없었다. 먼저 칼 얘기를 꺼내는 데에는 분명히 이유가 있을 것이었다.

"그날 연희 전화가 왔었습니다. 난 그때 강노을이 때문에 항상 연희 지근거리에 있었는데…… 아, 참. 강노을이는 아시는 거죠? 연희를 정말 지긋지긋하게 쫓아다녔거든요, 그놈이."

모른다고 말할 수는 없었다. 알기는 알지만 모르는 거나 마찬가지라고는 더군다나 말해서는 안 됐다. 안찬기는 대꾸 없이 유상대의 다음 말을 기다렸다. 그러나 그 잠깐 사이 머리가 복잡했다.

1994년 황이만의 사건 당시, 이연희에게 황이만 말고 다른 남자가 있었을 수도 있다는 의심은 했었다. 금품을 노린 강도 사건이라고 추정하기에는 그 동네가 너무 가난했고, 범인이 면식범이 아닌 것을 보면 원한 관계도 아니었다. 치정이 남았다. 그 사실관계를 파악하려면 이연희 본인에게 묻는 수밖에 없었다. 이연희를 참고인으로 부를 참이었는데, 그러기 전에 이연희가 유상대를 동반하여 서장실에 나타났었다. 서장이 이연희를 서장실에 앉혀둔 채 그를 부른 이유가 분명했음에도 불구하고, 그날 그가 물었다.

혹시 누가 쫓아다닌다거나 그런 일이 있었어요?

이연희는 대답 대신 서장을 바라보았고, 서장이 갑자기 자기 딸 이야기를 하기 시작했다. 딸이 고등학생인데 어떤 놈이 자꾸 집 우편함에 연애편지를 넣어놓고 사라진다고. 그 연애편지가 아주 가관이라고. 서장이 그렇게 너스레를 떠는 이유를 이연희도 이해하는 듯했다. 이연희는 대답하지 않았고, 그도 더는 물을 수 없었다.

황이만의 사건을 다시 조사하면서 당시의 상황을 되짚어보지 않을 수 없었는데, 그렇더라도 강노을을 이연희와 연결시켜 생각할 수는 없었다. 이연희는 이장군의 딸이고 명문대의 미대생이었다. 강노을이 노조 문제에 연루되었다는 것을 안 후 혹시 위장취업을 한 운동권 학생인가 의심했더니, 그렇기는커녕 강노을은 고등학교만 졸업한 후 컴퓨터 부품 업체에 취직을 했다가 그야말로 어마지두에 노조 문제에 연루가 되었을 뿐인 듯했다. 이 친구에게 약간의 장애가 있었다. 지능이 다소 떨어졌던 모양인데, 특수학교를 다닐 정도는 아니었으나 어쨌든 학창 시절 내내 따돌림을 당했고, 공장에서도 마찬가지였던 것 같았다. 그런 그를 노조 사람들이 유달리 챙겼다는 것이다. 그런 강노을과 이연희를 연결시킬 수 있는 접점을 찾기는 어려웠고, 그건 황이만과도 마찬가지였다.

"강노을이가 모지리인 건 아시는 거죠, 안형사님?"

유상대가 불쑥 질문을 던졌다. 안찬기를 계속 떠보려는 것이다. 칼 얘기를 먼저 꺼낸 것과 마찬가지로 역시 의도가 깔려 있는 질문일 터였다.

"강노을이 그놈이 어쩌다가 거길 끌려갔었는데…… 무슨 말인지 아시죠?"

이번에는 분명히 알아들었다, 물론.

"아주 식겁을 했던 모양입니다. 모지리 아니라도 누구든 거기 한번 들어가면 피똥을 싼다고 하더군요. 난 안 가봤습니다. 나야 그때 이장군 사람 아니었습니까? 들어갈 일도 없었지만 들어갈 일이 있어도 안 들어갔겠지요. 아무튼 그놈이 거기 들어갔다가 아주 혼이 다 빠져서 나온 모양입니다. 그놈이 그러고 나서 강제실종이라나, 뭐 그런 얘기가 나오고 그랬던 모양인데, 기가 찼습니다. 그놈은 내 눈앞에서 슬금슬금 연희를 쫓아다니고 있었으니까 말이죠. 아주 상거지꼴로 연희만 쫓아다녔다니까요. 강제실종이니 어쩌니 하는 사람들한테 그놈이 여기 있소, 하고 말해주진 않았죠. 그래봤자 그 꼴이 된 게 거기 가서 당한 끝에 그런 거라고 할 테니까. 그게 사실일 수도 있고. 원래 모지리였기는 해도 그 정도는 아니었으니까."

끝없는 '거기', 끝없는 '그때', 그리고 끝없는 '그렇게', 그

리고 '그래봤자'. 안찬기의 표정이 보일 듯 말 듯 달라졌다가
다시 돌아왔다. 유상대의 말투가 거슬리기도 했지만, 그보
다 더 중요한 것은 강노을이 기관에서 풀려난 후에 강제실종
된 게 아니라 멀쩡히 살아 있었다는 사실이었다. 그런데 그
게 언제까지였을까. 강노을의 아버지 강한경이 방화를 한 것
이 1994년 9월, 그리고 회원 명부에서 사라진 것이 그 직후
였다. 강노을은 그때 살아 있었을까. '꽃과 나무를 파는 집'
의 주인에게 강노을이 죽은 게 언제쯤인지 기억하는지를 물
어보았었다. 대답을 기대하지는 않았지만 역시나 기억하지
못했다.

유상대가 그날 말을 많이 했다. 이연희와 강노을이 어떻게
알게 된 사이인지에 대해서도 말을 했는데, 일종의 서론같이
들렸다. 하고 싶은 말을 하기 위해 유상대가 먼길을 돌고 있
었다.

15

어느 해부턴가 이장군 집 정원의 소나무가 병을 앓기 시작
했다고 했다. 이장군이 이런저런 일들로 언론에 오르내리기

시작할 무렵이었다. 그 소나무가 마치 이장군의 운명을 보여주는 것 같아서 집안 사람들 모두가 불길하게 여겼다. 이장군이 자기 아버지보다 더 믿는 점쟁이를 찾아갔다 온 후, 서울 서북부에 있는 수풀 림 자 들어가는 농원을 찾아 소나무 세 그루를 사오라고 시켰다. 그 나무를 강씨 성인 사람을 써서 심으라고도 했다. 감림수목원을 찾았을 때 그 주인이 강씨 성인 걸 알고 깜짝 놀랐던 기억이 지금도 생생하다고 유상대가 말했다.

감림수목원 주인인 강씨가 날이 가물어 소나무 식수하기에 좋은 때가 아니라고 했지만, 이장군이 우기는 대로 정해진 날짜에 나무를 심었다. 그때 강노을이 일꾼 하나와 함께 아버지를 쫓아왔다. 아이는 처음부터 정상으로 보이지는 않았지만, 나무 심는 일 하나만큼은 썩 잘해냈다. 나무 심는 일이 세상의 전부인 것처럼 보일 정도였다. 그 아이가 혹시 자폐아라고 불리는 그런 아이인가 싶었다. '우리 아이한테 장애가 있어요'라고 말하는 어머니와 그런 아이가 주인공인 영화를 나중에 보았는데, 강노을의 아버지는 그 어머니와는 전혀 달랐다. 장애가 있는 아들에게 눈을 부라리고, 쥐어박고, 떼밀고, 욕을 했다.

그때가 여름방학중이라 연희가 집에 있었다. 연희가 아주

쌀쌀맞고 지랄맞은 성격이라 알지 못하는 사람에게 곁을 주는 법이 없는데, 묘하게도 강노을한테는 관심을 보였다. 강노을이 누가 보나 첫눈에 관심 갈 만한 아이이기는 했다. 나쁘게 말하면 모지리지만, 좋게 말하면 천진해 보이는 아이였다. 그의 입에서 나올 만한 말은 아니지만, 애가 무척 맑아 보이기까지 했다. 그애가 하루종일 쉬지도 않고 나무를 심고 돌봤다. 해가 뜨거운 날이었다. 일사병에라도 걸릴 지경이었는데, 그 아버지는 그런 아들을 신경도 쓰지 않았다. 그런 강노을을 그늘로 데려간 게 연희였다. 햇살 아래 강노을에게로 뚜벅뚜벅 걸어가 손을 붙잡고 그늘로 데려갔다. 그늘 아래 야외 테이블에 생수병이 놓여 있었다.

"마셔."

강노을이 물을 마신 후 다시 햇볕으로 나갔다. 연희가 강노을을 또 그늘로 데려갔다.

"여기에 있어."

강노을이 이번에는 연희의 말을 끝까지 들었다. 그늘이 조금씩 길어지다가 날이 저물었다.

강노을이 공장에 다니다가 고초를 겪게 된 것은 연희와는 아무 상관이 없는 일이었다. 강노을은 그때 간신히 고등학교를 마치고, 장애인 고용을 하는 공장에 취직을 했다. 그곳에서 노조 사람들과 엮인 모양인데, 그럴 수밖에 없었을 것이 그들이 강노을을 차별하지 않고, 구박하지 않은 세상의 드문 사람들이었기 때문이다. 걔들이 그런 애들을 그런 식으로 꼬시고 그런단 말이죠. 유상대의 말이 이어졌다.

안찬기는 유상대의 말을 끊지 않고 들었다. 그러나 그 긴 말을 듣는 사이사이 자꾸 다른 생각이 끼어드는 것을 어쩔 수가 없었다. 유상대의 말에 의하면 강노을에게 일어난 일은 이장군과는 아무 상관이 없었다. 반가운 얘기였다. 시국사건 같은 건 20세기에 다 끝나 사라진 일이라고 믿고 싶었기 때문이다. 정치적이라는 말 역시 마찬가지였다. 그러나 동시에 그렇다면 시국과는 전혀 상관없고 정치적인 것과도 전혀 상관없는 사건이란 무엇인가라는 의문 역시 들었다.

끼어드는 생각은 그것 말고도 있었다. 유상대의 말을 끊지 않기 위해 듣고만 있기는 했지만, 안찬기는 유상대가 하지 않은 말까지 짐작해야 했다. 강노을이 강제실종되었던 이유, 그렇다고 주장되었던 이유. 강노을이 연행당했다가 풀려난 후 공장이나 집으로 돌아갔다면, 강제실종은커녕 실종이라는 말도 나오지 않았을 것이다. 그러나 강노을은 돌아가지 않았다. 아마도 돌아갈 수가 없었을 것이다. 무서웠을 테니까. 또 잡혀갈까봐. 또 잡혀가서 그들이 버럭버럭 지르는 소리와 책상을 내리치는 소리를 듣고 머리를 얻어맞고, 계속, 영원히, 평생토록 잠들지 못한 채, 졸지도 못한 채 깨어 있어야 할까봐. 그중 강노을에게 가장 무서운 일은 무엇이었을까. 적어도 집으로 돌아가지 못하거나, 아버지를 못 만나게 되는 일은 아니었을 것이다. 그때 강노을에게 가장 안전하게 여겨졌던 사람이 바로 이연희였다는 뜻이기도 할 것이다. 목마를 때 물을 주고, 더울 때 그늘로 데려가주었던 사람⋯⋯ 그러니 또다시 무서운 일이 벌어진다면 자신을 숨겨줄 수 있는 사람도 이연희라고 여겼던 것일까. 적어도 손을 잡아줄 사람은 이연희뿐이라고 여겼을까.

"그날 연희 전화가 왔다고 하지 않았습니까? 그래서 거기로 정신없이 가고 있는데, 골목에 핏자국이 보이더라 이 말입니다. 다른 골목으로 갔더라면 어땠으려나. 그런 생각을 수도 없이 해보긴 했네. 그러면 뭔가 달라졌으려나. 연희는 미국으로 안 가고, 나는 이장군한테 안 쫓겨나고, 그러면 어떻게 되었으려나. 네, 골목에서 피를 봤습니다. 외등이 깜빡깜빡하는데, 불이 켜질 때마다 뭐 시뻘건 게 보여요. 저게 핀가, 하는 순간부터 비가 쏟아지더군요. 무슨 소나기가 그리 억수 같던지. 거기가 바로 그 집 앞이었습니다."

"김주열이 죽은 집."

"살아 있었습니다."

안찬기는 곧바로 반응하지 않았다. 김주열이 살아 있었다고 했다. 유상대에게는 어느 쪽이 더 유리한 진술일까. 자신이 김주열을 발견했을 때 김주열이 이미 죽어 있었다는 것과 아직은 살아 있었다는 것 중에.

"그 집엘 들어가봤습니다. 아무래도 핏자국이 거슬려서 말이지요. 연희가 전화로 누가 피를 흘렸네 어쩌네 한 말도 있었고…… 거기에 그애가 있었어요. 피칠갑을 했더군요. 본드 냄새는 나중에 맡았습니다. 피 때문에 놀라서 냄새도 나중에야 느껴지더군요. 냄새가 지독했어요. 게다가 토하기까지 했던데요. 토해서 기도가 다 막히지 않았을까 싶을 지경이었지요. 본드 정도로는 그 지경까지는 안 간다고 알고 있는데, 안 그렇습니까, 안형사님? 근데 그앤 무슨 약이라도 한 것 같아 보이더군요. 어린애가 설마 뽕을 했을 리는 없고, 왜 그랬을까요, 안형사님."

이번에도 안찬기는 대답하지 않았다.

"그애가 그걸 가지고 있더라고요."

드디어 칼 얘기가 나왔다. 이 말을 하기 위해 유상대가 먼 길을 돌아온 것이다.

"그걸? 왜? 그애가?"

"내가 어떻게 알겠습니까?"

오히려 묻는다는 듯이 유상대가 안찬기를 바라보았다.

"짐작만 해봤죠. 그애한테 들을 수는 없었으니까. 20년 넘게 그날 일이 떠오를 때마다 생각해봤어요. 그걸 김주열이 그애가 왜 가지고 있었을까. 황이만을 찌른 건 강노을일 텐데…… 그걸 그애가 왜?"

유상대가 안찬기를 바라봤다. 잠깐 반짝인 후 곧 그 시선을 돌려버리기는 했으나 그 눈빛에 분명히 뭐가 있다 싶었다. 유상대가 만만한 인간이 아닐 줄 처음부터 알고 있었다. 유상대가 '칼'이라는 말을 쓰지 않고 '그거'라고 말했다. 그것도 두 번씩이나. 칼이 아니다. 그런 짐작이 확신처럼 들었다. 그렇다면 무엇이란 말인가. 그때 황이만이 사망했다면 부검을 했을 것이고 검시 보고서에 흉기에 대한 내용도 나왔을 것이다. 그러나 황이만 사건에 흉기를 특정하는 과정은 없었다.

"칼이면 죽었으려나? 더 깊이 찔려서?"

더 깊이 찔렸을 거란 말이 통한 것 같았다. 유상대 역시 안찬기의 말에 찔린 것이 분명했다. 잠시 망설이는 듯했지만, 유상대는 흔들리는 모습을 보이지 않으려고 애쓰는 게 분명했다. 목소리의 톤이 올라갔다.

"그 가위가 보통 가위가 아니잖습니까? 그 가윗날이 꼭 칼처럼 보이기도 하더라고요."

뜻밖의 말이었다. 가위라니…… 가위로 그 정도의 상처를 낼 수 있나? 그러나 보통 가위가 아니라고 했다. 그렇다면……

"그런 걸 전지가위라고 하지 않습니까? 나도 나중에 찾아봤습니다. 무슨 가위가 그리 살벌한가 해서. 그게 보기엔 칼보다 더 살벌하더군요. 아무튼 그러니 강노을이 아니고 누구겠습니까."

유상대의 긴 서론이 무슨 이유에서였는지 안찬기는 비로소 이해했다. 강노을과 이연희가 어떻게 알게 된 사이인지를 이야기한 것 역시. 그는 전지가위에 대해 말하고 싶었던 것이다. 아니, 안찬기가 그걸 알고 있는지 확인하고 싶었던 것이다. 그런데 전지가위라…… 칼 얘기를 들었을 때보다 안찬기의 심장박동이 좀더 빨라졌다. 그사이 유상대가 말을 이었다. 중요한 건 전지가위가 아니라는 듯이.

"그런데 그걸 김주열이가 갖고 있더란 말입니다."

"김주열을 찌른 건요?"

안찬기가 다시 한번 찔러보듯이 말했다. 유상대가 안찬기를 쳐다보았다.

"안형사님."

유상대의 다음 말을 기다리는 짧은 순간, 안찬기는 긴장했다.

"무슨 말을 들으셨는지 모르지만, 김주열은 안 찔렸어요. 본드인지 약인지에 취해 있었죠. 아마 어쩌다가 그 칼부림에 엉켜들었던 모양이지요. 그러다가 여기저기 베이기도 했겠지요. 그날 밤에. 네, 강노을이도 김주열이도 피투성이였습니다. 다만 그게 다 지들 피만은 아니었다는 거죠."

거짓말같이 들리지 않았다. 아무리 능숙한 거짓말쟁이라고 해도 백 프로 전부를 거짓말로 이야기할 수는 없다. 아마 소설가조차 그러지는 못할 것이다. 어떤 부분은 분명히 사실이고, 그 사실인 부분으로 인해 거짓말에 신뢰가 생긴다. 그 것이 참과 거짓의 관계다. 그런데 유상대는 지금 적어도 이 부분에 관해서만은 사실을 말하고 있는 것처럼 들렸다. 확신할 수는 없었다. 유상대가 그 정도로 능숙한 거짓말쟁이일 수도 있는 거니까.

"살아 있었다."

안찬기가 유상대의 말을 반복했다.

"김주열이 살아 있었다. 그런데, 거기까지가 다네. 안 찔린 것도 알고, 안 죽은 것도 안다면서 거기까지가 다야."

유상대는 안찬기의 의도를 살피려는 듯 그를 바라보고만 있었다.

"안 찔린 건 확실해요?"

유상대는 여전히 말이 없었다.

"그렇게 믿고 싶었던 건 아니고?"

"내가 왜 그러겠습니까?"

"그래야 그냥 거기 놔둔 게 좀 덜 미안해져서? 피투성이로 죽어가는 애를 놔두고 가버린 게 좀 덜 찔려서?"

다시, 유상대는 말이 없었다. 안찬기의 짐작이 맞았던 것이다. 유상대는 죽어가는 김주열을 봤지만, 구하지 않았다. 구하려고도 하지 않았다. 구할 수 있는데 구하지 않았다면, 구조 의무 불이행으로 간주될 수 있을 것이다. 그러나 현행 법상 구조 불이행으로 처벌된 경우가 있다는 말을 안찬기는 들어본 적이 없었다. 처벌할 수 있다고 하더라도 공소시효가 이미 까마득히 지났을 것이다. 살인죄조차 기소할 수 없는 세월이 흘러버린 일이었다.

그러나 그 오랜 세월은 모든 것을 잊어버리고, 덮어버릴 만한 세월인 걸까. 세상에 그런 세월이란 게 존재하는 것일까. 늙어갈수록 더 생생해지는 것이 있다는 것을 안찬기는 알고 있었다. 회복이 불가능한 일에 관해서라면 더욱 그러했다. 그러나 누구나 그렇지는 않을 것이다. 적어도 유상대는 그렇지 않은 것 같았다.

"변명을 듣기를 원하세요?"

변명 같은 건 듣고 싶지 않았다. 그런 게 듣고 싶을 리가 없었다. 더군다나 유상대 같은 자의 입에서 나오는 변명이라면. 안찬기가 듣고 싶은 건 팩트였다.

"그애한테 필요했던 건 기적입니다. 그랬을 겁니다. 두고 두고, 생각하고 또 생각하면서 내린 결론입니다. 이게 내 평계이고 변명이고, 또 사실이기도 합니다."

기적이라…… 세상에서 가장 편리한 말이고 뻔뻔한 말이었다.

"암매장은?"

"그걸 내가 어떻게 알겠습니까? 내가 마지막으로 봤을 때는 살아 있었고, 그걸로 끝인데. 나는 곧바로 거기서 나왔습니다. 엮여서 좋을 일이 없었으니까요. 그날 내가 강노을이를 농원에다 데려다줬습니다. 황이만이를 그렇게 하고는 강노을이가 또 연희를 찾아 황이만이 그놈 집으로 가 있더라니까요. 연희는 무서우니까 나한테 전화를 한 거고. 황이만이 그렇게 된 거, 그렇게 돼서 병원 실려간 건 나중에 알았고. 그게 전분데……"

그게 전분데?

"그 칼은 걱정이 되더라 이 말입니다. 아니, 가위. 그걸 내가 만졌었거든요. 어마지두에 만지고 나서는 아차 싶었지. 그래서 얼른 내 손자국이며 뭐며 잘 닦아서 그 자리에 그대로 놓아두긴 했는데, 사체 발견됐다고 하니, 그게 참 걱정이 돼."

유류품 중에 가위는 없었다. 칼도 없었다. 흉기라고 불릴 만한 그 무엇도 없었다.

유상대가 그에게 모든 것을 다 털어놓은 이유가 그것이었다. 아무리 전직 해결사라 해도, 아무리 공소시효가 지났다고 해도 그런 건 마음에 안 걸릴 수가 없는 일일 것이다. 아니, 공소시효가 지난 게 확실하니까 확인해봐도 상관없다 할 정도로 유상대가 뻔뻔한 자인 것이다. 남은 평생 편안히 살게 다 털어버리고 가겠다는 것이다. 그리고 여전히 죽은 자는 말이 없었다.

16

그날 저녁 안찬기가 이만에게 전화를 걸었을 때, 이만은 김주희의 집에 있었다. 뜻밖이었다. 이만이 김주희와 함께 있어서가 아니라 김주희의 집에 있어서였다. 둘이 그새 무슨 사이가 되었나? 안찬기의 관심사는 아니었다.

"어디서 좀 보지?"

안찬기가 말하자 이만은 자기가 있는 쪽으로 오겠느냐고 물었다. 근방에 도착해 다시 전화를 걸자 이번에는 김주희의 집으로 와줬으면 좋겠다고 했다. 몸이 좀 불편해서 당장 움직이기가 힘들다는 거였는데, 그게 말이 되는 소린가 싶었다. 남의 집에서 몸이 불편해 못 움직이겠다? 두 사람이 정말 무슨 사이가 된 건가? 비슷한 연령대의 독신들이니 그럴 수도 있는 일일 터였다. 그러나 이상한 조합이라는 생각을 지울 수는 없었는데, 어쩌면 불길한 조합이라는 말이 더 타당한지도 몰랐다. 어떻게 말한다 하더라도 죽을 뻔한 자, 그리고 죽은 자의 누나가 아닌가. 그것도 한날한시 한곳에서.

골목과 계단이 많은 동네였다. 안찬기는 땀을 뻘뻘 흘리고 욕설을 뱉어가며 김주희의 집에까지 올라갔다. 입으로는 욕설을 내뱉었지만, 내심 그 상황이 반가운 것이 사실이었다. 김주희를 다시 한번 보고 싶었던 것이다. 대문이 열려 있었다. 마당에서 김주희가 쌍둥이의 머리를 감기고 있었고, 이만은 마루에 걸터앉아 있었다. 평범한 일가가 평범하게 저녁을 보내는 풍경이라고 해도 크게 이상할 게 없었다.

김주희는 안찬기를 한번 올려다보고 눈인사만 했다. 머리를 감고 있는 아이가 눈이 맵다고 소리를 질렀다. 이미 머리를 다 감은 아이는 옆에서 다시 땀을 흘리고 있었다. 해가 지고 있었지만 더위는 식을 기미를 보이지 않았다. 안찬기는 마루로 가 이만의 옆에 앉았다. 몸이 안 좋다더니 이만의 안색이 정말 눈에 띄게 나빠 보였다.

"괜찮은 거야?"

"더위를 먹었나봐요."

"어쩌다가?"

자신도 모르게 방안에 있는 벽걸이 에어컨을 바라보며 안찬기가 물었다. 밖이 너무 더웠던 것이다.

"에어컨 고장났어요. 여기가 그나마 시원해요."

"에어컨 없이 살 수 있나. 올해 같은 여름에."

마치 집안의 가장에게 하듯이 안찬기가 말했고, 이만 역시 그 말이 이상하지 않다는 듯이 답했다.

"그러게요."

"기계 못 만져? 에어컨 못 고쳐?"

"컴퓨터도 잘 못 고쳐요."

"컴퓨터 회사 사장이?"

"컴퓨터 회사 아니에요."

둘은 남의 집에서 남의 집 주인이 아이들을 씻기고 있는 동안 그렇게 쓸데없는 이야기를 잠깐 나눴다. 노을이 지고 있었다. 가난한 집이지만 축대 아래로 보이는 풍경 하나만큼은 근사했다. 어둠이 내리기 직전, 아주 잠깐 동안은, 세상 전체라도 가진 듯이 아름다운 풍경을 지니는 집이었다.

"그…… 친구 말이야."

이연희의 이름을 말해도 될까? 만일에 김주희와 황이만이 어느새 어떤 사이가 된 거라면…… 그때 김주희가 애들을 데리고 방안으로 들어갔다. 계속 마당에 있었다고 하더라도 안찬기는 결국 말했을 것이었다. 황이만과 김주희가 어떤 사이가 되었든, 그가 개의할 바는 아니었다.

"연희랬나? 이연희? 요샌 말이야, 딴것보다 이름 외우는 게 제일 어려워."

"이연희 맞습니다."

"그 여자를 쫓아다니던 남자가 있었어. 알고 있나?"

"짐작은 했습니다."

"누군지는 몰랐고?"

"알았으면 그때 말했겠지요. 날 그렇게 한 사람이잖아요."

김주희의 집이어서일까. 이만은 자신을 칼로 찌른 사람이라고 하는 대신 '그렇게 한 사람'이라고 말했다. 그러나 안찬기에게는 그 말이 더 듣기가 나빴다. 칼로 찔린 것보다 더한 것을 암시하는 말처럼 들렸기 때문이었다.

"강노을. 이연희를 한참 쫓아다닌 모양이더군. 요즘 말로 하면 스토킹이지."

이만은 말없이 들었다. 그러나 긴장하는 기색이 역력했다.

"강노을이가 그때 상태가 안 좋았던 모양이야. 무슨 사고 가 있었거든. 사고 이후에 약간 정신적인 문제가 있었던 거 같아. 원래도 좀 쫓아다니기는 했는데 사고 이후에는 아주 심했다더군."

강제실종, 기관원, 연행, 이장군…… 그런 모든 말을 한마 디로 뭉뚱그려 안찬기는 그냥 사고라고 말했다.

"이 친구가 원래도 약간 지능이 떨어졌다네. 심한 장애까 지는 아닌데 장애가 아닌 것도 아니고. 문제만 없으면 문제 없이 사는데 문제가 생기면 문제가 된다는 거지."

도대체 무슨 말을 하는 건가. 이만이 뭐라고 말을 하려는 데, 안찬기가 먼저 말을 이었다.

"강노을은 강한경 아들이야. 체로키, 그 노인."

안찬기는 두서없이 말했고, 그렇게 주어지는 정보들이 혼 란스러울 법도 한데, 이만은 묵묵히 듣고만 있었다. 정보를 취합하고, 그걸 재배열하는 시간이 필요할 터였다. 컴퓨터를 하는 친구들이 연산에 빠르다는 건 알고 있었다. 연산인가, 정보인가, 아무튼.

잠시 후, 이만이 물었다.

"강노을하고, 연희는요? 어떻게 아는 사이였던 겁니까?"

안찬기는 유상대에게서 알아낸 대로, 강노을이 자기 아버지와 이장군 집에 나무를 심어주러 갔다가 이연희를 알게 된 과정을 알려주었다.

"그럼 강노을은, 지금?"

"죽었어."

이만의 표정이 순식간에 창백해졌다. 둘은 한동안 침묵했다. 그리고 마침내 이만이 물었다.

"왜요?"

어떻게 죽었느냐는 물음일 것이다. 안찬기는 고개부터 먼저 가로저었다.

"몰라."

그러면서 이만이 이제 마침내 가장 중요한 질문을 할 것이라고 생각했다. 언제인가. 강노을은 언제 죽었는가. 그러면 이번에도 모른다고 대답해야겠지만, 그 말에 덧붙여 '아직은'이라고 말해야겠다고 생각하는 중이었다. '어떻게'에 대해서도 마찬가지였다. 유상대와의 만남에 대해 좀더 자세히 이야기를 할 작정이었고, 그러다보면 만족할 만큼은 아니라도 좀더 많은 부분을 설명할 수 있을 거라고 생각했다. 그러나 그러기 전에 이만이 먼저 물었다. 안찬기가 짐작했던 질문은 아니었다.

"그런데, 왜?"

"뭐가?"

"강노을 아버지, 강한경요. 교통사고요. 사고가 아니었던 거죠? 근데 왜요, 왜 나한테요?"

혹시 앞의 '왜요'도 강노을의 죽음에 관한 질문이 아니었던 건가? 오히려 안찬기가 어리둥절해진 채로 대답했다.

"황대표한테 맺힌 게 있는 모양이지."

"누군지도 몰랐습니다. 그 사람도 그렇고, 그 사람 아버지도요."

"다들 몰랐지, 서로서로. 대부분은."

"무슨 말입니까?"

"그날, 거기에 엄청나게 많은 사람들이 있었더라고. 그런데 다들 서로가 서로를 몰라. 황대표, 자네만 해도 강노을을 모르지. 강노을도 모르고……"

김주열도 몰랐지, 라고 말하려다 말고 안찬기는 입을 다물었다. 역시 김주희가 신경쓰여서였다. 여태까지 김주희네 집

마루에 앉아 할말, 안 할 말을 다 해놓고는 이제 와서야 신경이 쓰인 것이다. 이만에게 하는 말이 결국 김주열에게로 닿을 것을 알고 있으면서도 말이다.

"여기 있을 거야? 집에 안 가?"

자리를 옮기자는 뜻이었고, 이만이 당연히 알아들을 줄 알았다. 그러나 이만은 고개를 가로저었다.

"아니요. 여기 좀더 있겠습니다. 움직이기가 너무 힘이 드네요."

김주희가 그때 다시 마당으로 나왔다. 그들에게는 시선도 주지 않은 채 수돗가로 가 대야와 바가지 따위를 씻기 시작했다. 그들이 거기 있거나 말거나 신경도 쓰지 않는 것 같은 태도였다. 그러나 김주희가 이만은 몰라도 자신에 대해서는 신경을 쓰고 있다는 걸 안찬기는 알았다.

김주희가 방안에 들어갔다 나왔을 때였다. 에어컨이 고장난 방의 문이 잠깐 닫혔다가 다시 활짝 열려 있었다. 방문 바로 옆에 앉은뱅이책상이 있었다. 김주희가 안으로 들어가기 전까지만 해도 그 책상 위에 벚꽃 사진이 있는 걸 보았었다. 떡볶이집에서 보았던 것과 같았다. 짐작이 맞는다면 떡볶이집 액자에 꽂아두었던 것을 집에 가져다놓은 것일 터이다. 그 사진이 김주희가 방에 들어갔다 나왔을 때는 뒤집어져 있었다. 안찬기에게 굳이 안 보이고 싶다는 뜻일 터였다.

안찬기에게 보이고 싶지 않은 벚꽃 사진을 뒤집어놓는 바
람에 다른 것이 보였다. 사진 아래에 놓여 있던 것의 한 귀퉁
이가 드러났는데, 그게 그림이었다. 어디선가 본 듯한 독특
한 그림체였다.

17

김주희의 집 마당이 완전히 어두워졌다. 열대야였고, 밤에
도 열기는 가시지 않았다. 아이들이 고장난 벽걸이 에어컨을
긴 막대기로 두들겨댔다. 갑자기 에어컨이 다시 돌아가기 시
작했다. 아이들이 환호했다.

이만은 여전히 마루 끝에 걸터앉아 있었다. 에어컨이 있는
방은 하나뿐이었다. 그 방에서 세 식구가 더위를 식히며 잠
을 자는 것 같았다. 아이들이 방안에서 소리를 지르기 시작
했다. 문 닫아야 해요, 문 닫아요. 김주희가 마루에 앉은 채
로 바깥에서 문을 닫았다. 사위가 한결 조용해졌다.

"송중호, 황경선, 정명주, 민혁."

갑자기 김주희가 한 사람 한 사람의 이름을 부르기 시작했

다. 그리고 한 호흡 쉬었다가, 다시.

"최윤재, 김주열."

그날 그곳 빈집에 있었던 사람들의 이름이었다. 이만은 주희의 말 뒤끝에 이어 속으로만 중얼거렸다.

그리고 강노을, 유상대……

그날 밤, 그곳에 있었던 사람들의 이름이었다. 차마 입속 말로도 자신의 이름까지는 말할 수가 없었다. 그날 그곳에 너무 많은 사람들이 있었다. 그중 누가 칼로 찌른 자이고, 누가 찔린 자인지도 몰랐다. 단 하나 확실한 것은 죽은 자가 있다는 것이고, 그가 김주열이라는 사실뿐이었다.

방안에서 아이들이 들어오라고 소리를 질렀다. 그러나 김주희는 방안으로 들어가지 않았다. 이만에게 하고 싶은 말이 있는 것 같았다. 이만 역시 마찬가지였다. 김주희에게 하고 싶은 말이 있지 않았다면 집까지 찾아오지는 않았을 것이다.

집에 오기 전에 김주희의 가게로 먼저 찾아갔을 때, 왜 자꾸 오는 거냐고 주인이 그에게 물었었다. 마치 스토커라도 대하듯이, 눈까지 흘겨가며. 글쎄…… 왜 그런 것일까. 그때도 생각하지 않을 수 없었다. 나는 왜 자꾸 이 여자를 찾아오는 것일까. 주인이 혼잣말로 주희가 어디 아픈가, 왜 안 나오나 몰라, 라고 중얼거렸다. 김주희가 얼마나 아프든 병문안을 할 사이는 아니었다. 그런데도 이만은 왔고, 그런 이만을 김주희는 기다렸다는 듯이 맞았다. 김주희의 집에서 정작 몸이 아픈 사람은 이만이었다. 하고 싶은 말이 분명히 있는 것 같은데, 그 말이 입 밖으로 나오지 못하고 몸속에서 신열로 들끓었다. 더군다나 김주희의 집은 너무 더웠다. 안찬기의 전화를 받을 무렵에는 온몸이 펄펄 끓는 불덩어리 같았다.

안찬기가 떠난 후, 김주희가 동생을 암매장한 자들의 이름을 읊은 것처럼, 그도 입속으로 몇 번이나 강노을, 강노을 중얼거렸다. 그를 칼로 찌른 자의 이름이었다. 그러나 그 이름을 알았다고 해서 달라지는 것은 없었다. 몸속에 터지지 못한 물집이 가득차 있는 것 같은 기분이 여전했다.

그때 김주희가 말했다.

"내 말을 들으세요."

이만은 김주희의 말대로 했다.

"그냥 놔두세요, 제발."

뭐를?

"그러라고 했잖아요. 당신은 죽지도 않았고, 크게 다치지도 않았고, 잘 살았잖아요. 잘 살고 있잖아요."

이만은 주희의 말을 들으며 자신이 김주희를 자꾸 찾아오는 까닭을, 집에까지 찾아온 까닭을 비로소 짐작했다. 그

냥 놔두라고 했다. 대가를 치를 사람은 치렀다고 했다. 김주
희에게 그런 말을 들을 때마다 이만의 몸이 물속에서 가만히
떠오르는 듯했다. 어떤 저항으로부터 풀려나는 것 같은 느낌
이었다. 대가를 치를 사람은 치르게 되어 있다. 맞는 말이었
다. 그리고, 그는 아니었다. 그에게는 치러야 할 대가가 없었
고, 김주희의 말마따나 그는 잘 살고 있었다. 그는 자신도 모
르는 사이에 김주희에게 위로를 구하고 있었던 것이다.

"내 생각을 해봐요. 난 어떻게 살았을 거 같아요?"

이만은 말없이 들었다.

"누군가는 그애들한테 대가를 치르게 해야 했어요. 송중
호, 황경선, 정명주, 민혁, 최윤재. 그애들은 대가를 치렀다
고요."

그리고 또 김주희가 말했다.

"그러니까 당신도 조용히 대가를 치러요. 당신이 치러야
할 대가를 치르라고요. 알겠어요?"

이만은 놀라 주희를 돌아보았다. 위로를 기대했다가 뺨을
맞은 것 같은 얼굴로. 어둠 속, 김주희의 표정이 무섭게 차가
웠다. 마치 이를 가는 듯했다.

"못 알아들어요? 당신의 대가를 치르란 말이에요!"

1

　노을은 나무를 배달하러 갔다가 그 여자아이를 처음 보았다. 노을이 그 집을 알게 된 게 바로 그날이었으니 그 사실만은 틀리지 않을 것이다. 정원을 가로질러가던 그 집 딸을 노을이 쳐다볼 때 그도 같이 바라봤었다. 노을이 뭔가를 정신없이 쳐다볼 때는 그 역시 같이 바라보게 되곤 했었다. 기껏해야 개미들이거나 나뭇잎에 어린 햇살 무늬이거나 그랬는데, 그때는 여자아이였다. 맨발의 여자아이가 자기 집 정원을 걷고 있었다.

　그날 노을이 잔디밭에서 옮을 수 있는 병에 대해 물었다.

그리고 그가 대답을 하기도 전에 혼자 말했다. 두 번 반복해서. *쓰쓰가무시, 쓰쓰가무시*. 진드기의 유충이 옮기는 그 병은 발열, 두통, 발진, 호흡곤란, 구토 등을 일으킨다고 알려져 있다. 얼뜬 자식이 모르는 건 없다고 혼자 속으로 생각했는데, 기특하면 칭찬을 하는 대신 그는 욕을 했다. 안타까운 마음 때문일 것이다. 노을이 '쓰쓰가무시' 한번 더 혼자 말해놓고 또 물었다. 약을 쳤을까요?

노을은 그에게 반말을 하지 않았다. 그를 아빠라고 부른 적도 없었다. 사실 아버지를 부르는 일이 거의 없었다. 눈을 마주치지 않았고, 말도 잘 하지 않았다. 언제부터 그렇게 되었을까. 아들에 대한 여러 가지 궁금증이 생긴 이후, 그중에서도 더 깊이 생각해야 할 의문이 생긴 이후로도 그게 늘 궁금했었다.

나무가 자리를 잘 잡았는지 보기 위해 다시 그 집에 출장을 나가야 했었다. 노을이 신발을 벗고 소나무 주변을 왔다 갔다했다. 그는 노을의 맨발을 한참 동안 내려다보다가 저리 비켜라, 했다. 그날은 그저 그뿐이었다. 목소리를 높이지도 않았다.

며칠 후, 또 그 집엘 가게 되었다. 이번엔 꽃나무를 배달하기 위해서였다. 감림수목원에서는 꽃나무를 다루지 않았지만 먼저 심은 소나무가 마음에 든 집주인이 나머지 일까지 맡아달라고 부탁을 했던 것이다. 그 집이 장군님 집이라고 했는데, 이순신 장군도 아니고 김유신 장군도 아니고 바로 이장군 집이라는 건 나중에 알게 되었다. 그러니까 노을이 넋을 놓고 쳐다봤던 그 여자애는 바로 이장군의 딸이었던 것이다. 꽃나무를 심으러 갔던 날에도 노을은 맨발로 왔다갔다했다. 그는 이번에는 버럭 소리를 지르며 저리 비켜라! 했다. 노을은 자기가 심은 소나무 아래에서 햇살을 피했다.

해가 뜨거운 날이라 여자아이는 집안에서만 왔다갔다했다. 정원으로 통하는 거실 유리문이 활짝 열려 있었다. 환한 바깥과 달리 거실 안은 어두워서 잘 들여다보이지 않았다. 그런데도 여자아이는 마치 어둠 속 반딧불이 같았다. 나이 든 그의 눈에도 그렇게 보였다. 흰 원피스 때문인 것 같았다. 왔다 갔다, 갔다 왔다 할 때마다 그 여자아이가 입고 있는 흰 옷이, 그 아래 흰 종아리와 흰 발목과 맨발등이 눈부시게 보였는데, 부잣집 딸이라, 그것도 이장군 집 딸이라 빛나려면 그 정도로 빛날 수도 있을 것 같았다. 그런 집에서 가능하지 않은 게 뭐가 있겠는가.

그날, 여자아이가 노을에게 그림 한 장을 주었다. 노을을 그린 그림이 정원의 동그란 테이블 위에 물병에 눌린 채 놓여 있었는데, 그걸 먼저 발견한 건 그날 같이 갔던 일꾼이었다. 이기 뭐꼬? 사투리를 쓰는 일꾼이 중얼거리다가 노을과 그림을 번갈아 바라보았다. 그리고 또 말했다.

"이기 니가?"

나중에 노을이의 방에서 그 그림을 다시 보게 되었다. 썩 잘 그린 그림이었다. 누가 봐도 노을이인 아이가 그림 속에서 나무를 심고 있었다. 나무를 심고 있는 그림 속 노을이가 마치 나무의 일부처럼 보였다. 소나무의 둥치를 두 손으로 떠받치고 있는 노을이가 꼭 소나무의 몸에서 뻗어 나온 곁가지 같았다. 손은 가지 같고, 발은 뿌리 같고, 몸은 둥치 같았다. 그리고, 또 노을이 있었다. 그 아이가 아니라 정말 하늘을 덮은 노을.

처음에 여자아이는 노을보다는 노을의 이름에 더 관심이 있는 듯했다. 정원을 가로질러가던 그 아이가 마침 그때 노을의 이름이 불리는 걸 듣고는 말했다.

"이름이 강노을이야?"

그 여자아이가 눈을 반짝이며 물었다.

"무슨 그렇게 이쁜 이름이 있어?"

정말로 노을처럼 얼굴이 달아오른 노을이 대답도 하지 못하고 마치 벌을 받기라도 하는 양 시선을 떨구고 서 있는데,

여자아이가 또 말했다.

"있지, 우리 아버지 이름은 이장군이야."

그러고는 깔깔 웃었다. 뭐가 그렇게 웃긴다는 건지 배를 잡고 깔깔. 아이는 그렇게 웃는데, 그 말을 들은 사람들의 얼굴이 모두 사색이 되었다. 엄청나게 불경한 말을 들은 것처럼, 들어서는 안 되는 말을 들은 것처럼.

여자아이는 그후, 노을에게 음료수를 가져다주기도 하고, 땀이 흐른 얼굴에 달라붙은 나뭇잎을 떼어주기도 하고, 멀리서 괜히 '노을아, 노을아!' 불러주기도 했다. 일이 늦게 끝난 날은 노을이 진다며, 노을의 손을 끌고 가 노을 지는 쪽을 바라보고 서 있기도 했다.

나무 심는 일이 끝난 후에도 노을은 그 여자아이를 잊지 못했다. 예쁜 여자아이였다. 그렇게 예쁜 여자아이가 그렇게 다정한 목소리로 '노을아, 노을아' 불러줬으니, 그런 아이를 그냥 잊어버리는 게 쉬운 일은 아니었을 것이다. 노을이 괜히 그 집 앞을 찾아가 주변을 얼쩡거리고 다닌다는 것을 곧 알게 되었다. 노을의 주변머리로 보아 그저 얼쩡거리기만 하고 다른 짓은 엄두도 못 냈을 터인데, 그래도 딸 있는 집에서는 걱정스러운 일일 것 같았다. 걱정스러운 일이기만 한 게 아니라 몹시 언짢고 화나는 일이기도 할 것 같았다. 언감생

심, 이장군의 딸이 아닌가. 게다가 노을이가 아닌가.

우려했던 일이 얼마 지나지 않아 벌어졌다. 어느 날 '이장
군의 사람'이라는 남자가 노을을 차에 태우고 와서 짐짝처럼
툭 내려놓았을 때, 그는 무슨 일이 있었던 거냐고 제대로 묻
지조차 못했다. 이장군의 집 사람이라잖는가. 그런 사람에게
뭘 물어볼 수 있겠는가. 그런 사람이 아들 건사 잘하라는 말
만 하고 가버렸는데, 뭐라고 협박을 당한 것보다 더 무섭게
여겨졌다.

그날 그는 노을에게 욕을 했고, 욕을 하다 달랬고, 그가 무
슨 말을 하든 아무 대꾸도 하지 않는 노을에게 울화통이 터
진 나머지 손찌검까지 했다. 그냥 분김에 나온 행동이었다.
그는 폭력적인 아버지가 아니었다. 적어도 스스로는 그렇게
믿고 있었다. 그는 다만 노을에게 상대를 잘못 골랐다는 말
을 하고 싶었을 뿐이었다.

"그 여자애 아버지가 이장군이다. 너 이장군이 어떤 사람
인지 아냐? 그 집안이 어떤 집안인지나 알아?"

그러나 실은 그도 이장군에 대해 잘 아는 것은 아니었다.
한동안 그 사람의 이름이 뉴스에 오르내리는 걸 봤는데, 그
여자아이의 아버지 이장군이 사람들을 때리고 꺾고 피 흘
리게 하고, 그리하여 모든 걸 털어놓게 만드는, 없는 것까지

도 말하게 만드는, 한마디로 고문이 주요 업무보다 더 주요한 업무가 된 기관의 수장인 적이 있었고, 그때 그 사람인지 그 기관인지가 무지막지한 일을 저질렀다는 사실을, 세상 사람들 모두가 아는 그 사실을, 뉴스를 통해 뒤늦게 알게 되었을 뿐이었다. 그러니까 이장군이 그런 일을 하고 있는 동안은 몰랐던 일들을 그런 일을 했던 게 문제가 된 시점에야 알게 된 것인데, 시제와 시점과는 아무 상관 없이 그에게 그 이름은 현재진행형처럼 들렸다. 그 기관에서는 대학생, 재야인사, 노동자 들을 때리고 매달고 물을 먹이고, 어쩌다가 한 번씩은 병신으로 만들거나 죽였다. 그러고도 이장군은 나중에 국회의원도 되고 장관도 되었는데, 무슨 까닭인지 그 모든 일이 한꺼번에 문제가 되었다가 또 잠잠해지더니 다시 국회의원도 하고 뭣도 하고 그러는 중이었다. 말이 안 되는 것 같지만 말이 안 되는 일이 백주대낮에도 벌어지는 세상이었다. 그러니 딸을 쫓아다니는 얼뜬 놈 하나쯤이야……

"다신 그런 짓 하지 마라."

노을은 대답하지 않았다. 또 손이 올라가려고 했다. 그걸 간신히 참고, 대신 소리를 질렀다.

"대답해라!"

노을은 대답하지 않았다. 그를 쳐다보지도 않았다. 그는 참지 못하고 기어코 노을의 머리를 때렸다. 그리고 소리를 질렀다. 이런 등신 같은 놈, 이런 한심한 놈!

"이놈의 새끼, 나가 뒈져라!"

그러나 말이다. 그런 말 한마디 안 하면서 아들을 키우는 사람이 있나? 엄마도 없이 혼자 아들을 키우면서 그런 말 한 마디 안 하는 아버지가 있나? 손찌검 한 번 안 하는 아버지가 있나?

노을이 취직을 하겠다고 한 것이 그 직후였다. 고등학교를 졸업한 후 농원 일을 제법 잘 돕고 있었으므로 뜻밖이기는 했지만, 그게 나쁜 일로 생각되지는 않았다. 아버지의 그늘을 벗어나 한 사람 몫을 하며 살아보겠다고 하는 말로 들렸기 때문이다.

노을이 공장 기숙사에 들어가기 전날, 그는 잠든 노을을 물끄러미 내려다보았다. 죽은 아내가 떠올랐고, 코가 시큰해졌다. 아내가 죽기 전에 아들을 잘 키우겠다고 약속했는데 그러지 못했다. 욕을 했고, 때리기도 했다. 미워서가 아니었다. 걱정이 돼서였다. 자식이라 모자란다고 못할 뿐, 남들보다 부족한 것이 분명한 아들이 이 험한 세상을 어떻게 살아갈지를 생각할 때마다 걱정이 됐고, 그러면 욕설이 더 심해지고 손도 더 매워졌다.

그래도 그가 보통의 아버지가 할 일 중에 안 한 건 없었다. 용돈을 식탁 위에 놓아두고, 학교에 낼 돈을 계좌에 넣어주고, 노을의 낡은 신발을 그것보다 더 낡은 자기 신발로 툭툭 밀면서 새로 사라, 한마디하기도 하고, 무엇보다도 나무를 같이 심으러 다녔다.

나무를 심을 때가 제일 편했다. 둘이 동시에 좋아하고, 둘이 동시에 긴장을 하지 않는 유일한 순간이었다. 노을이 가지치기를 아주 잘했다. 잘 쳐낼 뿐만 아니라 저처럼 살짝 모자란 가지를 잘 살려내기도 했다. 손에서 전지가위를 놓는 법이 없었다. 중학생 때부터 이미 그랬다. 그 큰 가위를 가방에도 넣어 다니고, 학교에도 가지고 가고, 잘 때도 옆에 두었다. 스스로 의도한 일은 아니겠으나, 노을은 그 가위 덕분에 못된 아이들의 행패를 피할 수 있었다.

둘은 배달도 같이 다녔다. 정원이 있는 집, 부잣집 아이들이 나무 심는 걸 구경하러 나왔다가 노을에게 말을 걸곤 했다. 너네 집엔 나무가 많아? 무슨 나무가 있어? 소나무 말고는 무슨 나무? 소나무하고 소나무 말고, 또 무슨 나무? 소나무, 소나무, 소나무 말고, 다른 나무는 없어?

갬림수목원에서 소나무만 팔았던 건 아니다. 소나무를 주로 팔기는 했지만 다른 나무도 많이 있었고, 없는 나무는 다른 농원에서 구해다가도 팔았다. 그러나 노을은 고지식한 아이였다. 돌보는 소나무를 일일이 얘기했다. 그 소나무 하나하나를 열 그루, 백 그루 다 말한 뒤에야 단풍나무 향나무 전나무 같은 걸 얘기할 수 있다는 식이었다. 국회의원 집 아들이 물어봤을 때도, 안기부장 딸이 물어봤을 때도, 감옥 간 재벌집 회장 손녀가 물어봤을 때도, 그냥 소나무 소나무 소나무, 했다. 부잣집 아이들에게 편견을 갖고 싶지는 않았지만, 그애들이 노을을 향해 바보니 멍청이니, 심지어는 병신이니 할 때는 그런 편견이 그나마 도움이 되었다. 원래부터 그렇게 못돼 처먹은 애들이라 여길 수 있었으니까.

노을이 공장으로 이사할 때까지 그들은 농원에 딸린 집에서 같이 살았다. 같이 밥을 먹고, 하나뿐인 욕실에서 번갈아 몸을 씻고, 하나뿐인 변기에다 번갈아 똥오줌을 누고, 서로 마주보고 있는 안방과 작은방에서 문을 활짝 열어놓고 각자 잠이 들었다. 늦게 잠드는 밤에는 그애의 방으로 가서 먼저 잠든 그애를 물끄러미 내려다보기도 했다. 노을에 물들듯 잠에 물든 아이. 그는 그애를 사랑했다. 누군가 그에게 사랑하는 법을 가르쳐주었으면 좋았을 것이다. 어떻게 말하고 어떻게 품에 안는 건지도 가르쳐주었으면 좋았을 것이다.

그렇더라도, 비록 아비 노릇에 서툴기는 했더라도, 대체로는 평범하고 평온한 세월이었다. 시간은 나무가 자라는 것처럼 천천히 흘러갔고, 앞으로의 세월 또한 그럴 것 같았다. 그런데 어쩌다가 일이 이렇게 되어버린 것일까. 그는 도무지 알 수가 없었다. 누군가 그것 또한 가르쳐주면 좋을 것 같았다. 사랑하는 법에 딸린 부록, 미안하다는 말을 하는 방법 같은 것 말이다.

2

안찬기는 강한경의 조카에게서 걸려온 전화를 받았다. 이제나저제나 하면서 기다리던 전화였고, 당연히 강한경을 대신한 전화일 거라고 생각했다. 뜻밖에 그를 만나자고 한 건 조카 본인이었다. 강한경은 중환자실로 옮겨져 만날 수조차 없다고 했다.

안찬기는 강한경의 조카를 병원 앞 커피숍에서 만났다. 안찬기가 자리에 앉자마자 조카가 명함을 내밀었다. 무슨 컨설팅 업체의 과장 직함을 달고 있었고, 이름은 강태문이었다. 안찬기는 강한경의 병세를 다시 한번 물었다. 예의상 묻는 안부만은 아니었는데, 강태문은 어떻게 들었는지 갑자기

자리에서 반쯤 일어나 허리까지 굽혀가며 걱정해주셔서 감
사하다고 인사를 했다. 병실 앞 복도에서의 일이 신경쓰이
는 모양이었다. 이제라도 착한 조카의 얼굴을 하고 싶은 것
일 터였다. 어떻든 먼저 입을 열 사람은 강태문이었다. 켕기
는 것이 있든 숨기고 싶은 게 있든 결국 털어놓게 될 거라고
생각했다. 그러나 안찬기는 곧 자신의 생각이 틀렸다는 것을
알게 되었다.

강태문은 뭔가 켕기는 게 있어서 그를 만나자고 한 게 아
니라 오히려 그 반대였다. 묻고 싶은 게 많았고, 듣고 싶은
게 많았다. 강노을의 사망신고 누락으로 인해 강한경의 빚
문제가 매우 복잡해진 모양이었는데, 빚 문제라는 건 강태문
의 말일 뿐 혹시 물려받을 재산이 있는 걸지도 몰랐다. 안찬
기의 관심사는 아니었다. 다만 신경이 쓰이는 건 강태문이
강한경의 사후를 준비하고 있다는 점이었다. 강한경을 만날
기회가 어쩌면 영영 없게 될지도 몰랐다.

"노을이 죽고 나서 큰아버지를 제가 아들처럼 모셨습니
다."

강태문이 말했다.

"노을이 기일도 제가 챙겼고요. 처음 몇 해 동안은 꼬박꼬
박 그랬죠. 나중에야 뭐 흐지부지되다가 며칠인지도 잊어버

리게 됐지만…… 실은 그것도 거의 큰아버지 뜻이었어요. 기일이고 뭐고, 그런 거 다 그만두겠다고. 죽은 놈 죽었으면 그만이라고. 그런데 노을이가 버젓이 살아 있는 걸로 되어 있는 거예요. 그것도 실종이라니요."

강태문의 말이 점점 빨라지면서 입가에 거품이 고였다.

"내가 〈그것이 알고 싶다〉에서 죽은 사람 시체를 집에다 두고 사는 사람들 얘기는 봤어요. 뭐 어떤 인간인가는 몇 달이 아니라 몇 년을 그렇게 살았더라고요. 미친 거죠. 미치면 그렇게 될 수도 있는 거죠. 아니면 돈 때문이든가요. 죽으면 연금이 끊긴다든가 해서 그런 짓도 할 수 있다는 거죠. 그런데 노을이는 아니거든요. 걔가 살아 있어서 우리 큰아버지한테 이득 될 게 하나도 없어요. 아무리 생각해도 그런 게 없어요."

강태문이 하는 말이 무슨 말인지는 안찬기도 알고 있었다. 그가 현직에 있을 때 일어난 사건에 관한 이야기였다. 병으로 죽은 남자를 7년 가까이 집안에 두고 생활한 한 가족이 있었다. 남자의 시체를 거실 한가운데에 두고 돌보며 그의 아내와 두 아들이 평소처럼 살았다. 아내는 남편이 다만 병이 깊을 뿐 죽었다고는 생각하지 못했다고 진술했는데, 그 아내의 직업이 약사였다. 그 사건은 언론에 보도되면서 순애

보로 포장되었다. 남편에 대한 극진한 사랑이 아내에게 일종의 망상을 일으켰고, 그 망상이 자식들에게까지 전이되었으리라는 전문가의 진단이 덧붙여졌다. 그러나 얼마 후, 그 아내가 남편의 연금을 줄곧 수령해왔다는 사실이 밝혀졌고, 그 액수가 억 단위를 넘긴다는 것도 알려졌다. 아내는 피소되었고, 여론은 반전되었다.

그러나 과연 연금 때문에 죽은 사람을 거실 한가운데 두고 살 수 있을까. 하루이틀도 아니고 7년씩이나? 모를 일이다. 경찰 생활을 오래하다보면 인간은 무슨 짓이든 저지를 수 있다는 것을 알게 된다. 동시에 또 알게 된다. 때때로 인간은 엉뚱할 정도로 선하고 연약한 존재이기도 하다는 사실을.

강태문의 말을 들으면서 안찬기는 생각했다. 자식이 살아 있어서 부모에게 생기는 이득이라. 그렇다면 자식이 죽어서 사라질 이득도 있다는 건가. 자식을 마음에서 떠나보내지 못하는 부모의 마음에 대해 강태문은 아예 생각조차 안 하는 듯했다. 사실 안찬기 역시 강한경의 마음을 그쪽으로만 추정하고 있는 건 아니었다. 강한경이 아들의 사망신고를 하지 않은 데에는 분명히 다른 이유가 있을 것이다. 그것이 강한경 자신의 이득이든, 아니면 죽은 강노을의 이득이든.

"강노을이 사망한 게 언젭니까?"

안찬기가 물었다.

"고등학교 졸업하고 나서 곧바로 그랬죠. 아니다…… 한 두 해 뒤던가? 아무튼 그 무렵이니까 벌써 20년은 된 일이죠?"

"그러니까 그게 언제, 몇 월 며칠이냐고요. 그것도 잊어버렸어요?"

비난이나 질책처럼 느껴질 만도 했을 텐데, 난데없이 강태문의 눈빛이 반짝했다.

"그게 중요한 건가요?"

강태문은 지금 대답을 구하는 중이었다. 전직 경찰인 안찬기는 무슨 이유로 강한경을 만나려고 하는 것일까. 그전에, 중환자인 강한경은 무슨 이유로 병원에서 뛰쳐나갔던 것일까. 그리고 그 교통사고는 사고가 맞기나 한 것일까. 그렇다면 그 피해자는 무엇 때문에 전직 경찰을 사설탐정처럼 고용한 것일까.

물론 강태문의 궁금증이 호기심 때문일 리는 없었다. 당연히 죽은 강노을의 '실종' 문제 때문일 터였다. 강태문은 아무래도 강한경이 죽기 전에 강노을을 깔끔하게 '죽게' 하고 싶은 것 같았다. 그게 바로 강태문이 궁리를 거듭한 끝에 안찬기에게 만나자고 한 이유일 것이었다.

"거참, 대답 한번 되게 어렵네. 안 중요하겠소, 그럼?"

안찬기가 와락 언성을 높였다. 한산한 커피숍이라 그 소리가 넓게 퍼졌고, 금방 시선이 쏠렸다. 강태문은 남의 눈치를 보는 사람이었다. 병실 앞 복도에서부터 그걸 알아챘었다.

"사망신고 지연 과태료 그거 얼마 안 되는 거 같죠? 벌써 알아봤겠지. 안 그랬을 리가 있나. 계산기 벌써 두드렸겠지. 그렇지만 공무집행방해는 어쩔 거야? 죽은 사람을 멀쩡히 살아 있다고 해놓고 사회질서를 교란시킨 건 어쩔 거야? 사람이 죽었으면 말이지! 그것도 그렇게 죽었으면!"

"저기요, 잠깐만요."

강태문이 엉덩이까지 들썩여가며 두 손을 훼훼 저어 안찬기를 말렸다. 죽은 사람, 사망신고, 공무집행방해…… 전부다 듣고 있기가 난감한 단어들이었고, 안찬기가 노린 것 역시 그 점이었다.

"12월…… 아, 그래, 12일입니다. 12월 12일, 그래서 기억하기 쉽다 했었던 게 이제 기억나네요. 내가 대학을 졸업하던 해니까 1994년인가보네요."

1994년 12월 12일이라고 했다. 7월 24일도 아니고 7월 25일도 아니라는 것이다. 그 언저리도 아니라는 것이다. 강노을이 죽은 건 황이만의 피습사건이 있고 나서도 거의 반년이 지나서인 것이다. 이해할 수 없는 일이었다. 정종 병 속의 영수증 날짜는 7월 25일이었다.

유상대는 7월 24일 밤에 강노을을 농원에다 무사히 데려다주었다고 했지만, 강노을이 그 밤을 간신히 넘기고 그 이튿날 새벽에 죽었다고 생각할 수도 있었다. 칼부림을 하는 와중에 강노을도 상처를 입었을 가능성이 컸고, 그게 뜻밖에 치명상이었을 수도 있었다. 그렇다면 강한경이 아들의 사망신고를 하지 않은 이유도 설명이 가능했다. 강노을이 사람을 상하게 했다는 것을 알았을 테니 아들이 경찰에 붙잡힐까 두려워 병원에도 가지 못했을 것이고, 병원에 가지 못했으니 사망진단서도 떼지 못했을 것이다. 아들을 묻을 곳은 얼마든지 있었을 테니, '꽃과 나무를 파는 집' 주인이 알고 있는 것과는 달리 화장을 한 게 아니라 나무 아래에 매장을 했을 수도 있을 것이다. 강노을이 7월 25일에 죽었다면, 그런 추론이 얼마든지 가능했다.

그런데 강노을이 죽은 게 그로부터도 다섯 달이나 지나서라는 것이다. 이해할 수 없는 일이었다. 강한경이 방화 사건을 저지른 것이 9월이었다. 강노을이 그때 살아 있었다면 강한경은 무슨 까닭으로 그렇게 과격한 일을 저질렀을까. 게다가 영수증의 날짜는 무엇이란 말인가.

안찬기가 생각에 빠져 있는 사이에 강태문의 말이 이어졌다.

"제가 돈 때문에 이러는 것만은 아닙니다. 말씀드렸던 것처럼 큰아버지가 저한테는 친아버지나 다름없습니다. 큰아버지 돌아가실 때 최소한 이 세상에 한이 남지는 않게 해드리고 싶습니다."

강태문의 눈가가 갑자기 확 붉어지더니 눈물보다 콧물이 먼저 주르륵 흘렀다. 참으로 종잡을 수 없는 유형의 인간이었다.

안찬기가 한마디를 더 물었다.

"혹시 강노을이가 담배 피웠어요?"

3

그 시간에 이만도 병원에 있었다. 안찬기에게 연락을 받은 건 아니었다. 그래서 강한경이 중환자실에 있다는 걸 도착해서야 알았다.

중환자실 앞에 의자가 있었다. 그곳에서 이만은 강노을에 대해 생각했다. 강한경의 아들, 강노을. 연희를 쫓아다녔다

고 했다. 7월 24일 그 밤, 칼을 쥐고 달려오던 자…… 그야
말로 무시무시하게 달려오던 자…… 그 얼굴은 기억하지 못
했다. 그러나 목소리는 분명하게 남았다.

내 여자야!

아니다.

내 여자예요, 라고 했었다. 그자는 그를 칼로 찌르는 와
중에도 말을 높였었다. 안찬기에게서 그자에 대한 이야기를
들은 후부터 점차 기억이 선명해졌다. 맑은 목소리였다. 칼
을 들고 그렇게 무시무시하게 달려오는 사람이 어떻게 그렇
게 맑은 목소리를 낼 수 있는지, 혹시 그 와중에도 궁금했었
을까.

그러나 그다음의 기억은 고통으로 잠식된다. 칼에 찔렸고,
칼에 찔린 몸으로 골목을 기어다녔다. 또렷이 기억났다. 최
면요법의 도움을 받기 전에도 그 순간들은 기억할 수 있었
다. 죽어가고 있다는 두려움과 살아야 한다는 본능도 칼에
찔린 고통을 압도하지는 못했다. 고통은 감각이 아니라 자각
으로 먼저 다가왔다. 칼에 찔렸구나, 칼에 찔렸어, 내가 칼에
찔렸단 말이야. 그리고 곧 생생한 통증, 생의 모든 것을 압
도하는 끔찍한 통증이 좇아왔다. 피가 흘렀고, 벽을 짚을 때
마다 피 묻은 손 자국이 폐가 골목의 더러운 벽에 찍혔다. 그

피가 벽에서 줄줄 흘러내리는 것 같았다. 닥치는 대로 아무 집 문이나 두드렸으나 사람이 나와보는 집이 없었다.

중환자실의 문이 열렸다. 면회 시간이 시작되었다. 그는 물론 들어갈 수 없었으므로 중환자실 안으로 들어가는 면회 객들의 뒷모습을 바라보기만 했다. 그리고 잠시 후에는 중환 자실에서 나오는 면회객들을 또 바라보았다. 울고 있는 사람 들, 손으로 얼굴을 가린 사람들, 비틀거리는 사람들, 슬픔과 고통으로 가득찬 사람들이 들어가고 나왔다. 태연한 사람들, 무표정한 사람들, 슬픔과 고통에도 무감각해진 사람들이 또 들어가고 나왔다.

이만은 잠시 더 그 의자에 머물러 앉아 있다가 일어섰다. 병원 밖으로 나오자마자 택시 승차장이 보였다. 수목원으로 가봐야겠다는 생각이 든 것은 그때였다. 강노을을 수목장했 다는 나무를 보고 싶었다. 눈으로 직접 확인하고 싶었다. 칼 에 찔린 사람은 난데 왜 죽은 자는 강노을일까. 만일 강한경 이 중환자실에 있지 않았다면 물었을지도 모른다.

그날 무슨 일이 있었는지 알고 있어요?

이상한 일이었다. 이제 와서는 그게 궁금하다기보다 그걸 알게 되는 것이 두려웠다. 퍼즐 조각이 하나하나 맞춰져가고 있는 것 같은데, 그 그림이 자신이 원하는 그림이 아닐까봐 무서웠다. 방법은 하나밖에 없을지도 모른다. 마지막 조각을 맞추기 전에 뒤집어 엎어버리는 것이다. 조각들은 다시 산산이 흩어지고, 그림은 사라질 것이다.

택시는 한 시간쯤 걸려 화훼촌에 도착했다. '꽃과 나무를 파는 집'까지 문이 닫혀 있어 영업중인 비닐하우스가 단 한 채도 보이지 않았다. 인적 없는 농로에서는 한낮의 열기를 머금은 흙과 풀 냄새가 들큰하게 풍겼다. 나무들이 쏟아낸 더운 숨 냄새가 공기를 빽빽하게 채우고 있었다. 시원한 숲 향기가 아니라 단내였다. 설탕의 단내…… 이런 냄새를 풍기는 숲에는 개미가 꼬일 것이다. 벌들이 미친듯이 날아들고, 꽃들이 살랑살랑 피는 게 아니라 폭죽처럼 펑펑 터질 것이다.

수목원은 야산 바로 아래에 있었고, 안찬기에게서 들은 큰 소나무는 산을 지키는 수호수처럼 장대하게 서 있었다. 강노을의 수목장을 했다는 나무일 것이다. 불에 태워진 후, 그 유분만 묻었다고 했으나, 벌써 20년 전의 일이니 지금은 그 유분의 흔적조차 없을 것이다. 한 사람의 흔적이 완전히 사라지는 세월이라면, 그런 세월이라면, 기억도 그럴 수 있는 것이 아닐까.

그는 강노을을 몰랐다. 하늘에 맹세코, 몰랐다. 그러나 정말 그랬을까. 연희가 툭하면 뒤를 돌아볼 때, 갑자기 멈춰 서

서 어딘가를 쳐다볼 때…… 그는 누군가 그들을, 아니 연희
를 지켜본다고 느꼈었다. 누군지는 모르지만 분명히 누군가
가. 그래서 왜 그러냐고 물어본 적이 있었다. 그때 연희가 했
던 대답도 기억한다.

우리 아빠 때문에.

이상한 질문에 이상한 대답이 아닐 수 없었다. 그는 연희
에게 누가 쫓아오기라도 하는 거냐고 물었던 것이었다. 에둘
러 물었지만 연희가 그 말뜻을 못 알아들었을 리 없었다. 그
런데 그렇게 엉뚱한 대답이라니. 더 묻지 않았던 것은 연희
가 더 엉뚱하고 더 괴상한 대답을 할 것이 예상돼서였다.

연희는 언제나 이상했다. 예컨대 열 사람이 줄을 지어 걸
어가면 그중 한 명은 맨 가장자리에서, 비뚤게, 그것도 선을
밟아가며 걸어간다고 치자. 그 한 사람이 연희였다. 아니, 그
런 사람은 어디든지 있을 수 있었다. 튀고 싶어하는 사람, 드
러내고 싶은 사람, 비뚤어지고 싶은 사람, 그런 게 자랑스러
운 사람…… 물론 그때 연희와 이만은 둘 다 20대 초반이었
다. 어쩌면 그때 그들은 미처 누리지 못했던 10대를 뒤늦게
살아내고 있었을지도 모른다. 이만은 고등학교 내내 공부만
했고, 연희는 그림만 그렸다. 공부를 잘해서, 그림이라도 잘
그려서 대학에 가는 것 이외에는 달리 방법이 없다고 믿었던

10대를 지나 마침내 대학에 입학했을 때, 그들은 자신들이 성인도 청년도 되지 못한 엉성한 나이에 이르렀다는 것을 비로소 깨달았다. 그래서 더, 허세라도 필요했을 것이다. 한가운데서 오와 열을 맞춰 똑바로 걸으려고 노력한다면 그게 오히려 이상한 일이었을 것이다.

그러니까 이상한 사람이 연희뿐만은 아니었다는 것이다.

연희의 그림 노트를 본 적이 있었다. 짬 날 때마다 스케치 연습을 하는 노트인 것 같았는데, 그중 눈에 띄는 그림이 있었다. 나무처럼 묘사된 인물 크로키였다. 그런데 그 나무가 기괴했다. 비틀린 나무, 가지가 부러진 나무, 벼락이라도 맞은 것 같은 나무, 심지어는 피를 흘리는 것처럼 보이는 나무도 있었다.

"죽인다."

그가 말했고, 연희가 그를 힐긋 쳐다보고는 대답했다.

"죽이냐?"

"죽여."

게임 캐릭터로 쓰면 좋을 것 같아서 진심으로 한 칭찬이었는데, 연희가 그 노트를 빼앗아 찢어버리기 시작했다. 갈기갈기까지는 아니었지만, 그냥 죽죽 찢어 구겨버리는 것만으로도 그를 질리게 만들기에 충분했다. 언젠가 그의 캐리커처 역시 연희는 그렇게 찢어버린 적이 있었다. 그 기억이 떠올라서였을까. 아니면 노트를 자신의 손에서 뺏어갈 때 연희의 그 냉정한 태도 때문이었을까. 냉정하다기보다는 경멸이 느껴지기까지 하는 태도였다. 네까짓 게 보면 뭘 아냐는 태도. 연희가 찢고 있는 것은 다른 사람의 크로키인데, 이만은 그때 찢기고 있는 것이 자신의 얼굴이라고 느꼈다.

"뭐하냐?"

"너 그려줄게."

그러고는 노트를 찢다 말고 그를 그리기 시작했는데, 그 몇 분 사이 갱지 노트에 그려진 그의 얼굴은 멍청이, 쪼다, 병신이었다. 아무리 그림을 모른다고 해도, 아무리 쓱쓱 그려진 눈 코 입이라고 해도, 그도 그 정도는 알아볼 수 있었다. 그의 입에서 사나운 욕이 튀어나왔고, 연희는 웃음을 터뜨렸다.

"너 욕 진짜 찰지게 잘한다."

그는 웃고 있는 연희를 바라보고만 있었다. 그런 욕이 자신의 입에서, 그것도 연희를 향해서 튀어나온 것에 대해 스스로 경악하고 있었기 때문이었다.

연희는 자기 아빠에 대한 이야기를 한 적이 한 번도 없었다. 아빠가 이장군인 게 부끄러웠을까, 연희는? 그런 시절이었으니까. 아직 1990년대 초반이었으니까. 많은 상처들이 여전히 생생하던 때였으니까. 그런 시절에 대학생이었던 연희니까. 너는 그림 그리는 애가 왜 우리랑 어울리느냐고 물어본 적이 있었다. 그때 연희의 대답도 기억한다.

니들이 멍청이라서.

그 말은 혹시 이런 뜻이 아니었을까. 니들은 이장군도 모르는 멍청이들이니까. 내가 말해줘봤자 이순신 장군이나 떠올릴 바보들이니까. 컴퓨터만 바라보는 찐따들, 자기 발끝밖에 안 보고 다니는 멍청이들…… 그래도 그런 쪼다, 찐따, 멍청이들이 만드는 세계는 룰이 지배하는 세계, 정직하게 이기고 정직하게 지는 세계…… 리얼이 아니면 어때, 가상이면 어때…… 무엇보다도 그림인 사람들…… 피를 흘려도 그림일 뿐인 사람들…… 몸이 반 토막으로 잘려도 그래봤자 그래픽…… 울고 있어도 그래봤자 그림…… 게임의 세계…… 언제든지 리셋될 수 있는 세계……

히피의 시대였다면, 연희는 아마도 기꺼이 히피가 되었을 것이다. 약을 빨고, 집단생활을 하고, 집단 섹스도 하고, 반전시위를 하고, 어쩌면 은행을 털었을지도 모른다. 그러는 대신 기껏해야 그림이나 그려야 했던 그 시절의 자신이 그녀는 혐오스러웠을까. 그래서 그렇게 홀연히 떠나버리기를 택했던 것일까.

미국 유학을 결정한 건 연희였다고 했다. 이장군이 연희를
안 보내려고 했으나 결국 졌다는 것이다. 그 무서운 아버지
이장군이 포기를 할 정도로 대단한 고집이었다면, 그런 다짐
으로 가족도, 나라도, 친구들도 다 떠나버릴 작정이었던 거
라면, 그런 와중에 이만을 챙길 여유는 없었을지도 모른다.
아니, 여유가 아니라 이유조차 없었을지 모른다. 칼에 찔리
든 말든, 병신이 되든 말든. 그러니까 이만은 그 시절 그녀에
게 그토록 하찮은 존재였다는 뜻이었다.

그런데 왜 자려고 했니.

왜 나랑 자려고 했던 거야.

혹시 다시 연희를 만나게 되더라도, 이제 와서 연희를 다
시 만나게 된다 하더라도 설마 그따위 유치한 질문을 물을
리는 없었다. 그러나 여전히 유치한 질문이 남아 있었다. 그
녀에게 자신은 무엇이었는지. 정말로 그렇게 아무것도 아니
었는지. 왜냐하면 그 시절에 그는 연희를 좋아했으니까. 진
심을 다해 좋아했으니까. 칼에 찔린 것은 몸의 상처로 남았
지만, 연희가 그렇게 사라져버린 것은 모욕으로 남았다. 그
리고 그런 모욕은 폭력이었다. 그러므로 묻고 싶었다.

너는 나한테 왜 그렇게 한 거니?

연희는 어떤 대답을 하려고 다시 나타난 것일까. 그의 질문에 대한 대답을 하려고 나타난 것이 아닌 것만은 분명했다. 그녀에게는 다른 대답이 있는 것 같았고, 그 말은 그에게도 다른 질문이 있어야 한다는 뜻일 터였다.

좋다, 고 생각했다. 그래, 연희야. 다시 시작해보자. 다른 질문으로 시작해보자. 넌 김주열을 알고 있니?

이만은 감림수목원 쪽으로 한 발씩 걸음을 옮길 때마다 물었다.

연희야, 넌 최윤재를 알고 있니?

송중호, 황경선, 정명주, 민혁을 알고 있니?

강노을을 알고 있니?

그리고 또 물었다.

김주희도 알고 있니?

수목원에 조금 더 가까워졌을 때, 이만은 그 키 큰 소나무 아래에 사람이 있는 것을 발견했다. 누군가 허리를 굽히고 소나무 아래를 살피고 있었다. 안찬기였다. 반가운 마음이 들 법도 했는데, 어쩐 일인지 오히려 걸음이 멈춰졌다. 핸드폰의 진동이 울린 게 그때였다. 유상대로부터 온 문자메시지였다. 이만의 얼굴이 굳었다.

―미안한 부탁을 좀 하려고 해요. 혹시 돈을 좀 빌릴 수

있을까요? 황대표한테는 그리 큰돈은 아닐 겁니다. 만나서 말씀드릴 테니, 언제 시간이 좋아요? 지난번에 못한 말도 있고 하니.

이만은 거듭해 그 문자메시지를 읽었다. 그리고 멀리 안찬기를 바라보았다. 이 문자메시지를 안찬기에게 보여주고, 이게 무슨 뜻인지를 알아봐달라고 해야 할 것이다. 그러나 이만은 그러는 대신 발걸음을 돌렸다. 이유를 알 수는 없지만 지금은 안찬기를 만나서는 안 될 것 같은 기분이었다.

택시에서 이만은 다시 한번 유상대의 문자를 읽었다. 그때 다시 문자가 왔다.

─나도 거기 있었다는 말 기억하죠? 생각해보니 내가 그날 못다 한 말이 있네요. 거기에 연희도 있었거든요.

이만은 유상대의 메시지를 지웠다. 과거에는 해결사였다더니…… 이제 보니 미친 늙은이가 아닌가.

4

안찬기가 감림수목원으로 향한 것은 강태문과 헤어진 직후였다. 병원 근처로 약속 장소를 잡을 때는 겸사겸사 병원에 들러 중환자실 문짝이라도 한번 바라볼 작정이었는데, 그러는 대신 곧바로 차를 몰고 수목원으로 온 것이었다.

강노을이 묻혔다는 소나무 아래에는 아직도 정종 병과 통북어 봉지가 있었다. 그것들을 발견했을 때 사진을 찍어두었었다. 담뱃갑은 그 사진 속에서 발견했다. 사진을 찍을 때는 주목하지 않았던 것이었는데, 나무 아래에 파묻힌 듯 놓여 있었다. 담뱃갑 안에 꽁초와 생담배가 함께 들어 있었다.

그는 엄지와 검지로 담배꽁초를 꺼내들었다. 곧, 그는 자신의 생각이 맞았다는 것을 알았다. 필터만 남은 담배꽁초에는 탄 흔적만 있을 뿐 피운 흔적이 없었다. 불만 붙였던 담배라는 뜻이었다.

술과 북어와 불붙인 담배.

그리고 그것들을 구입한 날짜, 7월 25일.

강노을이 아니라 김주열의 기일이었다. 의심할 여지가 없었다. 최윤재는 25일 새벽에 죽은 김주열을 봤다. 24일 그 빈집에서 나올 때는 살아 있었다고 했다. 그리고 유상대 역시 같은 증언을 했다. 최윤재가 24일 정확히 몇시에 그 빈집에서 나왔는지는 알 수 없다. 그러므로 김주열의 사망 시각은 24일 밤부터 25일 새벽 사이라는 뜻이다. 그리고 김주열의 기일을 챙긴 강한경도 그걸 알고 있다는 뜻이다. 김주열이 24일까지는 살아 있었고, 25일에는 죽어 있었다는 것을, 강한경이 알고 있다는 뜻이다.

안찬기는 영수증을 발견하던 날에 그랬던 것처럼 나무 아래에 쭈그려앉았다. 수목장을 하기 좋은 나무 그늘은 생각을 하기에도 좋았다.

처음 영수증을 발견했을 때는 7월 25일을 강노을의 기일로 상정했었다. 그렇게 생각하면 이해 가능한 일들이 많았기 때문이었다. 황이만이 기억을 하든 못하든 그가 강노을의 죽음에 관련이 있을 것이라는 추론이 가능했다. 강노을이 죽음에 이르는 데 결정적인 역할을 했거나, 혹은 죽게 했거나. 유상대가 그날 강노을을 집에까지 데려다주었다고 했으니, 집에 돌아가 자정을 넘겨 죽었다고 생각하는 것이 가능했다. 그렇다면 김주열의 역할은 아마도 우연한 목격자에 지나지 않았을 것이고, 그가 그날 약물을 과다 복용하고 사망에 이르게 된 것 역시 그 목격에 따른 충격의 여파였을 수도 있었다.

마찬가지로 김주열을 암매장한 아이들의 죽음과 실종 역시 우연한 사건일 수 있었다. 김주열이 사망한 후 20년이 넘게 흘렀다. 사람들이 얼마든지 죽고, 얼마든지 사라질 수 있는 시간이었다.

그러니까 강노을이 이만을 피습하는 과정에서 본인 역시

죽음에 이르는 상해를 당했고, 김주열은 이 과정을 목격한 후 과도한 약물 복용을 하고 사망에 이르렀으며, 김주열의 친구들은 그 잘못을 뒤집어쓸까봐 김주열의 사체를 암매장 해버렸다는 것. 이것이 영수증을 발견한 날 그가 세운 가설이었다. 그러나 이 가설에도 문제가 없지는 않았다. 강한경의 행동이 이해되지 않았기 때문이다. 황이만이 강노을의 죽음과 관계가 있다면 강한경은 왜 수십 년이 지나서야 보복을 하려고 한 것일까.

지금은 새로운 가설이 필요할 것 같았다. 강한경이 7월 25일에 강노을이 아니라 김주열의 기일을 챙겨온 것이 사실이라면, 그날의 상황이 완전히 다르게 해석되어야 했다. 김주열을 죽음에 이르게 한 사람이 강노을이라는 것. 강노을이 황이만을 피습하는 과정에서 우연한 목격자였던 김주열까지 해쳤으리라는 것. 강한경이 그 사실을 알고 아들을 숨겨놓고 살았으리라는 것. 그래서 아마 사망신고조차 하지 못했으리라는 것. 이 경우, 김주열을 암매장한 아이들의 행동도 더 이해하기 쉬웠다. 김주열이 흉기로 살해당한 후에 아이들이 그 사체를 발견했다면, 아이들은 정말로 겁을 먹었을 것이다.

그러나 여기서도 다시 의문이 생긴다. 그렇다면, 강한경은 왜 황이만에게 복수를 결심했을까. 황이만은 다만 피해자일 뿐인데. 김주열의 기일은 사죄하는 마음으로 챙기면서 황이만에게는 왜 복수를……

아직은 여전히, 그 무엇도 확실하지 않았다. 오직 분명한 것은 그날 그곳에서 황이만, 김주열, 강노을 세 사람에게 동시에 무슨 일인가가 벌어졌다는 사실뿐이었다. 강한경이 그 답을 알고 있을 가능성이 컸다. 답답한 것은 중환자실에 있는 강한경에게 그 답을 물어볼 수도, 들을 수도 없다는 것. 그러므로 남은 것은 유상대뿐이었다. 그는 전화를 걸었고, 소주나 한잔하자고 했다. 유상대는 거절하지 않았다. 하지 않고 남겨둔 말이 많고, 듣고 싶은 말도 많을 테니까. 그 역시 오늘은 하고 싶은 말이 분명하게 있었다.

전화를 끊고 보니 아직 대낮이었다. 그러나 무슨 상관인가. 이름부터가 '낮술'인 술집도 있지 않던가.

5

유상대는 놀라는 것 같았고, 또 실망하는 것 같았다. 안찬기가 황이만을 대신해 전화한 것으로 짐작했던 모양이었다. 까닭은 몰랐지만 그 분위기를 눈치챈 안찬기가 일부러 다른 이야기만 하자 결국 유상대가 먼저 입을 열었다.

"황대표가 전하라는 말이 있을 줄 알았는데 말입니다."

"그러게 말입니다."

안찬기는 황이만과 유상대 사이에 무슨 일이 있었다는 것을 알아챘다. 무슨 일인지는 몰랐으나 모른다는 티를 낼 생각은 없었다. 그의 눈치를 살피던 유상대는 머리가 복잡해지는 것 같았다. 그러나 곧 뭔가를 결심하는 얼굴이었다.

"실은 제가 돈을 좀 빌리자고 했습니다. 알고 오셨겠지만…… 모르는데 아는 척하는 것도 같고 알고도 모르는 척하는 것 같기도 하고…… 뭐 어느 쪽이든 상관없습니다. 돈빌리자는 말이 죄가 되는 것도 아니고."

송도 편의점에 찾아갔을 때 유상대가 숨겼던 경마 정보지가 떠올랐다. 유상대가 경마 정도만 하지는 않을 것이라는 짐작은 그때부터 있었다. 경마만 하더라도 심심풀이 수준은 아니었을 것이다.

"죄가 되는지 안 되는지는 담보가 뭔지를 들어봐야 알겠죠?"

"협박 같은 거 아닙니다. 그냥, 황이만이가, 아니 그 황대표가 궁금한 게 많은 거 같길래, 그거 돈 좀 내고 들으라고한 것뿐입니다. 안형사님을 대신 보낸 걸 보면 돈 내고 들을 정도로 궁금하지는 않다는 뜻인가 싶네."

"얼마면 되겠소?"

"돈을 누가 냅니까? 그거에 따라 다르지. 안형사님이 낸다고 하면……"

안찬기가 지갑을 꺼냈다. 그 지갑에서 나온 게 돈은 아니었다. 지문 감정 의뢰서였다. 유상대의 얼굴빛이 아주 잠깐 변했다가 다시 돌아왔다. 그사이 얼굴에 웃음주름이 가득해졌다.

"공소시효도 지난 건데, 뭐하러 그런 건 합니까?"

"시간이 지났다고 있던 게 없는 걸로 되는 건 아니니까요."

안찬기는 말없이 다시 지갑을 닫았다. 유상대가 문건을 제대로 보려고도 하지 않는 것이 흥미로웠다. 문건은 가짜였다. 애초에 없는 물건에 대한 감정 의뢰서라는 뜻이었다.

김주열의 사체와 함께 발견된 유류품 중에 전지가위는 없었다. 그러니 감식할 수 있는 가윗날도 없었다. 안찬기는 송도 편의점에서 유상대를 만난 후 곧바로 박형사를 찾아갔었다. 혹시나 싶어 다시 한번 유류품 목록을 확인하기 위해서였는데, 기대했던 결과는 없었지만 얻을 수 있는 것은 있었다. 유상대의 틈을 파고들 방법이었다. 그는 유상대가 속을 거라고 믿었다. 교활한 자는 남을 잘 속이는 동시에 자기도 잘 속는 법이다.

"네, 제가 그걸 만졌지요. 말씀드렸잖습니까. 어마지두에 그걸 만졌다고."

"칼이든 가위든 어마지두에 남이 쓴 걸 만질 사람이 아니잖아요? 게다가 그 남이 피까지 흘리고 있었다면. 우리 선수끼리 이러지 맙시다."

나이 육십이 훨씬 넘어서는 무슨 선수 타령인가. 스스로가 우스웠지만, 어쩔 수 없었다. 유상대는 곧바로 반응했다.

"그걸 연희가 들고 있었거든요. 그러니 어쩝니까. 네가 내려놓고 네가 잘 닦아라, 그럴 수는 없잖아요."

이연희가? 뜻밖의 말이었다. 이번에는 안찬기도 표정을 숨기지 못했고, 유상대도 그걸 알아챘다. 유상대의 자세가 갑자기 여유로워졌다. 술상 위에 내리 두 팔을 올려놓고 수그린 자세였던 그가 등을 펴고는 마치 승기를 잡은 자 같은 얼굴로 안찬기를 바라봤다.

어떻게? 왜? 쏟아질 것 같은 질문을 안찬기는 삼켰다. 삼키는 것을 감추기 위해 소주잔을 들어올린다거나 하지도 않았다. 이런 경우에는 질문을 우회해야 한다는 것을 안찬기는 잘 알고 있었다. 유상대의 템포에 맞춰주면 안 되는 것이다.

"그런데 지난번엔 이연희 얘기는 싹 뺐네? 이젠 이장군하고 관계도 없으면서."

"뭐 굳이 연희 얘기까지 해야 하나 싶어서요."

그러고도 황이만에게는 돈을 내놓으라 했다…… 이 정도로는 돈을 내놓으라고 할 만한 얘기가 안 될 텐데. 유상대에게 아직 남은 것이 있다는 뜻이다. 짐작하지 못했던 건 아니었다. 편의점에서 만났을 때 들은 유상대의 이야기가 너무 허술했었다. 무엇보다도 골목에서 핏자국을 발견하고 그 핏자국이 이어진 집으로 들어가봤더니 그 집이 우연히 김주열이 쓰러져 있는 빈집이더라는 이야기가 그랬다. 그런데 이제 이연희가 등장한 것이다. 이연희와 얽힌 비밀이 있다는 뜻이었다. 황이만이 매우 알고 싶어하거나, 아니면 절대로 알고 싶어하지 않는 어떤 것.

"내가 그 칼을 깨끗이 닦았습니다. 아, 칼 말고 그 가윗날 말입니다. 그게 어찌나 칼처럼 보이던지…… 아무튼 지문이 묻으면 내 거 이전에 연희 것도 묻었을 테니. 잘 닦아서 그애 옆에 놓아뒀어요. 그 가위가 강노을이 건 줄은 나중에 알았지. 알았으면 거기다 놓고 오지 않았을 텐데. 연희 그년이 정신이 홀랑 다 나가서 나중에야 얘길 하잖습니까. 그래서 강노을이도 집에 데려다줬지. 내가 그날 한 일이 한두 가지가 아닙니다. 사람 여럿 구했다고요, 내가 그날. 연희도 구했고, 강노을이도 구했고, 황이만이 그놈도 뭐 어쨌든 멀쩡하게 살았고. 따지고 보면 죽은 건 한 놈뿐이잖아요. 그런데도 그 가위는 계속 찝찝해. 나도 얼결에 지문만 닦고 거기 놓아두긴 했는데, 그게 영 찝찝해요. 안 그렇겠습니까?"

유상대는 계속 그에게 '왜' '어떻게'라는 질문을 하도록 유도하고 있었다. 자신에게 유리하도록 이야기의 흐름을 바꾸기 위해서였다. 물론 그는 유상대의 술수에 넘어갈 생각이 없었다. 그가 그렇게 묻는다고 한들 유상대가 쉽사리 대답할 리 없다는 것 역시 짐작했다. 그 대답은 아마도 유상대에게 남아 있는 무기인 듯싶었다. '왜'와 '어떻게' 사이에 무엇인가가 있었다. 그날 벌어진 일이 황이만과 강노을과 김주열 세 사람이 아니라 이연희를 포함한 네 사람 사이의 일이라는 것. 이연희가 이 사건에 엮이게 된 이유. 그게 유상대가 쥐고 있는 패였다.

"그 가위가 강노을이 거라는 건 의심할 여지가 없잖습니까."

안찬기가 침묵하고 있자 유상대가 다시 먼저 입을 열었다. 안찬기는 여전히 이연희와 관련된 '왜'와 '어떻게' 사이에서 생각을 놓을 수 없었지만, 그건 유상대 역시 마찬가지일 터이므로 그 빈틈을 재빨리 노려야 했다.

"아버지를 대신 보냈군."

"어디라는 얘기만 해줬습니다. 강노을이를 집에다 떨궈주면서."

"가라는 얘기였군. 가서 처리하라고."

허를 찔린 듯 그 말에는 대답하지 않고, 유상대는 대신 말했다.

"내가 말할 수 있는 건, 전에도 그랬지만, 살아 있었다는 겁니다. 강노을이 아버지가 갔을 때는 어땠는지 모르지만요."

안찬기는 한동안 유상대를 노려보았다. 흐름은 이제 다시 안찬기 쪽으로 넘어왔다.

"강노을이가 거기 잡혀 들어갔다 나와서 집에도 안 들어가고 공장으로도 안 갔던 거, 실종됐던 거, 그것도 유상대님이 그런 건가?"

"그러다니, 뭘요?"

안찬기의 질문이 먹혔다. 시침을 먼저 떼놓고 나서는, 유상대가 별수 없다는 듯 곧바로 고개를 흔들었다.

"겁 좀 준 거밖에 없어요, 난. 이장군이야 난리를 쳤지. 웬 모지리가 딸을 쫓아다니니까. 이장군이 나한테 지랄을 해.

그러니 어쩝니까. 강노을이가 무서운 데를 한번 들어갔다 나와서인지 말을 아주 제대로 알아듣더군요."

"죽이겠다고라도 했으려나?"

"그렇게 말했다고 한들 정말로 그러려고 한 말이었겠습니까?"

"너도 죽고 네 아버지도 죽는다, 그쯤 말했으려나?"

유상대의 얼굴에 또다시 웃음주름이 가득해졌다. 마치 그리운 옛 추억이 떠오르기나 한 것처럼.

"뭐 그렇게까지 말했겠습니까. 비슷하게는 했으려나? 또 한번 내 눈에 띄면 너든 네 아버지든 아주 혼난다 했더니, 저를 잡으러 다니겠다는 말로 들은 모양이죠. 얼마나 무서웠으면 집에도 안 들어가. 그런데 그렇게 무서워도 연희는 쫓아다녀야 해. 그러니 그때부터는 나한테 안 들키게 몰래몰래 쫓아다니는 거지. 그러던 게 그날은……"

"그날은?"

갑자기 유상대의 얼굴에 미소가 번졌다. 흐름이 다시 바뀐 것이다. 유상대의 얼굴에 번지는 미소가 뜻하는 바를 안찬기는 금방 이해했다. 말해주지 않겠다는 것이다. 약오르지 이자식아, 하는 미소였다.

유상대가 황이만에게 돈을 요구할 수 있는 것…… 어떤

일, 어떤 사건…… 어쩌면 어떤 비밀…… 그 미소 속에 들어 있는 것이 그런 것들이었다.

6

유상대가 김주열을 목격했을 때, 김주열은 살아 있었다고 했다. 그후 강한경이 김주열을 목격했다면…… 그때 김주열은 살아 있었을까.

그는 다시 핸드폰을 열어 유상대가 찍힌 사진을 띄웠다. 그 사진 속에 모든 비밀이 있기라도 한 것처럼 툭하면 그 사진을 보곤 했다. 유상대에게도 보여줬었다. 그의 짐작대로 사진 속에 찍힌 발은 최윤재가 맞았다. 유상대가 한번 본 사람은 잊지 않는다고 하더니 최윤재도 잘 기억했다. 더군다나 최윤재가 그날 그곳에서 이상한 소리를 해서 더 기억에 남는다는 것이었다. 미친놈처럼 '땡땡땡' 하더라고. 그래서 거기 있던 사람들이 전부 그 '미친놈'을 쳐다봤다고. 그런데 그때 그놈이 갑자기 귀신이라도 본 것처럼 혼비백산을 하더라는 것이었다. 안찬기는 김주희의 사진을 띄워 유상대에게 보여주었다. 유상대가 웃었다. 이렇게 생긴 여자는 귀신 도깨비

분장을 해놔도 안 무서울 것 같다고 했다. 유상대는 김주희를 처음 보는 것이 분명했다.

사진을 골똘히 보고 있는 중에 반가운 연락이 왔다. 강한경이 중환자실에서 나와 일반 병실로 옮겼다는 것이었다. 차도가 있으면 알려달라고 부탁해두기는 했지만 강태문이 정말로 연락을 줄 줄은 몰랐다. 아마도 이제 와서는 강태문이야말로 강한경의 비밀을 가장 궁금해하는 사람일지도 몰랐다.

강한경은 일반 병실에 있기는 했지만, 여전히 중환자의 모습이었다. 깨어 있었고, 안찬기와 눈이 마주쳤고, 무슨 말을 하려는 것처럼도 보였지만, 곧 약에 취한 듯 잠에 빠져들었다. 또다시 지난한 시간이 흘렀다. 어려울 것은 없었다. 시간을 견디는 것. 형사 생활을 하는 동안 그것만큼 많이 해본 일도 없으니까. 추격이든 검거든 모든 건 다 시간을 견딘 후에야 이루어지는 일이었다.

안찬기는 복도 의자에서 거의 한나절을 버텼다. 황이만의 회사에서 만든 게임을 하면서. 게임 실력이라고는 젬병인 그가 한번은 열통이 터져서 황이만에게 아이템 좀 공짜로 넣어주면 안 되겠냐고 말한 적이 있었다. 황이만의 대답이 기막혔다. 그거 횡령인데요. 황이만답지 않게 웬 농담인가 했더니, 진담이었다. 안찬기는 황이만처럼 농담을 모르는 사람을 처음 보았다.

　어쨌거나 황이만의 회사에서 만든 게임이 많아서 다행이었다. 그는 그냥 이 게임 저 게임을 했다. 차라리 들여다봤다고 말하는 것이 더 옳을 것이다. 시간을 죽이기 위해서만은 아니었다. 그는 황이만에 대해서 좀더 알고 싶었다.

　마침내 강한경이 깨어났다. 그를 만나겠다고 한다는 강태문의 말을 듣자마자 상반신이 벌떡 세워졌지만, 일어설 때는 속도를 조절했다. 침대 앞까지 걸어갈 때도 그랬다. 너무 천천히 걷나 싶을 정도로 속도를 늦췄는데, 그러는 동안 강한경의 시선이 계속 자신을 향해 있는 것을 알 수 있었다. 젖은 눈곱이 낀 환자의 눈이 깊었다.

　먼저 입을 연 건 강한경이었다. 안녕하세요, 라는 인사였다. 안찬기는 강한경이 자신을 알고 있다고 느꼈다.

　"우리가 만난 적이 있었던가요?"

　"아닙니다. 만난 적은…… 없습니다. 제가…… 혼자 압니다."

　끊어질 듯 말 듯 강한경의 말이 이어졌다. 기력이 없어서라기보다 말과 말 사이에 아직 채우지 못한 틈이 있어서인 것 같았다. 그 틈을 안찬기가 질문으로 채웠다.

　"만난 적도 없는데, 어떻게요?"

"담당 형사셨잖습니까."

황이만 피습사건을 말하는 것이라는 걸 곧 알아들을 수 있었다. 입맛이 썼다. 그때 그 사건에서 그가 한 일이 거의 없었기 때문이었다. 누군가 그 사건을 주시할 거라는 생각조차 해본 적이 없었다. 생각을 했어도 마찬가지였을 것이다. 피습범이든, 피습범의 가족이든 누군가 초조하게 그를 주시하고 있는 동안, 그는 현장을 살핀답시고 시장통을 오고가며 빙수나 먹고 다녔었다. 그게 전부였다.

"그때 말씀을 하지 그러셨습니까."

자수라고도, 신고라고도 말할 수가 없어서 안찬기는 '말씀'이라고 돌려 말했다. 강한경이 깊은 숨을 내쉬었다. 한숨인지 신음인지, 고통을 참는 것인지 아니면 괴로운 기억을 참는 것인지, 시트를 말아 쥔 여윈 손등에 힘줄이 돋는 것이 보였다.

"무서웠거든요."

무서웠겠지. 왜 안 무서웠겠는가.

"그때는 아니었지만…… 나중에는…… 한번 속시원하게 말이라도 할까 싶은 때도 있었습니다. 노을이 죽었을 때요. 죽었으니 벌받을 것도 없다 그런 뜻이 아니라…… 노을이만 죽은 게 너무 억울해서 말입니다."

그 억울함의 이유가 무엇이든 모질고 깊은 원통함인 것만
은 분명했다. 그 일이 벌어진 것이 20년도 더 전, 강노을이
죽은 것도 역시 그만큼 전의 일이었다. 그런데도, 여전히, 강
한경은 모질게 억울한 것이다. 그렇지 않고서야 자기 죽음이
눈앞에 있는 지경에 누군가를 죽이고 싶은 마음이 들 리는
없을 터이다. 그게 마음에 그치든, 마음 바깥으로 넘쳐 나오
든 다를 바가 없을 것이다.

"이제라도 말씀하시죠."

"그때 거길 갔을 때……"

강한경은 '거기'라고 말했다. 이 사건에 연루된 모든 사람
들이 '거기'가 어디인지 알고, '그때'가 언제인지 알았다. 안
찬기 역시 마찬가지였다. 그래서 확인해 묻지 않고 안찬기는
기다렸다. 얼마든지 기다릴 수 있었다. 문제는 강한경의 마
음이었다. 강한경이 다시 한번 망설이기 전에, 다시 깊은 침
묵 속으로 들어가기 전에, 그의 손을 잡아야 했다.

"살아 있었나요?"

강한경은 대답하지 않았다. 그러나 입술이 떨렸다. 그야말
로 덜덜 떨렸다.

안찬기는 한숨을 쉬었다.

7

강한경은 생각하고 또 생각했다. 두고두고 생각하고 또 했다. 그때 혹시 핸드폰 같은 게 있었다면…… 지금처럼 누구나 핸드폰 같은 걸 갖고 있는 시절이었다면…… 그러면 달랐을까. 망설이기 전에 119에 전화부터 걸었을까.

신고를 하거나 구조 요청을 하려면 공중전화부터 찾아야 했다. 길가에 차를 세우고 그 빈집을 찾기까지 시간이 오래 걸렸었다. 그러니 공중전화를 찾아 길가까지 내려가는 시간이 또 그만큼 걸릴 터였다.

설상가상, 골목이 너무 많은 동네였다. 그는 길을 잃었다. 골목이 이 골목으로 이어지고, 또 저 골목으로 이어졌다. 그는 귀신에게 홀린 듯이 골목에 갇혀버렸다. 새벽이 될 때까지, 날이 밝을 때까지 골목을 뱅뱅 돌았다.

그러나 알고 있었다. 그건 다 기만이었다. 남이 아니라 스스로에 대한 기만. 큰길이 나오면 돌아서고, 또 돌아서고 했다. 공중전화가 보이면 신고를 해야 할 테니 좁은 길만 찾아 돌고 또 돌면서 시간을 흘려보냈다. 그러면서 살겠지, 살겠지, 저 혼자 살아나든 누가 구해주든 어쨌든 살겠지, 살겠지 했다. 사람 목숨이 얼마나 질긴데…… 스스로에게 말하고 또 말했다. 가릉가릉 숨을 쉬고 있는데, 아이의 그 숨이 얼마나 악착같던지 말이다. 어떻게든 살아날 숨소리였다. 그렇게 믿고 또 믿었다.

그리고 그는 또 생각했다. 그때 누군가의 목소리만 들리지 않았다면, 상황이 달라졌을 거라고. 자신은 분명히 그 아이를 구하려고 했을 거라고. 그런데 누군가 빈집으로 들어오며 김주열, 김주열 불렀다. 그러니 어쩌겠는가. 빈집은 거의 폐가라 뚫린 구멍이 많았다. 가위부터 어떻게 해야 했다. 그때는 가위 말고는 다른 생각을 할 겨를이 없었다. 가위를 품고 구멍을 빠져나와 골목을 헤매면서야 그 아이 생각이 다시 나기 시작했다.

살겠지. 누가 와서 발견했으니 살겠지. 이름을 부르는 걸 보면 친구일 테니, 친구가 분명할 테니 살려주겠지.

그러나 이 또한 사실이 아니다. 그애가 잘못될 걸 알고 있었다. 그애가 그때 이미 거의 죽은 목숨이었다는 걸 알고 있었다. 그 목소리의 주인공이 친구가 아니라는 것도 알고 있었다. 친구더라도 아주 나쁜 친구라는 걸 알고 있었다. 그애를 발견한 후 그 목소리가 내지르는 욕설을 들었던 것이다.

아, 씨발, 개새끼, 이거 죽었어! 와, 씨발, 씨발, 나 좆 된 거야. 이 개새끼…… 이거…… 왜 여기서 죽어 자빠지고 지랄이야!

겁에 질린 그 '나쁜 목소리'는 그 어떤 선한 행동도 할 것 같지 않았다. 그러니 돌아서야 했었다. 아니라고, 죽지 않았다고, 죽어가고 있지만 아직 살아 있는 거라고, 말해줘야만 했었다.

자신의 생각이 틀렸기를 얼마나 바랐는지 모른다. 그래서 그 동네에 또 가보지 않을 수 없었다. 그 동네를 헤매고 다니다 보면 그애가 멀쩡히 살아서 돌아다니는 걸 보게 될 거라고 믿었던 것이다. 그렇게 믿고 싶었던 것이다. 그러나 그가 발견한 건 그애의 얼굴 사진이 붙은 전단이었다.

김주열은 실종되었다.

살아서 실종되었다.

살아 있으니 실종도 된 거다……

불행히도 그것은 안도가 아니었다. 그가 빈집에서 수습해 온 것이 가위의 한쪽 날뿐이라는 것을 그는 너무 늦게 알았다. 그날 밤 가위가 나뭇가지를 자르는 대신 사람을 찌르는 동안, 제 본연의 모습을 잃고 두 쪽이 되어버렸던 것이다. 그래서 다시 찾아가야 했다. 그러니까 그가 그 동네를 다시 찾아간 것은, 그리고 그 빈집을 다시 찾아간 것은 김주열이 살았는지를 확인하기 위해서가 아니라 나머지 한쪽 가윗날을 찾아서였던 것이다.

그리고 그는 그곳에서 뭔가를 묻은 흔적을 발견했다. 어찌나 서툴게 묻어놨는지 손으로만 대충 파도 뭘 묻었는지 알수 있을 것 같은 화단 앞에 서서, 그는 망설이다 말았다. 무서웠기 때문이다. 다음에 다시 갔을 때는 그 자리에 시멘트가 발라져 있었다. 더 망설이지 않아도 되어서 다행이라고 생각했다. 그때는 세상의 무서운 것 중에 가장 무서운 것이 자신이었다. 그러는 동안 그의 몸속에 퍼진 것이 안도가 아닌 미움이었다. 자기 아들에 대한 미움, 분노, 때로는 증오심까지.

그 분노가 시위 현장에서 폭발했다. 노을이가 돌아오기 전에는 그곳 사람들의 말을 믿었고, 그후에는 노을이가 돌아왔다는 말을 할 수가 없어서 꾸역꾸역 참석하게 된 시위였다. 그러나 그곳에 이르자 노을이가 그렇게 된 이유가 보였다. 그것도 아주 명징히 보였다.

노을이를 그렇게 만든 놈들이 있었다. 노을이를 겁먹게 한 놈들이 있었다. 겁먹지 않으면 파리 한 마리도 못 죽이는 아이였다. 나무에 든 벌레들도 겁을 먹어야만 잡는 애였다. 그런 애가 사람을 다치게 했다. 무서웠던 것일 테다. 사람이 무섭고 세상이 전부 무서웠던 것일 테다. 그런데도 집에 돌아와 노을이를 보면, 또 미움이 복받쳤다. 시름시름 앓고 있던 노을이를 그가 수시로, 닥치는 대로 두들겨팼다.

때리지 마요, 때리지 마요!

노을이 공처럼 온몸을 말고 필사적으로 그의 손을 피했다.

노을은 죽던 날에도 똑같은 말을 했다.

때리지 말라고 해요. 때리면 안 돼요. 아버지, 때리지 말라고 해주세요.

7월 24일에 피를 묻히고 돌아온 이후, 노을이가 입에 달고 살던 말이었다. 그때마다 맘속으로만 '누구니, 누가 널 때리니' 물었다. 그 답을 이미 알고 있다고 믿었기 때문이었다.

그의 생각은 절반만 맞았다. 노을을 그렇게 만들고 노을이 그렇게 될 때까지 때리고 또 때린 자들에 대한 그의 짐작은 틀리지 않았다. 다만 노을이 때리면 안 된다고 호소하던 대상이 '그들'일 뿐만 아니라 단지 한 사람인 누군가, '그'이기도 하다는 사실은 몰랐다. 노을이 죽던 날 그는 '그'가 누구인지를 알게 되었다.

1

1994년 7월 24일, 여섯 명의 아이들이 빈집에 있었다. 그 날 서울의 낮 기온이 38℃를 넘겼다. 끔찍할 정도로 더운 하루였다. 밤에도 그 기온이 떨어지지 않았다. 에어컨이 있는 집도 거의 없던 시절이었다. 더위를 피하는 방법은 낮에는 은행에 가고, 밤에는 냉방이 잘되는 호프집에 가는 것뿐이었다.

그들은 미성년자였고 고등학생이었지만 그런 걸 문제삼지 않는 술집을 얼마든지 알고 있었다. 문제는 돈이었다. 그즈음에 그들은 돈이란 돈은 전부 다 술과 약과 본드와 담배를 사는 데 써버렸다. 본드를 하면서 담배를 피웠고, 담배를 피우면서 본드를 했다. 술을 마시며 약을 먹고, 약을 먹으며 술을 마셨다. 최윤재는 그날 그들 무리에 처음 끼었다. 주열이 그를 불러오게 했는데, 최윤재 아버지의 식당에 관한 소문 때문이었다. 그 식당이 얼마나 잘되는지 돈이 부대에 담긴 채로 카운터에 놓여 있는데, 최윤재가 그 돈을 한 바가지쯤 퍼가지고 나오는 것은 문제도 아니라는 거였다. 물론 뻥이었다. 돈은 부대째로 있을 수도 있었지만, 최윤재가 그 돈을 마음대로 퍼올 수 있는 건 아니었다. 그렇더라도 최윤재에게는 돈이 조금 있었고, 덕분에 그날 그들은 다른 때보다 훨씬 더 많은 양의 본드와 술과 담배를 살 수 있었다.

최윤재에게는 돈만 있었던 게 아니라 그들 패거리에 끼고 싶은 간절함도 있었다. 다른 애들한테 뻥을 뜯기고 있는 것을 김주열과 송중호가 우연히 구해준 적이 있었는데, 그때부터 최윤재가 자발적으로 그들을 쫓아다녔다. 송중호와 김주열에게 괴롭힘을 당하는 아이들을 구경했고, 같이 침을 뱉었고, 같이 발길질을 했다. 그러다가 김주열과 송중호에게 얻어맞기도 했다. 그러다 드디어 그들 패거리 모임에 부름을 받은 것이었다.

최윤재는 그날 하루종일 철물점과 문방구를 스무 군데 이상

순회하며 본드를 사 모았다. 그냥 달라는 대로 한 박스라도 주는 철물점도 있었지만, 이름을 물어보고 학교를 물어보고, 왜 여기까지 와서 그런 걸 찾느냐고 묻는 문구점 주인도 있었다. 그래도 최윤재는 포기하지 않고 다음 가게를 찾아갔다.

그들은 동네 친구들이었다. 몇몇은 같은 학교에 다녔고, 몇몇은 같은 교회에 다녔다. 남자애들이 여자애들을 꼬시기 위해 가는 교회였다. 여자애들 역시 그런 남자애들을 만나려고 교회에 갔다. 그들은 주기도문이나 사도신경조차 제대로 외우지 못했고, 기도를 하다 말고 누군가 한 명씩은 꼭 웃음을 터뜨렸다. 그래도 기도는 했다. 하나님이 돈을 비처럼 내려주시면 좋으련만, 할렐루야. 이런 기도도 했다. 하나님이 본드를 비처럼 내려주시기를, 할렐루야. It's raining men, Hallelujah, it's raining men, Amen. 주열이 그즈음에 그 노래에 빠져 있었다. 주열은 본드에 취해서도 그 노래를 불렀다. 이츠 레이닝 기집애들, 이츠 레이닝 돈, 이츠 레이닝 술, 이츠 레이닝, 이츠 레이닝 주…… 그 대목에 이르면 그 다음부터는 노래가 끝날 때까지 계속 이츠 레이닝 주……만 불러댔다. 거룩하게도, 그런 지경에 이르러서도, 혹은 이르러서야 주님을 찾는다고 생각하는 사람도 있을 수 있겠지만, 실은 주님이 아니라 주희였다. 비처럼 내리는 돈, 비처럼 내

리는 축복으로 주희를 행복하게 해주고 싶었다. 누구한테도
말하지 않았지만, 말할 필요를 느끼지도 않았지만, 주열에게
는 주희가 전부였다. 주희는 누나였고, 엄마였고, 여동생이
었다. 그의 모든 것이었고, 그의 유일한 것이었다.

사람 말고는 개, 하얀 개가 있었다. 남의 집 개였던 그 하
얀 개가 집으로 들어온 그날부터 주열은 당장에 사랑에 빠져
버렸다. 다만 그 사랑을 어떻게 표현해야 할지를 모를 뿐이
었다. 어디서 주워들은 구절이 떠올랐는데, 사랑은 뭐라더
라, 길을 들이는 일이라던가. 그래서 길을 들였다. 가만있어.
기다려. 움직이지 마. 물어.

그날 주열은 본드를 지나치게 했다. 여섯 명 중에서도 가
장 많이 했다. 민혁과 최윤재는 시작하자마자 나가떨어졌다.
폭염이라 약발이 더 잘 듣는 건지 그 반대인지 몰랐다. 그 반
대라도 마찬가지이기는 했다. 더위를 견딜 수가 없었고, 기
분이 좆나 더러웠고, 그래서 더 약을 빨지 않을 수 없었다.
최윤재는 가관이었다. 본드를 불자마자 오바이트를 할 기세
여서 송중호에게 얼굴을 얻어맞았다. 송중호가 최윤재를 쫓
아버렸고, 따를 당할까봐 하는 시늉만 하던 정명주가 그다음
에 가버렸고, 그후에는 기억이 끊겼다가 이어졌다 했다. 본
드와 약과 더위에 취한 상태에서 황경선을 가지고 송중호와

싸웠다. 황경선을 누가 가질 것이냐 싸우는데, 민혁이 거기에 끼어들었다. 본드가 다 떨어지고, 본드 기운도 떨어지기 시작하자 민혁과 송중호가 빈집을 떠났다. 황경선은 언제 갔을까. 기억나지 않았다.

주열은 땀을 줄줄 흘리며 빈집에 혼자 있었다. 새삼스러운 일은 아니었다. 다들 돌아가지 않으면 안 될 집이 있었다. 세상 개망나니, 나쁜 새끼, 더러운 놈인 송중호에게조차 돌아갈 곳이 있었다. 송중호의 아버지가 어마무시하게 무서워서 송중호를 한번 패기 시작하면 정말로 죽기 직전까지 팼다. 그래서 송중호는 항상 목숨을 걸고 못된 짓을 해야 했다. 그러고는 살기 위해 집으로 돌아갔다. 주열은 아니었다. 엄마는 집을 나가고, 아버지는 죽고, 주희만 있는 집. 주희와 하얀 개가 있는 집. 돌아가지 않아도 뭐라 할 사람이 없었다. 주희가 걱정한다는 건 알았지만, 그래봤자 주희였다. 주희는 엄마이고 누나이고 여동생이었지만, 그런 주희는 주열에게는 아무것도 아닌 것이기도 했다. 주열은 그게 슬펐다. 주열은 혼자 남아 다른 애들 몰래 꿍쳐두었던 본드를 더 했다.

주열이 그날 밤 빈집에서 골목으로 나온 것은 집밖에 있는 쓰레기통을 뒤지기 위해서였다. 더웠고, 그 더위를 잊을 만큼 취하고 싶었고, 혼자 남아 있으니 더 그랬고, 그래서 혹시 쓰레기통에 남은 뭔가가 있을까 뒤져보기로 했다. 빈집의 쓰레기통에 뭐가 있을 리 없었지만, 취한 탓이었다. 주열은 그때 술에 취하고 약에 취하고 펄펄 끓는 밤의 더위와 환각에 취해 있었다. 그날 주열이 한 본드와 약의 양이 엄청났다.

골목을 뛰어내려오던 누군가와 부닥칠 뻔한 건 문 바깥으로 나서자마자였다. 뭐야 이 썹새끼, 눈깔 똑바로 안 뜨고 다녀! 욕을 퍼붓는데 갑자기 눈앞으로 뭔가 날아왔다. 주열은 잠시 넋이 빠져서 그걸 바라보았다. 박쥐 같기도, 시커먼 먹구름 같기도, 날개 달린 천사 같기도 했다. 아니, 칼이었다. 그것도 보통 칼이 아니라 게임 속에나 등장할 것 같은 무시무시하고 엄청난 칼이었다. 어라, 씨바, 이거 뭐야. 주열은 뒤로 자빠졌고, 자빠진 채로 엉덩이걸음으로 몸을 벽 쪽으로 피했다. 우와, 씨바, 진짜 씨바, 주열의 입에서 침이 흘렀다. 칼이 무언가를, 누군가를 찌르려고 하는데, 하늘에서 내려온 천사가 지상의 악마를 처단하는 장면처럼 보이기도 했다. 그 악마는 아버지 같기도 했고, 언젠가는 꼭 죽여버릴 거라고 다짐한 담임선생 같기도 했고, 손버릇이 더러운 교회 목사처럼도 보였다. 칼이, 그 모든 걸 찌르려고 하고 있었다. 하나님 맙소사, 그렇게 짜릿한 순간은 난생처음이었다. 갑자기 와락 구토가 치밀었다. 황홀이 극한에 이르렀는데 하필 지금

뱃속의 오물들이 쏟아져나오려고 했다. 주열은 침을 삼키며 오물도 함께 삼켰다. 다시 칼이 보였다. 이번에야말로 그 칼이 무언가를 아주 깊숙이 찌를 참이었다. 정말이지, 진짜로, 끝내줬다. 주열이 소리를 질렀다. 우어어어어! 그러나 어쩌면 다른 외침이었는지도 모른다.

기다려! 가만있어!

아니다. 혹시,

물어!

가 아니었을까. 주열은 번개처럼 일어서 달려들었다.

물어! 가만있지 마! 기다리지 마! 물어!

하늘에서 내려오는 외침이었다. 명령이었다. 그는 저 더러운 놈을 처단할 것이다. 툭하면 주희를 두들겨패던 아버지라는 새끼, 주희를 힐끔거리며 쳐다보던 세상의 모든 더러운 새끼들, 다들 죽여버릴 것이다. 찔러버릴 것이다. 주희를 지켜줄 것이다.

주열은 깊숙이 찔렀다. 그렇다고 믿었다. 그러나 잠시 후 두 손을 펼쳐보았을 때, 그 손바닥에 고인 건 아무래도 자기 피인 것 같았다.

아닌가?

아니, 그런 것 같았다.

기다려, 가만있어…… 어디선가 속삭임 소리가 들렸다.
그러나 이제는 가만있을 수 없을 것 같았다. 누구를 물 수도
찌를 수도 없을 것 같았고, 기다릴 수도 없을 것 같았고, 구
할 수도 없을 것 같았다. 주열은 엉덩이로 뒷걸음질을 치기
시작했다. 자기의 것인지, 다른 사람의 것인지 모를 피로 젖
은 몸을 엉덩이로 끌어가면서 그는 집안으로, 폐가 안으로
뒷걸음쳐 들어갔다.

기다려! 가만있어!

폐가 안으로 완전히 들어가서야 그는 그 소리에서 벗어날
수 있었다. 환청에서는 벗어났으나 할 수 있는 일이 가만히
있는 일밖에 없었다. 이것은 황홀함인가, 참혹함인가……
평화인가, 적막인가…… 참을 수 없게 잠이 왔다.

기다려, 가만있어…… 잠깐만, 아주 잠깐만 자고 돌아올게.

2

"뭐야, 소설이잖아?"
"저 소설가 맞는데요?"
"그래도 이렇게 쓰면 이건 공갈이지."

304

"헤, 소설이란 게 원래 공갈인 겁니다. 게다가 이건 백 퍼 구라는 아닌데요?"

안찬기는 전직 순경인 소설가를 만나 술을 마셨다. 소설가는 낯을 가리지 않았고, 넉살이 좋았고, 술도 잘 마셨다. 초대박을 노리며 쓰고 있는 소설이라면서 원고의 일부를 보여주기도 했다. 핸드폰으로 긴 글을 읽는 것이 어렵기는 했지만, 안찬기는 몰두했다.

"그런데 김주열이가 그 노래를 진짜 좋아했어? 최윤재가 그런 말도 했던 거야?"

소설가는 최윤재를 오래 취재해왔다고 했다. 김주열의 사체가 발견되기 전부터. 최윤재에게 뭔가가 더 있다는 감이 왔다는 것이었다. 아무튼 최윤재에게서 들은 게 많다니 그런 말도 들었나 해서 안찬기가 물었고, 소설가가 웃었다.

"소설에는 상상력이라는 것도 있는 거거든요."

맞다. 아무리 그럴듯하게 말해봤자 소설은 소설인 것이다. 소설은 소설이어서 이 소설가는 최윤재에게서 들은 말만 많지 정확하게 알고 있는 건 아닌 것이다.

"씨발, 좆도, 구라."

안찬기의 입에서 오랜만에 욕설이 튀어나왔다. 소설가가 곧바로 말했다.

"그런데, 왜 자꾸 반말이십니까? 퇴직 형사님은 현직 소설가한테?"

그러거나 말거나 안찬기는 물었다.

"애들은? 여기 있던 애들은?"

소설가가 쓰는 이번 소설의 장르가 범죄 르포 소설이라고 했다. 영화로도 한번 팔아볼 작정이라는 말을 덧붙였다. 그러면서 이런 장르에서 가장 중요한 건 취재라고 했다. 작가의 취재란 게 형사의 수사에 비하면 발끝에도 못 미치는 것이겠지만 그래도 안찬기로서는 궁금한 게 많을 수밖에 없었다.

"애들이 애들끼리 서로서로 엄청 물어뜯은 모양이더라고요. 놈들 중 하나가 결혼을 해서 애도 낳고 잘 살았는데, 그러니까 그런 짓을 하고도 멀쩡하게 아무 일도 없었다는 듯이 살았다는 얘기죠? 그럼 다행이다, 나도 그렇게 살아야지 하면 됐을 텐데 외려 그 반대였던 모양이에요. 너만 그렇게 잘 살면 안 되는 거 아니냐, 너만 행복하면 그거 반칙이지 않냐. 그런 일 저지른 놈들 중에서 제일 나쁜 놈, 제일 잘 사는 놈 재는 거 웃기지만, 걔들은 그거 진지하게 했더라고요. 결혼해서 잘 사는 놈한테만 그런 게 아니라 그 와이프한테까지 협박을 했던 모양이에요. 그것도 아주 지독하게 한 것 같더라고요. 평생 불꽃놀이 같을 줄 알았지, 너는 네 인생이 평생 그럴 줄 알았지, 뭐 그런 억하심정 같은 거?"

현직 소설가가 또 소설을 쓰고 있었다.

"불꽃놀이는 뭐야, 갑자기?"

"그 결혼한 놈이 프러포즈할 때 불꽃놀이를 보여줬다나…… 최윤재가 말이 왔다갔다해요. 툭하면 얘기가 옆길로 새요. 옆길로 새서는 다시 돌아오지를 않아. 일부러 그러는 게 아니라 그놈이 치매였던 게 분명해. 술을 엄청 마시면 그 나이에도 치매가 온다더라고요. 알코올성 치매라나 뭐라나. 아무튼 그놈이 지가 무슨 말을 하고 있는 중인지도 잊어버리고 툭하면 다른 말을 해. 얼마 전에는 무슨 납치를 당했다네? 누가 저를 죽이려고 약을 먹여서는 어느 산속인가로 끌고 가서 묻으려고 땅까지 팠대. 구사일생으로 탈출했다고. 누가 그랬냐니까 김주열이 그랬대. 김주열이랑 민혁이랑 송중호랑 같이 그랬대. 그러다간 또 그년이 그랬다고도 하고. 그년이 세상에서 제일 무서운 년이라고 그러는데, 그게 정명주나 황경선을 말하나? 어쨌든 그게 김주열이를 암매장한 죄책감 때문에 생긴 망상인 건 분명한데, 암튼 그 말만 시작하면 저승사자 본 듯이 엄청 떨어. 그러면서 주문을 외우는 거야. 땡땡땡이라고. 하여간, 말이 안 돼, 걔랑은."

소설가가 이제 은근슬쩍 말을 놓고 있었지만 안찬기는 개

의치 않았다. 프러포즈를 한 날이며 그날의 불꽃놀이까지
알 정도면 서로 연락을 계속 유지하며 살았다는 얘기다. 다
만 그게 안부를 묻기 위해서가 아니라 서로를 괴롭히고 협박
하기 위해서였다는 것이다. 그 과정에서 누군가는 자신의 인
생과는 아무 관련도 없던 그 일에 끌려들어가기도 했을 것이
다. 형벌 제도와 징벌이라는 게 괜히 있는 게 아니다. 죄지은
놈 벌주는 게 사건의 피해자만을 위한 일은 아니다. 그 죄와
는 상관없는 누군가, 영문도 모르는 누군가, 그런데도 그 죄
로 인해 상처입는 사람들을 위해서도 진실은 반드시 밝혀져
야 하고, 징벌 역시 반드시 이루어져야 하는 것이다.

"그런데 어쩌다 그렇게 다들 죽은 거야?"

"거기가 문제예요."

"뭐가?"

"아무것도 없어, 젠장. 다들 그냥 죽었어. 사고로 죽고 자
살로 죽고 실족사로 죽고, 그냥 다들 그렇게 죽었어."

서로서로 죽인 게 아니라서 애통하다는 듯이, 그야말로 애
석하다는 듯이 말을 뱉어놓고는 본인도 민망해진 모양이었
다. 소설가가 뒤늦게 물었다.

"그런 게 천벌이겠죠?"

천벌인지 아닌지는 알 수 없는 일이었다. 알고 싶지도 않

왔다. 하늘이 오죽하면 사람 대신 나서서 벌을 내리겠는가. 하느님이 있다면 그 하느님은 얼마나 바쁘신 분이겠는가. 사람이 할 일을 하지 않아 그 일까지 대신 해야 하니, 아무리 하느님이라도 열불이 나지 않겠는가. 그래서 어느 날은 천벌을 내려도 제일 센 벌을 내리자 싶어질 테지. 소돔인가 고모라인가가 그렇게 당한 거 아닌가.

"그런데 말이다. 너는 왜 안 했냐?"

"뭘요?"

"신고."

"뭔 소리를 하십니까? 내가 왜 안 해? 내가 본서에 보고 올렸다가 깨진 얘기 몰라요? 소설 쓰냐고 그러더라고요. 그래서 내가 그다음부터 진짜로 소설 썼다 이거 아닙니까."

"그다음에 말야."

"그다음은 무슨? 사체가 없었잖아요. 보고 올릴 때도 그랬고, 그다음에도. 아실 만한 분이 그러시네."

소설가가 틀린 말을 하는 것은 아니었다. 사체가 없는 한, 살인은 없다. 사건도 없다. 그러니 소용이 없는 일이었다. 기껏해야 소설 소재만 될 뿐.

물론 사체 없이도 살인이 인정되는 경우가 아주 없는 건 아니었다. 그러나 아주 없지 않다는 건 거의 없는 일이라는 것과 다를 바가 없는 말이었다.

소설가에게서 더 들을 얘기는 없을 것 같았다. 그가 취재는 잘하는지 모르겠으나 수사관으로서의 자질은 없는 게 분명했다. 소설가는 증거를 찾는 대신 스토리만 찾았다. 찾지 못한 것은 상상력으로 채웠다. 물론 그게 그들 죽음의 비밀을 밝혀내지 못했다는 뜻은 아닐 수도 있다. 소설가의 말대로 그들의 죽음은 김주열의 암매장과는 상관없는 일일 수도 있을 것이다. 얼마나 많은 우연들이 그야말로 우연히 발생하는지. 수사를 하다보면 이런 게 어떻게 우연일 수 있단 말인가, 이런 건 절대로 우연이어서는 안 된다, 그렇게 돌아버릴 것 같은 심정이 될 때가 있었다. 피해자들로서는 절대로 믿을 수가 없는, 믿어지지 않는 우연도, 그러나 실제로는 엄연히 존재했다.

다만 우연이 우연으로만 끝나지는 않는다는 데 문제가 있었다. 말하자면 나비효과. 각각의 우연은 서로의 파동으로 이어져 서로의 결과에 영향을 미친다는. 난데없이 무슨 파동 타령인가. 그가 최근에 파동이니 어쩌니, 우주가 어쩌니 하는 내용의 책을 읽고 있다는 걸 사람들이 안다면 저자가 마침내 돌았나 여길 게 뻔했지만, 수사를 하다보면 그런 책을 봐야 할 때도 있었다. 과학책, 수학책, 심지어는 꼬부랑글씨

책 속에도 남겨진 메모와 낙서가 있을 수 있고, 지문과 DNA도 남아 있을 수 있었다. 말하자면 증거가.

안찬기는 그 책을, 소설가가 말한 그 여자, 암매장 패거리 중의 하나인 민혁과 결혼을 했다가 나머지 모든 놈들에게 지독하게 협박을 당했다는 그 아내의 펜션에서 발견했다. 천문대가 유명한 곳이어서인지 그런 책들이 여러 권 보였는데, 유독 그 책에 밑줄 친 부분이 많았다. 그가 찾아갔을 때 펜션은 이미 문을 닫은 후였지만, 버리거나 남기고 간 물건들이 많았다.

주변에 물어보니 펜션이 문을 닫은 건 경영난 때문이라고도 하고 주인의 남편이 죽어서라고도 했다. 여자에게 어린 아들이 하나 있었다는데 시댁과도 사이가 나빴는지, 아니면 남편이 살아 있을 때 그 친구들에게 받았던 협박이 끔찍했는지 여자는 아예 모든 연락을 끊고 종적을 감춰버렸다.

연줄 연줄을 이용해 지역 경찰서에 알아보니, 그 여자가 협박 관련 신고를 한 적은 전혀 없었다. 대신 다른 것들을 알게 되었는데, 정명주가 호수에 투신자살을 하기 전에 묵었던 곳이 바로 그 펜션이라는 것, 송중호가 실종되기 직전 정명주를 찾아 그 펜션으로 향했던 정황이 있어 그 와이프가 두어 차례 조사를 받았으나 눈에 띄는 혐의점이 없어 종결되었다는 것 등이었다.

과연 이 모든 일이 또한 우연일까. 우연일 가능성을 아예 배제할 수는 없었다. 정명주와 송중호가 민혁 부부를 지속적으로 협박해왔다니 그들이 펜션에 나타났었다는 사실은 이상할 게 없었다. 그런데 정명주는 왜 거기서 자살했을까. 송중호는 왜 실종이 되었을까. 민혁의 아내는 왜 종적을 감춰버렸을까. 안찬기의 머리가 또 복잡했다. 이럴 때는 소설가적 상상력이라도 필요할 것 같았다.

그런 상상력이 있으면 이 모든 일들이 어디에서 시작된 것인지를 알 수 있게 될까. 시작을 찾는 것은 이유를 밝히는 일이었다. 모든 것의 이유, 모든 것의 동기…… 그러나 세상에 과연 그런 것이 있기나 할는지. 있다고 한들 자신이 해야 하는 일일지. 그는 이제 형사가 아니었다. 돈을 받고 의뢰인이 시키는 일만 하면 되었다. 의뢰인이 의뢰하지 않은 일은 할 필요가 없었다. 그럼에도 안찬기는 거기에서 멈출 수가 없었다. 퇴직을 했다고 해도 그는 형사였다. 멈추면 안 되는 곳에서 멈출 수는 없었다.

그러니까 안찬기에게는 아직도 할일이 남아 있었다. 최초의 파동, 그 모든 죽음들을 불러온, 이 사건 최초의 파동을 찾는 일이었다.

3

7월 24일은 1994년에만 있는 게 아니다. 7월 24일은 해마다 왔다. 그렇다고 매해 그날만 되면 기억에 찔리듯 몸의 어딘가가 아프거나 고통스러웠던 것은 아니다. 어느 해에 그날은 왔다 가는 줄도 모르고 지나갔다. 실은 꽤 여러 해 동안 그러했었다. 그러나 이번만큼은 달랐다. 다르지 않을 수 없었다.

7월 24일, 이만은 폐가 골목으로 향하고 있었다. 하지가 지난 지 한참이었지만 여전히 해가 길어 어둠이 천천히 내려앉았다. 그러나 택시에서 내렸을 때는 9시가 넘어 있었고, 어둠이 짙었다. 핸드폰을 켜 시간을 확인했다. 칼에 찔린 시간 09:54:02까지는 아직 이십 분 정도가 남아 있었다. 그는 그 시간, 그곳으로 가면 누군가와 만나게 될 것이라고 생각했다.

지나친 기대라는 것을 모르는 바는 아니었다. 세상일이라는 게 추리소설의 한 장면처럼 극적으로 벌어지지 않는다는 걸 모를 리 없었다. 오히려 그 반대라는 것도 알았다. 세상은 대개 짐작할 수 있는 일들로 이루어지고, 삶은 그 짐작할 수 있는 일들에 매번 무릎을 꿇는 것이었다. 비교적, 아니 상당

하다 할 만큼 성공한 그에게도 삶은 그러했다. 가난할 때와 부자일 때 짐작하는 일이 다를 뿐이었다. 한 발자국을 내디디면 그다음은 언제나 수렁이었다.

그는 마흔 중반이 되도록 독신이었다. 그걸 문제라고 생각해본 적은 없었다. 그러나 돌이켜보면, 한 번도 결혼을 생각해보지 않은, 본격적인 연애를 해보지도 않은, 시도하기도 전에 이미 실패를 한 것 같은…… 그런 삶에는 뭔가 문제가 있는 게 아닐까. 왜 그렇게 되었을까. 칼에 찔리기 전, 그에게는 언제나 끌리는 여자가 있었다. 중고등학생 때는 같은 학교 여자아이들을 같은 반 다른 반 할 것 없이 쫓아다녔고, 대학생 때는 미팅과 소개팅에 나가느라 정신이 없었다. 중고등학교 시절에는 짝사랑으로 그쳤고 대학에 들어가서는 연희를 만나기 전까지 성공한 연애가 없었다. 그렇더라도 그는 늘 관계를 꿈꿨고, 그런 상상을 할 때마다 로맨틱해졌다. 최고의 연애를 하고 싶었다. 그런 게 꿈이었던 시절도 있었다.

그러나 연희로 인해 모든 게 달라졌다. 칼에 찔린 충격이 아니라 연희로 인해 모든 게 달라져버렸다. 칼에 찔린 후 연희를 단 한 번만이라도 만날 수 있었다면 그런 식의 상처는 남지 않았을지도 모른다. 그런 식으로 사라져버린 연희는 칼자국만큼이나 깊은 상처를 남겼다. 관계의 끝이 고작 그런 거라면, 그토록 무례하고 그토록 가차없을 수 있는 거라면, 대체 무엇을 위해 시작해야 한단 말인가.

그는 아주 오랫동안 연희를 다시 만나는 날을 상상해보곤 했다. 왜 그랬는지를 따져 묻고 싶어서만은 아니었다. 한동안은 그랬을지 모르지만, 세월이 흐른 후에는 그런 욕망조차 사라졌다. 그는 그저 안부를 묻고 싶은 것 같았다. 잘 지냈느냐고 말이다. 그런 말을 하는 순간의 자신의 모습이 연희에게 안정감 있게 보일 거라고 생각하면 다소 기분이 좋아지기도 했었다. 그러니까 그는 연희에게 뭔가를 보이고 싶은 것 같았다. 자신은 잘 살고 있다는 것을 말이다.

그런데 이제 상황이 달라졌다. dufma0724는, 연희는 왜 그런 메일을 보낸 것일까. 무슨 말을 하고 싶은 것일까.

너는 잘 살았니?

그가 연희에게 묻고 싶었던 말을 지금 연희가 그에게 묻고 있는 것 같았다. 그러고 나면 자신은 이렇게 대답해야 할 것만 같았다.

아니, 나는 잘 살지 못했어. 나는 그렇게 잘 산 것 같지가 않아.

실은 엉망진창이었어.

왠지는 모르겠는데, 정말이지, 엉망진창이었어.

폐가 골목으로 들어선 것은 정확히 9시 50분이었다. 큰대
문집이 나왔다. 어둠이 폐가의 참혹한 모습을 가렸다. 여전
히 불빛이 비치는 집도 있었다. 이제는 외등마저 깨져 깜깜
한 골목을 그 집의 불빛에 의지해 걸어올라가야 했다.

곧 그곳에 이를 것이다. 그날 거기에서 그는 칼에 찔렸다.
그리고 연희가 그곳에 있었다. 유상대의 말이었다. 대체 그
게 무슨 의미일까. 그날 그 빈집에 엄청나게 많은 사람들이
있었다고 했다. 그건 안찬기의 말이었다. 그들 중의 누가 죄
를 지은 자일까.

게다가 유상대는 왜 돈을 요구하는 것일까.

연희가 그곳에 있었던 것이 어째서 돈을 요구하는 조건이
되는 것일까.

그는 무고했다. 그때 그는 자신의 목숨을 구하는 것만도
거의 불가능한 일처럼 여겨졌었다. 그는 다섯 번이나 칼에
찔렸다. 한 번 두 번도 아니고, 다섯 번이나. 기어다니며 보
이는 집마다 문을 두드렸다. 살려달라고 했다. 나와보는 사
람이 없었다. 어느 집에선가는 욕을 해댔다. 욕을 해대던 사
람이 나와봤다. 그러니까, 살려주려고 나온 게 아니라 욕을
더 퍼부어주려고 나왔다가 그를 보았던 것이다. 그는 정말이

지…… 간신히, 기적처럼 살아났다. 그러니 얼마나 무고한가. 그런데 왜 이걸 변명하고 있어야 하나. 간신히 살아난 내가 왜 변명을 해야 하나.

최면을 받고 싶었다. 다시 한 번만 최면을 받아보고 싶었다. 그러면 이번에는 09:54:02 따위가 아니라 뭔가 정말로 봐야 하는 것을 볼 수 있을 것 같았다. 갑자기 두통이 몰려오기 시작해 이만은 잠시 비틀했고, 벽을 손으로 짚고서야 중심을 잡을 수 있었다. 그때, 폐가 앞에 쪼그리고 앉아 있는 여자가 보였다.

dufma0724……

4

연희가 아니었다. 김주희였다. 놀라운 일은 아니었다. 7월 24일 밤에 이곳에 와야만 할 사람이 있다면 그건 누구도 아닌 김주희일 테니까. 그런데도 연희로 착각했던 순간의 떨림이 쉬 사라지지 않았다. 이만은 김주희의 옆에 앉았다. 다리에 힘이 풀려 있었다. 김주희가 이만을 돌아보며 물었다.

"왜 그렇게 놀란 얼굴이세요?"

"아닙니다."

"누구 다른 사람 이름을 부르시는 것 같던데."

"아, 아닙니다."

"연희? 여자친구 이름이 그렇다고 했죠?"

더는 아니라고만 할 수가 없어서 이만은 고개를 끄덕였다.

"네. 연희인 줄 알았네요."

"왜요? 그쪽하고 나야 그렇다고 치고, 그분이 왜 오늘 여기엘?"

"그러게요."

잠시 망설인 후 이만은 말하기 시작했다.

"메일을 한 통 받았었습니다. 여름이라는 사람한테서. 동생분 시신 발견된 날에. 정확히 말하면 기사가 난 날이라고 해야겠군요. 그 메일이 아니었으면 난 아마 모르고 지나갔을 겁니다. 그 메일 때문에 여기서 동생분이 발견됐다는 걸 알게 됐거든요."

그랬다. 그날 아침에 dufma0724에게서 메일이 왔고, 드래곤2974가 신경쓰였고, 그래서 로비로 내려갔다가 뉴스를 봤다. 모든 일의 시작에 그 메일이 있었다.

"그런 뉴스를 그렇게 금방 내게 알릴 정도라면 한 번도 안 잊고 살았다는 뜻일 것 같았습니다. 그럴 사람은 연희밖에 없을 것 같았고요. 그애, 아니 그 여자도 그날 여기에 있었던 것 같습니다."

"여기요……"

"그때 연희가 여기, 바로 이곳에 있었다면 그날 일에 대해 알고 있는 게 있겠지요."

그렇다. 연희는 분명히 알고 있을 것이다. 뭔가를 기억하고 있기도 할 것이다. 그렇지 않다면 그런 메일을 보냈을 리가 없다. 연희는 그 메일을 통해 그에게 말하고 있는 게 분명했다. 너도 알고 있고 기억하고 있잖아, 라고.

그러나 그는 알지 못했다.

그날, 그가 감기약을 사러 갈 때 연희는 그의 자취방에 있었다. 자취방의 문이 사람 많이 다니는 길가로 나 있어서 더운 날씨에도 불구하고 그 문을 꼭 잠갔던 기억이 분명하다. 그런데 연희는 어떻게 김주열이 죽은 빈집에 있을 수 있었을까. 약국으로 가는 그를 금방 쫓아 나왔던 것일까. 방이 너무 더워서 차라리 약국에 같이 가려고 했거나, 아니면 이런 더운 방에서 쪄죽느니 그냥 집에 가버리려고 했거나. 집에 그냥 가버리는 것이 미안해 그를 찾아다녔거나…… 그러다가 그가 습격당하는 것을 목격하고, 김주열이 끼어드는 것도 목격했다면……

그런데, 그렇다면 왜…… 구하지 않았을까.

연희는 왜 그를 구하지 않았을까. 그를 구하지 않고, 김주열도 구하지 않았을까.

"뭘 더 알아야 하는데요?"

그때 김주희가 물었다.

"당신은 그냥 우연히 여기서 칼에 찔린 것뿐이잖아요. 주열이도 우연히 여기에 있었던 거고요. 그런 거 아닌가요?"

그러게요…… 이만은 그 말을 입속으로 삼켰다. 그런 말은 있을 수 없다는 생각이 곧 들었기 때문이다. 칼에 찔리는 일이 우연히 일어난다고? 죽는 일이 우연히 일어나고, 암매장당하는 일도 그렇게 일어난다고? 그런 식으로 말해서는 안 될 것 같았다. 절대로 그래서는 안 될 것 같았다.

그러다가 문득 이상한 느낌이 들어 이만은 고개를 틀어 김주희를 돌아보았다. 당신이라는 호칭 때문이었다. 전에도 김주희는 그를 그렇게 부른 적이 있었다. 그녀의 집에서 그를 똑바로 바라보며 당신은 당신의 대가를 치르라고 했었다. 그때부터 그는 김주희가 무서웠었다.

"아닌가요?"

어떤 대답을 원하는 것일까.

"우연이라는 거잖아요. 그래서 주열이가 죽어가는 걸 보면서도 아무도 구하지 않았고, 그리고 묻어버렸다는 거잖아요."

나는 아닙니다, 나는 보지 못했습니다, 내게는 치러야 할 대가가 없습니다, 라고 말하려는 찰나였다.

"그러니까 당신은 아무 죄도 없군요."

김주희가 이만을 똑바로 바라보며 말했다. 이만은 자리에서 벌떡 일어섰다. 순간적인 행동이었다. 몸의 중심이 흔들려 비틀했고, 우툴두툴한 벽을 짚다가 미끄러진 손에서 통증이 느껴졌다. 손바닥이 까진 것 같았다.

쪼그려앉은 김주희의 무릎 위에 놓인 것, 그것이 그제야 보였던 것이다. 칼이었다. 그리고 그는 그 칼을 알고 있었다. 아니…… 칼이 아니었다. 그것은 엄청나게 큰 가위였다. 칼날보다 더 무시무시하고 더 날카로운 그 가위를 김주희가 움켜쥐었다. 김주희의 손에서도 피가 흐를 것이다.

"당신은 아무 죄도 없다는 거군요."

번개가 치고, 곧 천둥이 쳤다. 1994년 그날 밤처럼 비가 쏟아지려 하고 있었다.

5

기억한다.

19940724095402. 그는 칼에 찔렸다.

감기약을 사러 가는 길이었고, 그곳은 약국으로 가는 가장 빠른 골목길이었다.

감기약, 콘돔, 감기약, 콘돔, 감기약, 콘돔 콘돔 콘돔……

골목의 외등 하나가 리듬을 맞추듯이 깜빡깜빡했다. 계단이 나타났고, 그는 달리던 속도를 잠깐 늦췄다. 계단이 거의 부서지기 직전이어서 전에도 한번 그곳에서 넘어질 뻔한 적이 있었다. 그는 속도를 늦추면서 잠시 고개를 갸웃했고, 그러는 와중에도 고통스럽게 중얼거렸다.

감기약, 콘돔, 감기약…… 약, 약……

약국이 문을 닫기 전에 도착해야 했다. 약을 사야 했다. 그런데 무슨 약…… 무슨 약이어야 하나. 정신을 잃었을 때는 어떻게 깨우나. 무슨 약을 먹여야 하나. 약사에게는 뭐라고 말을 해야 하나.

09:54:02.

그때 발소리가 들렸다. 이상한 소리였다. 소리만 들었는데도 그 발걸음의 휘청거림이 분명히 느껴졌다.

"가지 마요."

이만은 돌아섰다. 한 남자가 골목 입구에서부터 그를 향해 내려오고 있었다. 골목이 어두워서 남자의 얼굴은 보이지 않았다. 이만은 그 와중에도 생각했다. 감기약, 콘돔, 감기약, 콘돔…… 아니, 약, 정신 차리는 약……

"그러지 마요, 제발요."

느낌이 좋지 않았다. 술에 취했거나 무엇인가로 맛이 갔거나, 아무튼 정상적으로 느껴지는 목소리가 아니었다.

"누나예요, 내 누나예요."

남자는 이제 바로 앞까지 다가와 있었다. 두 걸음, 한 걸음이면 바로 코앞이었다. 이만이 본능적으로 벽 쪽으로 몸을 붙였고, 남자는 다시 한 걸음 다가섰다.

"다쳤단 말예요. 병원 데려가야 해요."

이만이 몸을 돌렸다. 그야말로 본능적으로. 그리고 뛰려고 했다. 그 남자의 손에 들려 있는 뭔가가 보였던 것이다. 뭔가, 그러나 무엇인지 알 수 없는, 그런데도 대단히 위협적인, 이해할 수 없도록 치명적인…… 칼이었다.

아니, 가위였다. 그렇게 무시무시한 가위는 본 적이 없었다. 그 가위가 그를 찌를 듯했다. 그는 막으려 했고, 실랑이가 오고가는 사이에 가윗날이 분리되었다. 분리된 가윗날은 더이상 그냥 가위가 아니었다. 가윗날이 그의 손바닥과 손목을 그었다. 그리고 그의 배를 찔렀다. 그다음은 기억나지 않는다. 너무나 어리둥절했기 때문이다. 그 순간의 감정을 이렇게 말해도 좋다면, 그랬다, 그건 어리둥절함이었다.

"내가 죽어가고 있어요."

오래전, 최면 상태에서 그가 했던 말이었다. 그 말을 하면서 그는 흐느껴 울고 있었다. 울면서, 그는 말했다.

"내 잘못이 아니에요. 그냥 한번 밀쳤을 뿐인데…… 연희가 정신을 잃었어요. 다시 안으로 들어가자고 끌어당기다가 그랬을 뿐인데…… 벽이 그렇게 울퉁불퉁한지 몰랐어요. 그 벽에 연희가 머리를 부딪혔나봐요."

흐느낌이 점점 거세졌다.

"맙소사…… 그냥 내 방에서 잠깐 있자고 한 건데…… 그냥 뽀뽀 한번 하려고 한 것뿐인데…… 그렇게 뛰쳐나가면 안 되는 거잖아요. 그래서 붙잡으려고 한 것뿐인데…… 근데 저 자식이 그걸 봤나봐요. 바로 저기 저 자식이요. 그 자식이 오고 있어요."

칼의 손잡이를, 아니 가윗날의 손잡이를 움켜쥐듯 이만의 두 손이 둥글게 모아졌다.

1994년 7월 24일, 그리고 이만은 또 기억한다. 정신을 잃은 연희를 방안으로 끌어다 눕혀놓고, 그는 일단 약국으로 뛰어가기 시작했다. 아니, 그전에 문단속부터 했다. 왜 그랬는지는 모른다. 무서우면 가장 먼저 하는 일이 문을 잠그는 일일 줄 몰랐다. 그는 기억한다. 이제 와서야 기억한다.

아니, 처음부터 알고 있었다. 최면을 받을 때부터, 아니 그전부터, 이미.

손목시계를 본 것은 시간을 확인하기 위해서가 아니었다. 왼손에 쥐고 있던 열쇠고리 때문이었다. 1990년대 중반 재개발 예정 지구의 값싼 자취방은 문도 바깥에서 자물쇠로 잠그게 되어 있는 구식이었다. 그의 자취방에 처음 왔던 날 연희에게 그 자물쇠가 인상에 남았던 모양이었다. 연희가 그후 그 열쇠고리를 선물했었다. 자물쇠만큼이나 묵직한, 체인으로 만들어진 열쇠고리였다. 마치 자기는 이제 그에게 완전히 묶였다는 듯이, 그런 상징의 선물이라고 생각했었다. 그 선물을 받던 날 입이 찢어지게 웃음이 나왔다.

달려내려가는 동안 그 체인이 계속 소리를 냈다. 달그락, 철렁, 달그락, 철렁. 씨발씨발씨발, 욕을 멈출 수가 없었다. 그냥 잠깐 방에 있다가 가라고 한 것뿐인데…… 아무 짓도

안 할 거라고 했는데…… 그냥 뽀뽀만 한번 하려고 한 것뿐
인데…… 그럴 거면 체인 열쇠고리는 왜 사왔냐고. 빈집이
많은 골목이었다. 집집마다 문 앞에 말라붙은 화분들이 있
었고, 그 화분에 담배꽁초가 쌓여 있었고, 알 수 없는 것들이
담긴 검은색 비닐봉지들도 널려 있었다. 갑자기 문 하나가
벌컥 열리고 사람이 튀어나왔다. 좁은 골목길이었다. 달려내
려가던 이만은 하마터면 정면으로 충돌할 뻔했다. 에이 씨발
개새끼, 뭐야. 기껏해야 고등학생으로 보이는 아이가, 어쩌
면 중학생일지도 모를 아이가 다짜고짜 욕설을 내뱉었다. 이
만은 아이의 욕설에 반응하지 않았다. 그럴 시간이 없었다.
연희가 잘못될까봐, 아니, 혹시 그사이에 깨어날까봐, 깨어
나서는 그냥 혼자 사라져버릴까봐…… 그래서 연희에게 오
해였다는 말을, 그럴 뜻이 아니었다는 말을 할 기회가 없게
될까봐…… 그가 설명하기 전에 신고라도 할까봐…… 그런
데 지금 내가 사려는 약은 무슨 약인가. 피를 흘릴 때는 무슨
약을 먹이고 무슨 약을 발라야 하나. 약사에게는 뭐라고 말
을 해야 하나.

안 때렸어요. 손도 안 댔어요. 옷도 내가 벗긴 게 아니에
요. 걔가 그런 옷을 입고 있었어요. 무지하게 덥다면서, 정말
안 입은 것 같은 옷을 입고 있었다고요. 왜 여자애들은 그런

옷을 입어요? 남자가 잠깐 방에서 얘기나 하자고 하면 그게 무슨 말인지를 몰라요? 어떻게 몰라요? 왜 모르는 척해요? 그래도 난 정말 뽀뽀만 하려고 그랬어요. 정말이에요.

정말이었다. 적어도, 그는 그렇게 믿었다. 연희가 그의 방에 온 것은 그날이 처음이 아니었다. 낮에도 왔던 적이 있었다. 비록 문밖에서 그냥 돌아섰지만, 그건 너무 더워서였을 뿐이었다. 덥지 않았으면 방에 들어갔을 것이고, 그럼 그날 벌써 뽀뽀를 하든 뭘 하든 했을 것이다. 안 그런가? 게다가 그는 기억한다. 안 될까? 라고 그가 물었고, 연희가 대답했었다. 되겠니, 그럼? 그 말이 무슨 뜻인가? 당신은 모르겠나, 그 말이 무슨 뜻인지?

왜 모르는 척을 하나. 연희는 왜 모르는 척을 했나.

그렇게 모르는 척을 하면 사람이 열받지 않겠나? 열받으면 평소에 안 하던 짓도 하게 되지 않겠나. 골목을 달려내려가며 오만 가지 생각이 스쳐갔지만 결론은 두려움이었다. 무서웠다. 얼마나 무서운지 몰랐다.

그는 아이를 피해 골목을 내려갔다. 그러다가 다시 멈춰서 뒤를 돌아보았다. 아이가 여전히 거기에 있었다. 아이는 다시 집안으로 들어가다 말고 이만을 노려봤다. 뭘, 보냐고, 개새꺄.

그때 이만이 보고 있던 건 그 아이가 아니었다. 골목 저 끝에서 한 남자가 휘청휘청 걸어내려오고 있었는데, 그 남자의 손에 들린 뭔가가 보였다. 분명히 뭔가가. 이해할 수 없을 정도로 위협적인 뭔가가. 남자가 갑자기 무서운 속도로 달려내려오기 시작했고, 아니, 그런 것 같았고, 집안으로 들어가려던 아이가 멈칫했고, 이만은 벽 쪽으로 달라붙었다.

"그러지 마요."

남자가 말했다.

"그냥 가지 마요. 피 난단 말예요. 때려서 피 난단 말예요. 피 나면 병원 가야 해요."

아이가 거의 자빠질 듯이 남자를 피했다. 아이는 뒤로 넘어져 일어서지도 못한 채 엉덩이만 끌어 벽 쪽으로 붙었다.

남자가 점점 다가오고 있었다. 칼인지 무엇인지 알 수 없는 것의 손잡이를 자꾸 비틀고 있었다. 닫힌 문을 비집어 열려고 하듯이, 자물쇠를 열려고 하듯이 그 날카로운 날의 손잡이를 비틀고 있었는데, 이만의 눈에는 그것이 마치 그의 몸을 후벼파려는 동작처럼 보였다.

그는 돌아섰다. 그리고 뛰려고 했다. 그러나 등 쪽에 곧장 선뜩함이 느껴졌다. 그는 뒹굴며 왼손을 휘저었다. 열쇠고리에 달린 무거운 체인이 남자의 얼굴을 쳤고, 칼이 땅에 떨어졌다. 아니, 가위였다. 가위가 땅에 떨어져 날이 분리되었다. 그 가윗날을 이만이 잡았다.

"야, 이이이이! 개새끼야아아!"

이만이 가윗날을 머리 위로 들어올렸고, 그리고, 이제 막 내리꽂을 참이었다.

가만있어! 기다려! 물지 마!

그 소리는 어디서 들린 것일까.

그리고 그는 또 기억한다.

아이가 그를 붙잡고 있었다. 어느 틈에 그와 남자의 사이에 끼어들어 그의 손을, 칼을. 찔리는 칼이 아니라 찌르려는 칼, 그것도 아주 깊숙이 찌르려는 칼을…… 그가 찔리려는 칼이 아니라 그가 찌르려는 칼을 빼앗고 있었다. 그리고 그는 기억한다. 그 아이가 움켜쥔 칼자루, 아니, 가윗날 손잡이, 그리고 그 아이가 어리둥절한 눈으로 자신이 붙들고 있는 가윗날을 내려다보던 것을.

"그러지 말라고 했잖아요!"

남자의 비명소리가 고막을 파고들었다.

"다친단 말이에요! 때리지 마요!"

그 남자가 달려들어 이제 세 사람이 뒤엉킨다. 그리고 그 때부터 칼은 이제 더는 찌르려는 칼이 아니다. 무서워서 휘 두르는 칼, 아니 가윗날이다.

하느님 맙소사……

아니다. 사실이 아니다. 그럴 수는 없다. 최면은 진짜가 아 니고, 기억도 진짜가 아니다. 기억은 조작되고, 다시 만들어 진다. 기억에 관한 책을 얼마나 많이 읽었는지 모른다. 모든 책들이 말하고 있었다. 당신의 기억을 믿지 말라고. 그래서 이만은 그 어떤 기억도 믿지 않을 것이다. 그것들은 전부 가 짜다. 절대로 믿지 않을 것이다. 결코 그러지 않을 것이다. 결단코, 평생토록, 죽는 날까지 그러지 않을 것이다.

그럼에도, 이만은 다시 기억한다. 그를 향해 걸어내려오던 남자. 그 남자의 손에서 빛나던 것. 이해할 수 없도록 치명적 인 것. 그리고 그 남자가 하던 말을.

"병원에 데려가야 해요. 문이 안 열려요. 열쇠 주세요."

이만은 그를 알고 있었다. 연희를 맨날 쫓아다니던 놈. 글 자 그대로 정말이지 그림자 같던 놈. 그가 쫓아버리려고 할 때마다 연희가 놔두라고 했던 놈. 연희 아버지의 나무. 예쁜 나무, 착한 나무, 다친 나무…… 그래봤자, 병신, 쪼다, 얼간

330

이 새끼.

"꺼져, 새끼야."

그가 말했다. 남자는 점점 더 그에게로 가까워지고 있었다.

"꺼지란 말이야, 병신아!"

남자는 끈질기게 다가왔다. 열쇠 줘요, 열쇠 줘요, 아프단 말이에요, 열쇠 줘요.

그리고 도약. 그것은 누구의 도약이었을까. 놈이었던가, 그였던가…… 아니면 빈집에서 나온 아이였던가. 그 최초의 도약은……

그리고 오래전, 아주 오래전, 최면에 빠졌을 때, 이만은 흐느끼며 말하고 있었다.

"내가 뭘 어쨌다고요…… 그냥 방에 잠깐 들어가자고 한 것뿐인데…… 그냥 한번 밀치기만 했을 뿐인데…… 그러고 나서 난 칼에 찔리기까지 했단 말이에요. 그런데 그게 내가 칼에 찔릴 정도로 잘못한 일이냔 말이에요……"

흐느꼈지만, 환하게 보였다. 연희와 술을 마셨고, 같이 그의 방에까지 갔다. 연희가 주말 연속극 얘기를 했었다. 방에 도착했을 때는 그 연속극이 이미 끝난 시간이었는데도, 연희는 그의 방에 TV가 없다며 투덜거렸다. 화를 내는 것처럼 보이지는 않았다. 그냥 앞으로 벌어질 일이 두근거리니까 그걸 감추려고 그러는 것일 뿐이었다.

연희의 뺨에 손을 얹었다. 땀이 줄줄 흘러 미끄덩거리는 뺨이 뜨거웠다. 흥분했구나. 설레는구나. 그의 손이 연희의 민소매 셔츠 속으로 들어갔다. 연희가 그를 밀쳐냈고, 그는 끌어당겼다. 셔츠가 흘러내렸다. 정말 벗기 좋은 셔츠였다. 벗기기 좋은 셔츠가 아니라 벗기 좋은 셔츠 말이다.

연희가 그의 뺨을 때렸다. 그리고 방문을 열려고 했다. 얼마나 좁은 방인지 등만 돌리면 방문이었다. 그래서 그 등을 못 돌리게 해야 했다. 밀치려고 한 게 아니라 밀쳐진 거였다. 연희가 악을 썼고, 그 입을 막았다. 괜찮아, 연희야. 어색해하지 마. 쑥스러워하지 마. 내가 입맞춰줄게. 부드럽게 해줄게.

빠져나가려는 연희의 몸이 마치 젤리 같았다. 미끄덩미끄덩한 젤리. 끈끈하고 더럽고, 그런데도 단내 나는…… 연희야, 연희야, 제발, 제발, 한 번만 한 번만! 한 번만 하자!

연희가 기어코 방문을 열었다. 연희의 팔을 잡았지만, 다시 미끄덩 빠져나갔다. 그는 뛰어나가, 이번에는, 어쩔 수 없이, 머리채를 잡아야 했다.

해명해야 했기 때문이다. 설명해야 했기 때문이다. 그렇게 가게 할 수는 없었을 뿐이다. 잡힌 머리를 빼내려던 연희를 벽 쪽으로 잡아당겼다. 연희가 이번에는 그의 손을 물었고, 그는 연희의 얼굴을 떼어내야 했다. 연희의 뺨을 후려갈겼다. 연희의 얼굴이 휙 돌아가 벽에 부닥쳤다. 그리고 그의 손에 피가 묻었다. 물린 상처에서 흐른 자신의 피가 아니었다. 연희의 머리에서 흐른 피였다.

그렇지만…… 그렇더라도 말이다……

그게 죽을죄는 아니지 않은가. 다섯 번씩이나 칼에 찔릴 일은 아니지 않은가.

그래서 그는 말할 수 있었다. 흐느끼며, 이건 최면 상태니까, 딱 한 번이라도 맘놓고 하고 싶었던 말을, 대나무 숲을 찾아가서라도 하고 싶었던 말을, 해볼 수 있었다.

"내가 뭘 그렇게 잘못했냐고, 이 쌍년아!"

그리고 연희를 찾아다니던 날들…… 분노와 억울함과 앙심으로 가득차 있던 날들…… 너 어딨어, 외치며 다니던 날들…… 그가 원한 것은 단 하나뿐이었다는 것을 그는 이제야 안다.

나는 조금도 미안하지 않다.

그는 그 말을 하고 싶었던 것이다. 그의 입에서 휘파람 같은 긴 한숨 소리가 새어나온다. 나를 나쁜 놈이라고 불러. 개새끼라고 불러. 개 같은 년이 나를 그렇게 불러.

그랬다. 그는 그런 놈이었던 것이다. 그런 놈이지 않으려고 애써온 시간들은 이제 사라졌다. 사라져버린 것이다.

그래서 슬픈가……

후련한가……

기쁜가……

두려운가……

1

안찬기는 고민에 빠졌다. 황이만에게 잔금을 받으려면 그
동안 알아낸 것들을 모두 알려줘야 할 터였다. 그러나 황이
만이 돈을 줄까? 받아내지 못할 리는 없겠으나 그 돈의 맛이
매우 쓸 것이다.

게다가 문제는 돈이 아니었다. 아니, 돈도 문제이기는 하
지만 다른 문제도 없지 않다는 뜻이다. 사건을 조사하는 동
안 그는 황이만의 편에 서 있었다. 그래서 입맛이 썼다. 형사
시절에도 피해자가 아니라 피의자에게 감정을 이입하는 경
우가 없지는 않았다. 세상에는 억울한 피해자만 있는 게 아

니라 억울한 피의자도 많으니까. 게다가 황이만은 피의자도 아니었다. 그는 황이만을 믿었고, 황이만이 잃어버린 걸 찾아주고 싶었다. 어느 시점인가부터 황이만에게 의혹이 일기 시작했다는 것을 부정할 수는 없다. 그 의혹이 점점 더 불길해졌다는 것도. 그렇더라도 그가 바랐던 건 여전히 해피 엔딩이었다.

그러나 이 일은 아무래도 해피 엔딩으로 끝나기는 그른 것 같았다. 황이만이 김주희를 폐가 앞에서 만나기 전, 그가 먼저 김주희를 찾아갔었다. 떡볶이집으로 갔었는데, 김주희가 일찍 퇴근을 했다고 해서 집으로 갔더니 집에도 없었다. 7월 24일, 김주열이 사라진 날의 저녁이었다. 김주희가 그날을 그냥 지나쳐 보낼 것 같지는 않았다. 김주열의 사체가 발견된 올해라면 더욱더. 그는 폐가 골목으로 향했다. 그의 생각은 틀리지 않았다. 김주희는 폐가 앞에 쪼그려앉아 있었다.

김주희는 그의 의뢰인이 아니었다. 그가 무엇을 알아내든, 무엇을 밝혀내든 돈 한 푼 줄 사람이 아니었다. 주고 싶다 한들 줄 돈도 없을 터였다. 그랬음에도 그는 황이만이 아니라 김주희에게 그동안 알게 된 것들을 먼저 이야기해줄 작정이었다. 그렇게 한다면 황이만에게 받는 돈의 맛이 조금 덜 쓸지도 모를 일이었다.

김주희와 나란히 쪼그려앉아 더운 저녁 시간을 보냈다. 쪄 죽을 것 같은 날씨였는데, 땀을 물처럼 줄줄 흘리면서도 더운 줄도 모르고 보냈다. 여름밤이 짙게 물들었다. 그 골목에 외등마저 꺼져 있어서 어두워지자마자 금방 사위가 깜깜했는데, 어느 집에서 불을 밝혀 그나마 어둠이 은은해졌다. 골목이 급한 비탈길이었다. 아래에서 올라오는 사람이 멀리서도 잘 보였다. 황이만이 오고 있었다.

1994년, 그날처럼. 다만 올라가고 내려가는 방향이 다를 뿐.

그날 그 시간 그곳에 있었던 많은 사람이 죽었다. 김주열은 그날 죽었고 강노을은 몇 달 더 살지 못하고 죽었다. 그리고 또 있었다. 그후 오랜 시간에 걸쳐 차례차례 죽어간 이들이 있었다. 황이만은 살아남았다.

김주열의 사인은 최윤재의 주장처럼 약물 과다 복용인 듯했다. 평소와 같은 양을 했다고 하더라도 폭염이 상승작용을 일으켰을 텐데, 그날은 양마저 더 많았던 것 같았다. '같았다'라고 말하는 것은 확증할 수 없기 때문이다. 사체의 발굴이 너무 늦었다. 사체는, 혹은 유골은 죽음의 비밀에 대해 아주 많은 걸 얘기해주지만, 모든 경우에 그런 것은 아니다. 김주열의 경우, 약물중독도 뼈의 손상도, 당연히 칼에 찔리거나 베인 흔적도 파악할 수 없었다.

대신, 남겨진 말들이 있었다. 최윤재 아버지의 진술 이외에도 유서와 일기를 남기고 죽은 사람이 있었다. 유서는 사는 게 괴로워서 죽는다는 간단한 내용이었지만, 일기 같은 메모가 나중에 많이 발견되었다. 그 메모에 김주열의 죽음을 암시하는 내용이 있었다. '나도 그애처럼 약 먹고 죽으면, 본드 하고 약 하고 술 먹다 죽으면, 그러면 감쪽같이 갈 수 있을까. 누군가 묻어주기라도 하잖아, 그렇게 죽으면.' 정명주가 죽은 게 1년 전의 일이었다. 그러니까 이 여자는 그토록 오랜 세월 동안이나 김주열을 암매장한 기억에서 벗어나지 못하고 살았다는 것이다. 정명주에게는 그러지 않을 수 없는 이유가 있었다. 정명주는 또다른 공범인 송중호와 그동안 줄곧 연인관계였는데, 말이 좋아 연인관계지 계속 송중호에게 얽매여 산 모양이었다. 전과가 열 개도 넘는 잡범 폭력범 사기범인 송중호는 연인이자 동거인이었던 정명주에게도 툭하면 폭력을 휘둘러 여러 번 중상해를 입혔다. 정명주도 보통 드센 여자는 아니었던 모양인데, 그런 정명주가 송중호에게 그렇게 맞고 살았던 건 뭔가 큰 약점이 있어서인 것 같다는 것이 주변인들의 공통된 말이었다.

기가 찬 일이었다. 큰 약점이란 아마도 김주열의 암매장에 관한 것이거나 어쨌든 그와 관련될 것일 텐데, 그걸로 공감 협박을 하고 폭력까지 휘두른 자가 바로 공범인 송중호라는 소리였다. 나쁜 새끼들 사이의 서열은 결국 누가 더 나쁜가였다. 정명주가 죽은 것이 송중호가 사기죄로 복역을 하다가 출감하기 직전이었다. 만일 그녀의 죽음이 자살이라면, 오랜 세월을 거쳐 마침내 궁지 끝까지 몰렸다고 믿은 정명주가 더 나쁜 새끼인 송중호를 '영원히' 피하기 위해 택할 수 있는 길이 많지 않았다는 뜻일 터이다.

제일 나쁜 새끼 송중호 역시 같은 시기 교도소에 있던 수감자들에게 김주열의 암매장과 관련한 말을 떠벌리곤 했는데, 교도소에 들락거린 게 한두 번이 아니라 그 말을 들은 사람이 많았다. 죽이지도 않았는데 암매장을 했다고, 쪽팔린다고, 그래도 그때부터 자기가 삽질 선수가 되었다고 자랑을 했다는 것이다.

최윤재는 달랐다. 최윤재가 공범들 중 가장 심약한 자였다. 가장 많이 겁을 먹었고, 가장 많이 무서워했고, 가장 빨리 무너졌다. 형사소송법이 개정된 후에도 최윤재의 두려움은 사라지지 않았다. 오히려 더 깊어졌다. 법이 한번 바뀌는 걸 보니 또 바뀌는 건 문제도 아닐 것 같았다. 죽이지도 않았는데 죽인 죄를 뒤집어쓸까봐 벌벌 떨었다. 그때마다 땡땡땡하고 돌아다녔다. 다행히 아버지가 있었다. 김주열이 묻혀 있던 폐가가 최윤재 아버지의 소유였다. 사체가 그토록 오래 발견되지 않을 수 있었던 이유였다. 최윤재 아버지가 김주열의 시체를 옮겨 묻는 것만 빼고는 아들을 보호하기 위해 안한 일이 없었다. 그러는 동안 최윤재는 알코올중독자가 되었고, 미친놈이 되었고, 엉뚱한 곳에서 엉뚱한 방식으로 목숨을 버렸다.

그리고 여기 또 한 사람의 아버지, 강노을의 아버지가 있었다. 죽었거나 살았거나 아들을 끌어안고 산 것은 최윤재의 아버지나 강노을의 아버지나 똑같았다.

2

강한경은 아들이 돌아오던 날을 기억한다. 그날 밤, 노을이 돌아왔다. 그리고 그날 밤, 그는 아들을 영원히 잃었다. 그날 이전의 아들과 그날 이후의 아들이 완전히 달랐다. 1994년 7월 24일. 강한경은 아들의 모든 것을 잃었고, 7월 25일 새벽, 그 자신의 모든 것 또한 잃었다.

시작은 노을이 사라졌다는 소식을 들었을 때부터였다. 공장 기숙사에서 멀쩡히 지내고 있는 줄 알았던 아이가 사라졌다고, 어느 날, '단체'라는 곳의 사람들이 와서 알려주었다. 공장이 집에서 멀어 노을은 집에 자주 들르지 않았다. 간신히 한 달에 한 번쯤 얼굴을 보았다. 전화만큼은 일주일에 한 번씩 꼭 하라고 했지만, 꽤 오래 소식이 안 와도 크게 걱정하지는 않았다. 그가 공장으로 전화를 거는 경우는 없었다. 부모가 죽었다고 말하지 않는 한은 전화를 바꿔줄 리 없는 곳이었다. 기다리다보면 전화가 왔고, 통화는 일 분도 안 돼 끝이 나곤 했다. 일 잘하고 있냐? 네. 아픈 데는 없고? 네. 그럼 됐다. 네.

그런데 난데없이 실종이라고 했다. 무슨 단체라는 곳의 사람들이 똑 떨어지게 말하지는 않았지만, 그 역시 절대로 그렇게 알아듣고 싶지는 않았지만, 아무래도 그들의 말은 노을이 사라졌을 뿐만 아니라 그보다 더 험한 일을 당했다는 얘기로 들렸다. 그는 입을 벌린 채 그들이 하는 말을 들었는데, 계속해서 침이 줄줄 흘렀다. 그들이 하는 말 중의 단 한 마디도 정확히 이해할 수 있는 게 없었다. 그는 단체 사람들이 이끄는 대로 쫓아다니며 아들의 실종 신고를 했다.

그후 그는 그냥 울고 다니기만 했다. 그 단체의 엄마들도 그처럼 울지는 않았다. 아빠들도 마찬가지였다. 그곳의 엄마들, 아빠들은 울 힘이라도 있으면 그걸 아껴 싸우는 데 바쳤다. 울면 힘이 빠질까봐 이를 악물고 있는 사람들이 많았다. 그러나 그는, 어쩌면 강제실종자의 아빠일지도 모르는 그는, 말하자면 죽었을지도 모르는 아들의 아빠인 그는 할 줄 아는 게 아무것도 없어서 그냥 울기만 했다. 우는 건 단체에 나가지 않고 집에 틀어박혀서도 할 수 있는 일이었으나 쫓아다니면서 울었다. 몇 달 후 과격한 행동을 하기 전까지 그는 우는 사람으로 유명했다.

노을에게 잘하지 못한 일이 많아서였다. 모질게 군 일이 많아서였다. 조금 모자라기는 해도 착한 아이였다. 손재주가 많아서 나무도 꽃도 잘 돌봤고, 잘 살렸고, 그중에서도 가지치기를 기가 막히게 했다. 그때마다 잘한다 잘한다 칭찬하는 대신에 괜히 혀만 쯧쯧 차고 괜히 구박만 했었다. 왜 그랬을까. 잘하는 걸 보고 왜 혀를 찼을까. 후회 때문에 울고, 이토록 후회하고 있는데 노을이가 영영 돌아오지 않을까봐 무서워서 울고, 울고 있는 자신이 미워서 울었다.

초여름이 지나가고 폭염이 몰려왔다. 그리고 7월 24일의 밤이 왔다. 그날 밤은 잠깐 동안 퍼붓던 비가 말짱 그친 후, 언제 그랬나 싶게 하늘이 맑았다. 나무들 위로 별이 총총히 보였다. 한밤에 자동차 소리가 들려 창밖을 내다보는데 별들이 먼저 눈에 들어왔다.

344

차는 농원 문 앞에서 멈추지도 않고 안으로 밀고 들어왔다. 농원의 입구에는 자바라 철제 문이 설치돼 있었지만 그 문을 닫아거는 적이 별로 없었다. 노을이 사라진 후로는 자물쇠를 걸지 않을 뿐만 아니라 그 문을 항상 활짝 열어놓았었다. 그런데 그 문 안으로 한밤중에 차가 들어왔다.

농원 입구는 살림집에서 꽤 떨어져 있었지만 그는 그 차를 금방 알아봤다. 이장군 집 사람의 차였다. 그 사람이 이 밤중에 왜 온 건가. 가슴이 벌렁벌렁 뛰기 시작했다. 한 번도 떠올려보지 못했던 생각이 순식간에 주르륵 펼쳐지는데, 그러니까, 노을이가 쫓아다니던 여자아이, 그 여자아이의 아버지 이장군, 노을이의 연행, 그리고 실종…… 혹시 이 모든 것들이 다 연결되어 있는 일인가 하는 생각이 번쩍 들었던 것이다. 마치 쇠망치에 얻어맞은 듯이. 그러니까 이장군은 자기 딸을 쫓아다니는 노을이를 혼내주기 위해 잡아가서는 고문을 하고, 그러다가 죽여버린 건가? 죽여서는 그 시체마저 어디다가 감쪽같이 갖다 버린 건가?

그리고 지금…… 저 사람은…… 그걸 말해주러 온 건가. 그런 일이 있었다고 말해주러 온 건가. 아니면 더 울고 다니면 너도 죽여버리겠다고 경고하러 온 건가.

처음에는 비틀비틀 걸어나갔지만 나중에는 다리에 힘이

빠져 그냥 그 자리에 주저앉아버릴 것만 같았다. 그동안 이
장군이든, 이장군의 딸이든 그쪽으로는 생각도 못해본 자신
의 어리석음이 기가 막혔고, 그런데 이게 맞는 생각인가 틀
린 생각인가 그 와중에도 머리가 어지러웠고, 그러거나 말거
나 노을이를 찾을 수만 있다면 무슨 짓을 못하겠는가 하는
생각 끝에 또 울음이 터져나오려 하고 있었다.

그러는 동안 차가 섰다. 이장군 집 사람이 운전석에서 내
렸다. 그 사람이 차 뒷좌석에서 뭔가를 꺼내는데, 하느님 맙
소사, 그게 노을이었다. 노을이 분명했다. 피투성이 노을이
짐짝처럼 바닥으로 굴러떨어졌다.

시체라고 생각했다. 처음에는 그렇게 생각하지 않을 수가
없었다.

노을아아아!

아들의 이름을 외쳐 부르는 목소리가 울음소리에 파묻혔
다. 그는 통곡을 하면서 달려갔다. 달려가다가 맨땅에 넘어
졌고, 넘어진 그 자리에서 네발로 기어갔다.

노을이가 죽어서 왔다. 피투성이로 죽어서 왔다. 아니다.
살아 있었다. 피투성이지만 살아 있었다. 아니다…… 살아
있지만 곧 죽을 것 같았다……

"노을아, 노을아, 노을아아아아."

그는 울면서 악을 썼다.

"누구야! 누가 이런 거야아아! 누가 이랬어어!"

그는 한마디 말도 없이 다시 차에 올라타려 하는 이장군 집 사람을 향해 달려들었다.

"누구야! 누구야! 누가 이랬어!"

이장군 집 사람은 마치 손가락으로 퉁겨내듯이 가볍게 그를 떼어냈다.

"질문이 잘못됐네."

그 사람이 말했다.

"누구한테 그랬냐고 물어봐야지요."

무슨 말인가. 이해가 되든 안 되든, 영문을 알겠든 모르겠든, 다시 끔찍한 두려움이 밀려왔다. 노을이가 눈앞에 있었다. 그런데 노을이가 피투성이였다. 노을이가 살아서 돌아왔다. 그런데 노을이가 죽을 것 같았다.

그는 통곡을 하며 어디를 다쳐 어디에서 피가 흐르는지를 알기 위해 아들의 온몸을 샅샅이 살피기 시작했다. 얼굴을 보고, 목을 보고, 손과 발도 보고, 나중에는 옷도 벗겼다. 그러는 와중에 노을이 헛소리처럼 하는 말이 한마디뿐이었다. 때리지 마요, 때리지 마요. 몇 군데 베이고 긁힌 상처가 보였다. 베인 상처는 심각해 보이기도 했다. 그러나 목숨을 잃을 만한 상처로는 보이지 않았고, 그토록 많은 피가 쏟아질 만한 상처로도 보이지 않았다. 노을의 몸에 묻은 피는 노을이 혼자 흘린 것이 아닌 것 같았다. 다행이었다. 정말 다행이었다.

그런데 다행인가?

당연히 정말이지 다행이었다.

그런데 정말로 다행인 건가? 그런 건가?

그때부터 시간이 기형적으로 흘러가기 시작했다. 시간이 똑딱똑딱 흐르지 않고 또옥딱또옥딱 흐르거나, 딱똑딱똑 흐르거나 그러는 것 같았다. 그는 무서웠는데 무엇이 무서운 건지 알 수 없었고, 정말이지 다행이란 생각을 했는데 또 무엇이 다행인 건지 알 수가 없었다.

전화벨이 울린 것이 그때였다. 멀리 떨어진 곳에 있는 살림집의 전화벨 소리가 한밤의 정적 속에서 천둥소리처럼 울렸다. 무슨 까닭인지 안 받으면 큰일날 전화 같았다. 노을이를 땅바닥에 그대로 둔 채 집까지 달려가는 동안 전화는 여러 번 끊겼다가 다시 울렸다. 노을을 던져두고 갔던 이장군 집 사람의 전화였다. 그가 다짜고짜 주소를 받아 적으라고 했다.

3

강노을의 사인은 병사였다. 그날 밤 강노을도 상처를 많이 입기는 했지만 죽음에 이를 정도는 아니었다. 노을은 그후 몇 달이 지나 만성 폐렴으로 죽었다.

죽을 때는 병원에서 죽었다. 사망신고는 강한경이 일부러 안 한 게 아니었다. 실종 신고를 철회하지 않은 것 역시 마찬가지였다. 병원에서 사망진단서를 끊을 때 실종 신고가 확인되지 않았고, 죽은 후 몇 달이 지나지 않아 입영 통지서가 왔을 때 그걸 처리하러 가서야 실종 신고가 유지되고 있다는 것을 알았다. 1990년대 초반의 공무 처리라는 것이 다들 그렇게 엉망진창이었는데, 그러거나 말거나 했다.

그 시기에 그를 살게 했던 것은 복수심뿐이었다. 그는 복수를 결심했다. 노을이 폐렴 때문에 죽은 거라고 생각할 수 없었기 때문이다. 고작 폐렴 따위의 병이 그렇게 멀쩡했던 한 아이를 죽일 수는 없는 일이었다. 폐렴 이전에 이미 노을의 병이 골수에 깊었다. 칼에 다친 상처는 금방 나았지만 마음이 다친 상처는 낫지 못했다. 마음으로 앓기 시작하다가 그 병이 몸으로 옮고, 그 병을 몸이 이겨내지 못했다. 그러니 그놈들이, 그리고 그놈이 노을이를 죽인 것이나 마찬가지였다. 그런데 그러고도 그놈들이, 그놈이 잘만 살아가고 있었다. 단체 활동을 계속할 수 있었다면 그 복수심을 달리 불태울 수도 있었을 것이다. 실제로 불도 질렀으니까. 그러나 실화 사건 이후 그는 더는 단체 활동을 할 수 없었고, 그후로는 누구도 '우는 남자'인 그를 달래주는 사람이 없었다. 노을이 죽은 후로는 더 많이 울었는데도 말이다.

물론 마음이 불타오른다고 곧바로 불이 붙는 것은 아니다. 촉발하는 계기가 있어야 했다. 노을을 나무 아래 묻고 나서 한번, 그리고 몇 년이 흘러 황이만이 성공한 사업가로 TV에 나와 칼에 찔린 이야기를 하는 것을 보았을 때 또 한번, 폐암 말기 진단을 받았을 때 다시 한번, 그리고 뚜렷한 이유 없이 어느 날 견딜 수 없게 원통한 심정이 되었을 때 또 한번, 강한경은 황이만의 뒤를 밟았다. 그리고 마지막에 그런 것처럼 매번 액셀 대신 브레이크를 밟았다. 한번은 그가 액셀을 밟으려는 순간, 황이만이 먼저 음주운전 사고를 내는 것을 보기도 했다. 그게 통쾌한 대신 더 괴로웠는데, 저놈이 스스로 죽을 때까지 나는 아무것도 못하겠구나 싶어서였다. 내가 그런 병신이구나, 내가 그런 병신인데, 무죄한 우리 노을이한테 병신 병신 했구나, 해서였다.

"그때마다 노을이가 마지막에 하던 말이 떠올랐습니다.

황이만이 그놈이 그 지경에 이르러서도 열쇠를 놓지 않으려고 기를 썼더랍니다. 이연희 그 여자애를 두들겨패서 지 방안에 가둬놓고는 그 열쇠를 안 뺏기려고 외려 노을이한테 달려들었다는 겁니다. 노을이가 그때 죽을 뻔했습니다. 그런데 그때 죽었으면 더 나았을까요? 그러면 그 엉뚱한 아이는 살았을까요? 난데없이 끼어들어 그 아이가 죽었잖습니까? 그런데 그게 난데없는 일이었을까요? 형사님, 저는 그걸 모르겠습니다."

강한경이 그렇게 물었을 때, 안찬기는 대답할 수 없었다. 입맛이 써도 너무 썼다. 그가 황이만이 의뢰한 일을 끝내고 싶었던 것은 그때부터였다. 돈은 이미 선수금을 챙겼으니 그것만으로도 충분하리라. 황이만에 대해 풀리지 않는 분노가 남는다면 잔금까지 받아내리라.

"그래도 안형사님, 우리 노을이는 그 여자애를 살렸잖습니까? 그렇지 않습니까?"

강한경이 그렇게 말하며 울기 시작했을 때, 안찬기는 생각하고 있었다. 문제는 돈이 아니라고 말이다.

여전히 얽힌 사람들이 남아 있었다. 그것도 치명적으로. 그에게는 황이만에게 할말이 있었다. 자신을 칼로 찌른 자를 찾아달라고 했던 황이만에게……

너를 칼로 찌른 자는 바로 너 자신이라고.

그런 말이 어려울 것은 없었다. 그러나 시기가 중요했다. 황이만으로부터 비롯된 파장이 어디까지 미처 어떤 무죄한 사람들을 지옥에 빠뜨렸는지 안 후에, 다 알게 된 후에, 그는 말할 작정이었다.

네게 찔린 사람이 한둘이 아니라고.

4

김주희에게서 전화가 온 게 7월 25일 아침이었다.

"안녕하세요, 여름님."

그는 그렇게 인사했다. 김주희는 부인하지 않았다.

"역시 형사님이시네요. 망설였는데…… 전화하기를 잘한 것 같아요."

dufma0724가 이연희가 아니라 김주희일지도 모르겠다는 생각이 처음 들었던 것은 그녀의 집에서 그림을 발견했을 때였다. 벚꽃 사진 아래에 놓여 있어 자세히 볼 수는 없었지만, 황이만이 보여줬던 dufma0724의 메일 속 그림체와 비슷하다는 느낌이 분명했었다. 한번 보고도 잊혀지지 않을 만

큰 독특한 그림체였다.

그러나, 맥락이라는 것이 있었다. 그게 맞아떨어지지를 않았다. 적어도 그날은 김주희를 dufma0724라고 생각할 만큼 설득력 있는 설명이 떠오르지 않았다. 그런데 그 생각이 어젯밤에 달라졌다.

폐가 앞에서 그의 얘기를 듣는 내내 김주희가 보인 태도 때문이었다. 김주희는 그의 어떤 말에도 놀라지 않았다. 그래서 오히려 안찬기가 놀랐다. 그리고 그때 김주희의 손에서 반짝 빛나는 무언가를 보았다. 김주희가 그 저녁 내내 손에 쥐고 있던 것이었다. 물어보지 않아도 그것이 강노을이 황이만을 찌른 가위라는 걸 알 수 있었다. 이연희가 만졌다가 유상대의 손으로 건너간, 그리고 다시 김주열을 거쳐 일부 강한경에게로 갔던…… 그 가위가 김주희에게 있었다. 황이만이 골목길을 걸어올라오는 걸 발견하지 않았다면 그는 그때 물었을 것이다.

여름님인가요?

처음부터 김주희가 벌인 일이었을까. 김주희가 황이만에게 메일을 보내 그를 진실과 징벌의 거울 앞으로 부른 것일까. 그 모든 일을 혼자서 한 것일까? 안찬기가 홀로 생각하고 있는 동안 김주희가 말했다.

"우리 엄마가 전에 했던 말 기억하세요? 그런 걸 천벌이라고 한다는."

떡볶이집 주인이 했던 말이었다.

"이번에는 내가 돈을 드릴게요. 많이는 못 드려요. 떡볶이 몇 접시 값일지도 몰라요. 그래도 더 하지 말고 그냥 놔둬주실 수 없나요? 천벌이라고 할 때 아무 말도 안 하셨잖아요. 아니라고, 안 하셨잖아요."

"천벌을 누가 받느냐에 따라 다르겠지요?"

"황이만 그 사람은 받을까요?"

안찬기는 쉽게 대답할 수 없었다. 황이만은 받을까? 천벌이라면 받을 수도 있을 것 같았다. 그러나, 사람의 벌이라면, 스스로가 내리는 것이든 타인이 내리는 것이든, 받을 것 같지 않았다. 적어도 충분할 만큼은. 하지만 그렇게 대답할 수는 없었다.

"받지 않겠어요? 사는 동안 이젠 계속 기억해야 할 테니. 이제는 모른다고도 못할 테니. 아마 선택을 해야겠죠, 좋은 쪽이거나 나쁜 쪽이거나, 자기가 어떤 놈인지."

그리고 이어 말했다.

"송중호, 황경선, 정명주, 민혁, 그리고 최윤재. 그애들하고 관계가 있어요? 그래서 그래요?"

"그애들은 제 명대로 살다 죽지 않았나요? 사고로 죽었든 병으로 죽었든 자기 목숨을 자기가 끊었든…… 그게 10년 뒤 20년 뒤면, 그런 것도 천벌이에요?"

"죽는 것보다 그렇게 사는 동안이 더 천벌 아니었을까요?"

김주희는 침묵했다. 안찬기가 홀로 말을 이었다.

"한 가지만 물읍시다. 그 가위는 어떻게 갖고 있었던 겁니까?"

김주희는 망설이지 않고 대답했다.

"강한경씨가 보냈어요. 강노을 아버지요. 조카라는 사람이 가져왔더라고요."

그럴 거라고 짐작했었다. 강한경이 그 가윗날을 버리지 않고 그대로 간직했는지 아니면 강노을과 함께 묻었다가 다시 파냈는지는 모르지만, 어쨌든 강한경에게서 김주희에게로 갔을 거라는 건 짐작할 수 있었다. 김주희는 사실을 말하고 있었다. 그러나 절반의 사실이었다. 강한경이 갖고 있었던 건 한쪽 날뿐이었다.

또 한쪽의 가윗날. 그 마지막 소유자는 송중호였다. 송중호가 그 가위 한쪽을 김주열이 죽던 날 수습했고, 그걸 다른 애들을 협박하는 데 사용했다. 그날 김주열을 암매장하기 전에 그 가윗날을 모두가 만진 모양이었다. 김주열이 본드를 하다가 죽음에 이르렀다는 걸 가장 못 믿은 게 바로 그들 자신이었으므로, 아니, 아무도 안 믿어줄까봐 겁을 먹은 게 바로 그들 자신이었으므로, 그들이 평생 동안 그 가위에 눌려 살았다. 그야말로 가위에 눌려.

송중호는 말이 많은 놈이었다. 암매장에 관련된 이야기만큼이나 가위에 관한 이야기 역시 여기저기서 떠들어대서 그 이야기를 알고 있는 사람들이 많았다. 송중호가 수감중일 때는 그 가윗날을 정명주가 보관했다. 정명주 역시 송중호에게 배운 대로 그 가윗날을 협박의 도구로 사용했을 것이다. 송중호가 실종된 후, 그와 정명주가 살던 방을 경찰이 수색했다. 실종 때문이 아니라 교도소에서 나오자마자 저지른 사기 행각 때문이었다. 가윗날은 발견되지 않았다.

그런데 그 가윗날이 어떻게 김주희에게 있는 것일까. 어떻게 김주희에게로 와서 두 개의 날이 하나의 가위로 합쳐졌을까.

안찬기는 망설였다. 김주희에게 물어본다 한들 이번만큼은 사실대로 대답할 것 같지 않았다. 게다가 굳이 물어봐야 할까, 그래야 할까, 그는 스스로에게 물으며 그 대답을 망설이고 있었다. 그때, 김주희가 물었다.

"제 부탁 들어주실 건가요?"

"한 가지만 더 물어봅시다. 왜 그래야 하죠? 그 정도는 알아야 들어주든 말든 하지 않겠어요?"

"그만하고 싶어서요."

"뭘 말입니까?"

"뭐든지요. 끝을 내야 다시 시작되는 것도 있을 거 같아서요."

파동. 안찬기는 다시 그 단어를 생각했다. 김주희는 이제 그 흐름에서 놓여나고 싶은 것 같았다. 아니면 그 흐름에 엮인 어떤 사람을 놓여나게 하고 싶거나.

"형사님은, 그애들이 전부 죽거나 없어졌다는 얘기 들었을 때, 제가 행복했을 거라고 생각하시죠? 최소한 통쾌하기는 했을 거라고 생각하시죠? 저는 아니었어요. 그 반대라는 게 아니라 그냥 아니었다는 거예요. 처음에는 맞아요, 그랬어요. 괜히 파헤쳤다 천벌이 아니더라고, 그냥 지들 명대로 살다 갔더라고 확인하게 될까봐 더 알지 않는 게 낫다고도 생각했어요. 그렇게 해서라도 걔들 다 벌받은 거라고 생각하고 싶었단 말이죠. 그런데 아니더라고요. 그까짓 천벌, 이제라도 받으면 뭐해요. 사람이 지은 죄는 그때 사람한테 벌받았어야죠. 그러니까 천벌이든 아니든, 이젠 그만하고 싶다는 거예요."

안찬기에게는 아직 밝히지 못한 일들이 많았다. 김주열을 암매장한 다섯 명의 죽음과 실종. 아직까지는 그들의 죽음이 타살이라거나 단순 소재불명이 아니라고 판단할 근거는 없었다. 그러나 이 연쇄적인 사건을 전부 우연이라고 결론짓는 건 평생 동안 형사로 살아온 안찬기로서는 결코 할 수 없는 일이었다. 특히나 최윤재의 죽음이 그랬다. 아무리 알코올중독자, 반의반푼이였다고 하더라도 그렇게 뛰어내려 죽는다는 것은 이해가 되지 않는 일이었다.

그가 알고 싶은 것은 진실이었다. 아니, 거창하게 그런 단어는 쓰지 말도록 하자. 중요한 것은 진실도 아니고, 뭣도 아니고, 그저 사실일 뿐이다. 그러니까, 팩트, 사건의 실상. 그러나 그걸 알고 싶은 사람이 자신 말고 또 있을까.

적어도 김주희는 아닌 듯했다. 안찬기는 물었다.

"설마, 뭘 직접 하려는 건 아니죠? 아니면 벌써 했거나?"

핸드폰 너머에서 김주희의 웃음소리가 들려왔다.

"그 끔찍한 일에 나까지 발을 담갔을 리가요."

안찬기는 김주희를 이해하기 위해 애썼다. 최근에 읽은 책의 한 구절이 떠올랐다. 실은 그 문장에 누군가 하이라이트를 쳐두었기 때문에 기억하고 있는 것인데, 대충의 내용이 이러했다. 하나의 파동으로 비롯된 수많은 연쇄반응을 끝내기 위해서는 새로운 파동이 필요하다는 것.

그것을 인간의 행위에 대입한다면 누군가의 돌연한 의지 같은 것이라고 했다. 일상적이지 않은, 짐작 가능하지 않은, 돌연한. 말하자면 스핀 같은 것. 말하자면 변화구 같은 것…… 다른 식으로 말한다면 어쩌면 신앙, 어쩌면 희생, 어쩌면 선한 의지……

안찬기는 고개를 흔들었다. 인간은 근본적으로 악하다. 고작 스핀 하나로 선해질 수 있을까? 아닐 것이다. 게다가 그 책의 그 문장에 밑줄을 그은 사람이 그 문장을 그대로 해석했을지 아니면 반대로 해석했을지도 알 수 없었다.

그러나, 어떻든, 지금은 그의 결정이 필요했다. 그 자신의 의지. 결정. 스핀. 말하자면 해피 엔딩에 대한 여전한 기대. 그러면 한동안은, 아니 잠시라도 그 흐름이 지속될 수는 있을지도 모른다.

"한 가지만 더 물어봅시다."

"아까도 한 가지라더니요."

"이번엔 보너스라고 칩시다."

"물어보세요."

"그러면, 해피 엔딩이 되겠어요?"

"이제부턴…… 노력해보려고요."

5

　안찬기는 놀랍게도 벼락을 맞아 죽은 사람을 알고 있다. 실은 놀라울 것도 없는 일이다. 경찰 일을 하다보면 별의별 죽음을 다 보게 되니까. 문제는 벼락을 맞아 죽은 그 사람이 천벌을 받은 건 아니라는 것이다. 샅샅이 파보면 또 그럴 만한 일이 있었을지는 모르겠으나, 적어도 표면상으로는 그 사람은 그저 낚시를 갔다가 고약하기 짝이 없는 날씨를 만나 그렇게 되었을 뿐이다.

　그는 천벌 같은 건 믿지 않았다. 그러나 천벌받을 만한 인간들이 있다는 건 알고 있었다. 김주열을 암매장한 아이들도 마찬가지였다. 김주열이 어떻게 죽었든 간에 그들이 김주열의 시체를 유기했다는 사실은 변하지 않는다. 그러나 그들 중 누구도 죗값을 치른 바가 없었다. 다만, 이렇게 말해도 된다면, 죽었을 뿐이다.

　제일 먼저 죽은 황경선은 사고사인 게 확실했다. 버스 추돌 사고로 다른 승객들 여럿과 함께 사망했다. 제일 나중에 죽은 최윤재는 그 이유가 불분명하기는 하지만, 제 발로 뛰어내려 죽은 것만큼은 분명했다. 송중호는 실종 상태이고 그의 동거인이던 정명주는 호수에 투신자살을 했다. 아니, 투신자살로 추정되는 익사를 했다. 이상한 점은 여기서부터였다.

정명주가 죽은 호숫가에 민혁의 아내가 운영하는 펜션이 있었는데, 정명주가 사망한 직후 주말부부로 살던 민혁이 그곳에 들렀다가 다시 서울로 올라가는 길에 교통사고로 죽었다. 그리고 송중호가 마지막으로 목격된 곳 역시 그곳이었다. 그 얼마 후 최윤재가 머리에 심각한 부상을 입는 사고를 당한 적이 있는데, 그때 그가 발견된 곳 역시 그 근방이라고 했다. 그들이 김주열을 암매장한 공범들이라는 것을 알지 못하는 상황이었으므로 전부 각각의 사건들로 취급되어 종결되었다. 그러나 당연히 안찬기는 그럴 수 없었다.

그들이 서로서로 연락을 끊지 않고 살아왔다는 것은 의심할 여지가 없는 일이었다. 그럴 수밖에 없었을 것이다. 혹시라도 누가 입을 열지나 않을지, 처음에는 피가 마르는 심정이었다가, 나중에는 자신들도 모르는 사이에 그게 일상이 되어 서로가 서로를 감시해야 했을 것이다.

서로 협박도 했다. 송중호가 실종되었을 당시 경찰이 조사한 내용에 의하면 송중호와 그의 동거인인 정명주가 민혁을 협박했던 정황이 있었다. 정명주의 사인이 자살로 처리되고 송중호의 실종이 단순 소재불명으로 처리되면서 그 이유가 묻혔다. 그후 안찬기가 조사한 바에 의하면, 그들의 협박이 집요했던 모양이었다. 민혁이 그들에게 돈을 뜯길 정도로 부유하게 살았던 건 아니었다. 오히려 간신간신히 살아가는 형편이었다. 그러나 어쨌든 그들 중에서는 제법 사람답게 사는 축에 속했다. 송중호처럼 전과자도 아니었고, 최윤재처럼 알코올중독도 아니었고, 정명주처럼 일상적인 폭력을 당하며 살지도 않았다. 황경선처럼 횡사하지도 않았다. 대학을 나왔고, 군대에 다녀왔고, 제법 건실한 중소기업에 취직도 했다. 결혼을 했고, 아이도 태어났다. 말하자면 평범한 삶이었다. 평범한 사람이 평범하게 누릴 만한 삶. 그러나 민혁은 평범한 사람일 수 없었고, 역시 평범할 수 없었던 누군가의 눈에는 그 삶이 유독 거슬렸던 모양이었다.

개만 잘 살면 반칙이잖아.

민혁에 대해서 최윤재가 툭하면 했다는 말이었는데, 아마도 그 말은 십중팔구 그들 모두의 말이기도 했을 것이다. 민혁의 아내가 자기 친정집 부지에 소박한 펜션을 지어 겨우 운영을 했는데, 그게 그들 눈에는 어마어마한 재산, 어마어마한 풍요, 어마어마한 행복으로 보였던 모양이다. 그래서 민혁의 아내 역시 괴롭힘을 당하기 시작했다. 알지도 못했던 남편의 죄를 알게 되었고, 그런 자의 아내라는 이유만으로 협박을 당했다. 죄지은 자의 아내…… 죄지었으나 벌받지 않은 자의 아내라는 이유만으로 말이다.

펜션은 문을 닫았다. 그 여자는 어딘가에서 새 출발을 했을까? 개 같은 남편도 죽고, 개만도 못한 다른 놈들도 모두 죽었으니 이제 그 여자의 불행은 끝이 났을까? 여자는 종적을 감춰버렸다. 굳이 이해하자고 들면 이해 못할 일은 아니었다. 여자는 끔찍한 모든 기억으로부터 벗어나고 싶었을 것이다. 그러나 과연 그뿐일까. 그리고 왜 그들 모두는 그 여자의 펜션으로 몰려들었던 것일까. 왜 다들 그곳에서 죽거나 사라진 것일까. 그리고 그 여자는 왜 종적을 감췄을까.

그 여자의 펜션을 찾아갔다가 폐건물만 보게 되었던 날, 안찬기는 펜션을 둘러싼 야산을 오래 둘러보았다. 한곳에 머물러서는 몇 장의 사진도 찍었다. 울적한 기분이 들어 산 아래 호숫가에 이르렀을 때는 한참 동안 그곳을 떠날 수가 없었다. 아름다운 호수였다. 잔물결이 호수의 가운데로부터 밀려와 바깥으로 중심을 조금씩 밀어냈다. 물은 끝없이 가장자리로 흘러나오는데, 여전히 저 먼 곳에는 가득 고인 중심이 있었다. 태연하고, 뻔뻔하고, 평화롭고, 빨려들 듯한 풍경이었다.

폐건물에서 안찬기는 사진 한 장을 발견했다. 공동 주방이었던 듯한 곳에 책꽂이가 있었고, 바닥에 그 책꽂이에서 떨어져내린 책들이 흩어져 있었고, 그중에 사진 한 장이 꽂힌 책이 있었다. 벚꽃이 흐드러지게 핀 벚나무 아래에서 찍힌 한 소녀의 사진이었다. 그 사진이 찍힌 날짜가 뒤에 적혀 있었는데 뜻밖에도 1994년이었다. 7월은 아니었고, 봄이었다. 봄의 벚나무 아래에서 찍힌 사진 속에서 소녀는 벚꽃처럼 웃고 있었다. 소리 없이 흩날리는, 난분분 난분분 흩날리는, 그래서 분홍빛으로 활짝 터질 듯한 웃음이었다.

이 여자는, 민혁을 만나기 전까지, 민혁이 1994년 7월 25일에 김주열의 사체를 암매장하기 전까지는, 이토록 행복한 소녀였던 것이다.

안찬기는 사진을 책과 함께 챙겼다. 책의 제목은 '벚꽃의 우주'였다. 그 옆에 또 한 권의 책이 있었다. 파동에 관한 내용의 과학책이었다.

그런데 도대체 이 여름은 언제쯤에나 끝나려나. 정말이지 끔찍한 여름이었다. 94년에도 그랬으려나. 더위가 계속되면서 1994년이 자주 거론되었다. 그해가 역사적인 폭염으로 유명했는데, 이제 그 역사를 갈아치웠다는 것이다. 동시에 그해에 있었던 수많은 사건 사고들이 거론되었다. 그가 기억하는 일들도 있었다.

김일성이 죽어서 경찰서 전체에 비상이 걸렸었다. 김일성이 죽었으니까 비상이 걸리는 건 당연하다고 여겼는데, 정작 이제 어떻게 해야 하나, 어리둥절했던 기억이 난다. 군인도 아니고 경찰인데. 그러면 이제부터 빨갱이를 잡으러 다녀야 하나. 이런 말도 안 되는 생각을 하다가 실소를 터뜨렸던 기억도. 실소를 터뜨리다가 이것도 잡혀갈 죄가 아닌가 생각했던 기억도.

김일성이 죽은 것보다 더 선명한 기억은 그 충격이 아주 오래갔었던 성수대교 붕괴 사건이었다. 그의 지인 중에는 아무도 그날 그 시간에 성수대교를 건넌 사람이 없었다. 몇 다리 건너라도 그런 사람은 없었다. 그런데도 그는 충격과 상실감에 빠졌다. 그야말로 아득한 상실감이었다. 다리의 상판이 떨어지고 그 상판과 함께 차들이 강으로 추락하는 광경이 몇 날 며칠 동안 눈앞에서 생생한 영상으로 재생되었다. 마치 현장에서 직접 본 것 같았다. 어쩌면 직접 보지 않았기 때문에 더욱 경악스러웠을지도 모른다. 그는 심지어는 강으로 떨어져내리는 차체 안에서 비명을 지르고 있는 어떤 여자아이의 얼굴을 보았다고까지 생각했다. 왜 여자아이였을까. 모르겠다. 아무튼, 그 여자아이는 승용차 안에서 두 눈을 커다랗게 뜨고는 끝없이 비명을 질렀다.

경찰로서 가장 끔찍했던 사건은 물론 지존파 사건이었다. 경찰 생활을 아무리 오래했다고 해도 그렇게까지 충격적인 사건을 겪어본 사람은 없었다. 한동안 오직 지존파 얘기만 했었다. 절도범 폭력범 잡는 것 정도는 우스워졌고, 심지어는 살인한 놈을 잡아도 이까짓 놈, 이런 기분이 됐었다. 그런 시간이 오래 흘렀다.

그러나 그러는 동안에도 세상에는 알려지지 않은, 아니 알려지지 못한 수많은 사건 사고들이 있었다. 역사를 바꾸지 못하고 사회를 경악시키지도 못하지만, 한 개인의 일생은 완전히 전복시켜버리는 사건과 사고들. 그렇게 바뀌어버린 개인의 일생이 누군가의 일생을 건드리고, 넘어뜨리고, 자빠지게 하고…… 마침내 도미노가 되어버리는.

이름조차 거론되지 못한, 여전히 잊혀 있는, 혹은 묻혀버린, 그런 사람들. 그런 사람들에게까지 해피 엔딩이 되려면 이야기는 어떻게 흘러가야 하는 것일까. 어디까지 흘러가야 하는 것일까.

일말의 의혹도 남기지 않고, 다 밝히면, 그러면 이 이야기의 끝이 날까? 그러나 의혹은, 비밀은, 존재 그 자체의 본질일지도 모른다. 인간은 더럽고, 끔찍한 생물체이다. 살면서 남기는 것이 쓰레기뿐이다.

그러나 동시에 인간은 신비하다. 김주희처럼. 슬픔과 상실과 비밀로 가득찬 그 여자처럼 아름답기도 하다. 바라보기에 따라. 방향에 따라. 의지에 따라. 그러므로 지금은 앞으로의 일을 결정하기보다 그 일을 바라보는 시선과 의지의 방향을 결정하는 것이 더 먼저일지도 모른다고, 안찬기는 다시 한번 생각했다.

6

주희는 dufma0724가 아니었다. 그 이상한 아이디와 이메일에 대해서는 황이만에게 들어서 아는 것이 전부였다. 황이만이 아니었다면 여름과 dufma를 같은 단어라고 생각하지도 못했을 것이다.

주희 역시 그즈음에 받은 메일이 있었다. 이메일이 아니라 우체국을 통해 배달되어 온 국제우편. 이메일처럼 빛의 속도로 오지 못하고 바다를 건너온 그 우편물은 주열의 사체가 발견된 후, 여러 날이 더 지나서야 도착했다. 황이만이 찾아와 밤까지 머물렀던 날의 아침이었다. 봉투 안에 한 장의 그림이 들어 있었다. 쓰러져 있는 소년과 그로부터 도망치고 있는 여자의 그림. 편지의 발신인은 이연희였다. 그림 뒷면에 글이 적혀 있었다.

미안합니다. 평생 동안 미안했습니다.

그리고, 아마도 미국인 듯한 전화번호와 이메일 주소가 적혀 있었다. 글을 쓰는 것은 주희에게 익숙한 일이 아니어서 전화를 걸었다. 가게에서 전화를 걸고 싶지 않았고 길거리에서 걸 수도 없어서 그날은 가게에도 나가지 않았다. 왠지 긴 통화가 될 것 같았기 때문이다. 미국은 한국과 시차가 얼마나 나는지 알고 싶었는데, 워낙 넓은 나라라 사는 곳에 따라 다 다르다고 해서 그냥 낮에 걸었고, 연희가 받았다. 그 통화후 자신이 황이만을 기다리게 되리라는 것을 그때에는 물론 알지 못했다.

낮고 조용한 목소리를 가진 여자였다. 그 여자가 주로 얘기했고, 주희는 들었다. 한동안 몹시 아팠다고, 실은 암에 걸렸다고, 후두암이라고, 항암을 하는 시간 동안 생각이 많아졌다고. 하지 못한 일들, 반드시 했어야 하는 일들에 대해 주로 생각했다고. 그리고 말했다.

"제가 동생분을 마지막으로 본 사람일지도 모른다는 생각이 지워지지 않았습니다."

이연희는 미국으로 떠나기 전 그 동네를 다시 찾아갔었고, 찾아가던 길에 전단을 보았다고 했다. 김주열을 찾습니다, 라고 적힌 전단을 붙이는 주희의 눈물 젖은 등을 봤다고 했다. 사람이 저렇게 울면 등까지 젖는다는 걸 그때 처음 알았다고 했다. 그래서 주희를 쫓아 집 앞까지 갔었다고 했다. 주소는 그래서 알았다고. 기억을 더듬어 그때 그곳을 검색했더니 그 집이 그대로 있더라고. 그곳에 여전히 살고 있는지는 확신할 수 없었고, 그래서 자세한 내용을 적은 편지를 보낼 수는 없었으나, 그래도 보내기는 해야 했다고.

"왜요?"

왜 주열이를 구하지 않았느냐고, 그 대신 왜 침묵하는 걸 택했느냐고 주희가 물었을 때,

"모르겠습니다."

이연희는 대답했다.

그리고 얼마 동안의 침묵이 흘렀다.

"내가 그날 폭행을 당했습니다."

죽을 줄 몰랐습니다, 살아 있을 거라고 생각했습니다, 라고 변명하는 대신 연희는 말하기 시작했다. 스물두 살, 무조건 서둘러 도망만 치고 싶었던 여자아이의 이야기였다. 부정하고 부패한 아버지로부터, 끔찍한 남자와 그 기억으로부터, 그 모든 폭력으로부터. 더는 아무 일에도 엮이고 싶지 않았다고. 그때는 오직 그 생각뿐이었다고. 무엇보다도⋯⋯

그 여자가 말했다.

"나 자신으로부터 도망치고 싶었던 것 같습니다. 모든 게 다 내 잘못 같았습니다. 그날 황이만의 방에 갔던 것도, 강노을이 나를 구하려고 그런 일을 저지른 것도, 동생분이 그렇게 된 것도, 다 내 잘못이라고 생각했습니다."

주희는 말없이 들었다. 그 여자가 혼자서 이어 말했다.

"잘못했습니다."

그날 이연희는 긴 얘기를 했다. 황이만에게 당한 폭행, 밖에서 잠긴 문, 살려달라고 외쳐도 열리지 않던 문, 그 문을 열고 나타난 강노을, 강노을의 온몸에 묻어 있던 피⋯⋯ 그 모든 이야기를. 아버지의 사람에게 구조를 요청했다고 했다. 아버지 사람들의 도움 같은 건 죽는 한이 있어도 안 받을 거라고 생각했는데, 손만 내밀어도 퉤퉤퉤 해버릴 거라고 생각했는데, 죽을 것처럼 무서워지자 결국 찾게 되더라고 했다.

자기가 있는 곳을 알려줘놓고도 그 사람이 올 때까지를 못 참고 큰길을 향해 뛰어갔다고 했다. 피 흘리는 강노을을 자기가 갇혔던 방에 그대로 두고, 도망을 치듯이 달려나왔다고 했다.

그날 골목에서 연희가 본 건 그냥 핏자국이 아니었다. 줄줄 흘러내린 핏자국이었다. 그 와중에도 발이 멈췄다. 그 피웅덩이 한가운데 가윗날이 보였기 때문이다. 핏자국을 따라 어떤 집 안으로 들어가자 또하나의 가윗날이 보였다. 강노을의 전지가위가 날이 분리된 채 하나는 집밖에 하나는 집 안마당에 떨어져 있었다. 쓰러져 있는 주열을 발견한 건 자신도 모르는 사이에 마당의 가윗날을 집어들었을 때였다. 죽은 것 같아 보였다. 비명을 지를 사이도 없이, 연희는 팽개쳐지듯이 뒤로 넘어졌다. 아버지의 사람이 그녀를 쫓아 들어와 가윗날을 뺏었는데, 그 서슬이 그토록 사나웠던 것이다. 그녀의 엉덩이가 마당에 고인 피에 푹 젖었다.

그녀는 그 피를 평생 동안 잊지 못했다. 그리고 어떤 날은 그 기억 때문에 너무 아팠는데, 아프다는 말을 할 자격이 없어서 가만히 삼켰다. 그러면 목이 퉁퉁 부었다.

주희가 울기 시작한 것이 그때부터였다. 이연희는 주희의 그 울음을 어떻게 해석했을까. 원망이 너무 깊어서 터뜨린 울음이라고 생각했을까.

그러나 아니었다. 주희가 그때 울었던 건 그 여자에 대한 분노 때문이 아니었다. 억울하고 원망스러운 부분이 전혀 없지 않았으나 울음이 터진 건 그 때문이 아니었다. 그 여자의 어떤 말이 자신의 내부 한구석을 통렬하게 건드렸는데, 그 말을 어떻게 해야 할지를 몰라서 대신 울음이 터져나왔을 뿐이었다.

그 여자도 그날 밤에 많이 다쳤을 것이다. 몸보다 마음이. 그 다친 마음이 때때로 도지고 도졌을 것이다. 다친 마음이란 게 그 자리에서 당장 펄펄 뛰게 아프지는 않을 수도 있다는 걸 주희는 안다. 다쳤는데도 깜빡 잊고 멀쩡하게 살아가는 날들이 많다는 것도 안다. 남들에게 멀쩡하게 보이는 동안 자기 자신조차 스스로에게 속아 다 잊어버린 줄 알고 사는 날이 많다는 것 역시 안다. 그러다가 어느 날엔가는 느닷없이, 갑자기 펄펄 뛰게, 비명을 악악 지르게 그 자리가 아파 견딜 수가 없어지는 것이다. 다친 그날보다 더 아파서 견딜 수가 없어 데굴데굴 구르게 되는데, 사람들은 지나간 시간들만을 말하고, 엄살떨지 말라고 말하고, 유난 떨지 말라고 말하는 것이다.

그러나, 주희는 안다. 전부 다 안다.

주열을 찾아다니는 동안 겪어야 했던 수모와 모욕이 그걸 알게 했다. 예쁘다고 했다. 누구나 그녀를 보고 예쁘다고 했다. 누군가는 만지고 싶어했고, 누군가는 건드려보고 싶어했다. 그래놓고는 그게 주희 탓이라고 했다. 네가 그랬잖아. 네가 그렇게 쉬운 얼굴을 하고 있으니까, 그렇게 이쁘게 생겨갖고는 쉬운 얼굴을 하고 있으니까. 그러니까, 네 잘못이잖아!

맙소사…… 그녀의 잘못이라는 것이다.

그러나 주희는 말할 수 있다. 이제는 말할 수 있다.

너희들이야. 잘못한 건 너희들이야. 내가 아니라 너희들이 한 잘못이야.

그래서 안찬기가 그녀를 여름님이라고 불렀을 때, 주희는 아니라고 하지 않았다. 잘못했다는 말을 하지 못해 그게 병이 된 거라고 믿는 그 여자는 충분히 자신의 대가를 치렀다. 자신 또한 다쳤으면서 자신의 잘못만 생각하고 산 그 여자는, 그 여자의 세월은 얼마나 참혹했을 것인가.

또다른 이유도 있었다. 이연희 말고도 그녀에게 잘못했다고 말한 사람이 있었다. 그 사람이 아니라면 주희는 이연희가 구하는 용서에 대해서도 이해하지 못했을 것이다. 실은 아무것도 이해하지 못했을 것이고, 그러므로 그 뒤늦은 고백

들에 대해 아무것도 용서하지 못했을 것이다. 주희는 안찬기가 그 사람에 대해 알기를 원하지 않았다. 원하지 않는 정도가 아니라 할 수 있다면 온 힘을 다해 막고 싶었다. 현직이든 퇴직을 했든, 안찬기는 형사였다. 캐고 파고 벌주는 사람인데, 딱 법만큼만 할 사람이었다. 주희는 더이상 사람의 법을 믿지 않았다.

7

최윤재가 죽던 날이었다. 주희가 경찰서에서 나와 아이들이 있는 집으로는 차마 가지 못하고 대신 가게로 왔을 때, 그 사람이 주희를 쫓아 들어왔다. 경찰서 앞에서부터였다. 아니, 최윤재가 죽던 그곳에서부터였다. 그곳에서는 몰랐는데, 다시 보니 낯이 익었다. 언젠가 떡볶이를 먹으며 울던 손님이었다. 술집에서 우는 손님은 흔할지 모르지만 떡볶이집에서 우는 손님은 드물어 주희가 그 손님을 기억했다.

주희가 그 손님의 테이블에 가서 마주앉았다. 최윤재가 뛰어내리기 직전 주희는 뒤를 돌아보았었다. 땡땡땡이란 말이 자신에게 하는 말로 들리지 않았기 때문이었다. 그때 왜 알아보지 못했을까. 해장국집 처마 밑에서 잠시 비를 피하고 있을 때 건너편 어묵집의 창문 너머로도 그 손님이 보였었다. 눈도 마주쳤었던 것 같았다. 그런데 왜 못 알아봤을까.

떡볶이를 먹으며 울던 손님을 기억하지 못한 게 이상해서가 아니었다. 처음 만났을 때 그녀가 누구인지 알아봤어야 했다. 민혁의 아내였다. 주열이 친구 혁이의 아내. 아니, 주열이를 암매장한 놈들 중 한 놈의 아내. 그 죽일 놈의 아내. 잊을 만하면 그놈에게 전화를 걸어 혹시라도 주열의 소식을 들었는지 묻곤 했었다. 달리 물어볼 데가 없었기 때문이었다. 어느 날은 위로를 들었고, 어느 날은 그만 좀 하라며 퍼붓는 욕을 들었다. 카톡으로 청첩장을 받은 게 그토록 심한 욕을 들었던 날로부터 얼마 후였다. 링크를 누르자 신부의 얼굴 사진이 떴다.

다시는 연락하지 말라는 뜻이라는 걸 그때 알아들었다. 못된 짓을 일삼고 말썽을 피우며 살던 시절을 더는 기억하고 싶지 않다는 말이라는 것도 알아들었다. 그러면서도 민혁이 자신에게 그토록 심한 욕을 퍼부은 이유는 알지 못했었다. 손님이 떡볶이를 먹으며 울음을 쏟았을 때, 그때 자신이 그녀를 알아보았다면 그 이유를 물을 수 있었을까.

그런데 이 손님은 어째서 거기에 있었을까.

나를 쫓아다닌 걸까.

최윤재를 찾아다닌 걸까.

주희는 손님이 최윤재에 관한 이야기를 하리라고 생각했고, 그 이야기가 결국 민혁에 관한 것이기도 할 거라는 걸 또 짐작했다. 그런데 손님이 자기 이야기를 하기 시작했다. 행복했던 시절이 있었다고. 누구나 누려도 좋을 만큼 딱 그만큼만 행복했고, 딱 그만큼이면 충분했었다고. 그런 날들에는 자기네 시골집 마당에 이런 벚꽃이 가득히 피었다고.

그러면서 벚나무 사진을 보여주었다. 딱 그만큼만 행복했다고 말했으나 쏟아질 듯 핀 벚꽃을 보니 찬란하게 행복했을 것 같았다.

"그런데……"

손님이 말했다.

어느 날부터 협박을 당했다고 했다. 자기를 협박한 사람이 한둘이 아니었다고 했다. 도망칠 데가 없었다고도 했다. 그래서 죽고 싶었고 또 죽여버리고도 싶었는데, 전부 다 죽여버리고 싶었는데, 그중에서도 제일 죽이고 싶은 게 그 모든 일의 원인이 된, 자기가 사랑했던 사람, 남편이더라고. 그런 사람을 사랑한 자기 자신이더라고.

그리고 자신을 기억하느냐고 물었다. 주희는 고개를 끄덕였고, 손님이 말을 이었다.

어느 날 마음이 지옥 같았을 때 여길 찾아왔었노라고 했다. 이유는 자기도 알지 못한다고 했다. 한 사람이 죽어 몰래 묻혔으면 누군가는 벌을 받아야 하고, 누군가는 용서를 빌어야 한다고 생각했고, 그래서 자신이라도 잘못을 빌어야 한다고 생각했지만, 그럴 용기가 없었다고 했다. 그럴 용기가 없는 줄은 여길 찾아오면서도 알고 있었다고 했다. 무엇보다도 어디에 묻혔는지를 알지 못해 할 수 있는 말이 없었다고 했다. 그들 모두가, 그렇게 지독하게 협박을 해대면서도, 끝까지 거짓말을 했다고. 안 죽였다고, 묻지도 않았다고, 죽였어도 묻었어도 다 잊어버렸다고. 어쨌든 자긴 손끝 하나 안 댔다고. 그 멍청한 새끼가 그냥 죽어 자빠졌는데…… 네 남편, 네 새끼의 아빠라는 개새끼는 그때 뭘 하고 있었으려나……

그러면서 그 말 끝에 그들이 한결같이 했던 말. 그런데 니들만 잘 살면 그거 반칙 아니야?

떡볶이를 먹으며 울던 날, 손님이 가게에 왔던 건 물론 소문난 떡볶이를 먹기 위해서는 아니었을 것이다. 매운 떡볶이를 먹으며 울고 싶어서도 아니었을 것이다. 용서를 빌고 싶었으나 그럴 용기가 없다는 걸 이미 알고 있었다고 했다. 이 손님이…… 이 여자가 원한 건 어쩌면 위로가 아니었을까.

주희가 그런 생각을 하며 입술을 깨무는데, 손님의 말이 이어졌다.

잘못했습니다. 제가 용서를 빕니다.

주희는 벌떡 일어섰다. 그때 손님이 테이블 위에 뭔가를 올려놓았는데, 그게 벚꽃 사진 옆에 놓일 만한 물건이 아니었다. 너무 날카롭고 너무 뾰족해 가만히 놓여 있기만 해도 쓰윽 쓰윽, 푹푹, 썰거나 베는 소리를 낼 것 같은 물건이었다. 손님의 말을 더 듣고 싶지 않았다.

온몸이 덜덜 떨리는데, 최윤재가 뛰어내리는 걸 봤을 때보다 더 아득한 허방으로 떨어져내리는 느낌이었다. 손님의 말을 더는 듣고 싶지 않고 귀를 막고 싶다는 생각만 들었다. 그 사람이 무슨 짓을 했는지 알고 싶지 않고, 그 사람이 빌고 싶은 잘못이 무엇인지도 알고 싶지 않았다.

손님을 테이블에 홀로 남겨두고 떡볶이에 매운 양념을 더 넣어 국자로 젓기 시작하는데, 너무 매웠던가, 눈물이 쏟아지기 시작했다. 시신이 발견됐다는 뉴스를 보고, 마음이 지옥 같았던 날에 그랬던 것처럼 자신도 모르는 사이 발길이 그 앞으로 향했다고 했다. 뉴스만 보고서는 거기가 어딘지 찾을 수나 있겠나 싶었는데, 언젠가 떡볶이집을 순식간에 찾아냈던 것처럼 그 폐가도 순식간에 찾아지더라고 했다.

주희가 그때야 또다른 기억 하나를 떠올렸다. 사진. 황이만이 보여줬던 사진 속에서 울고 있던 여자. 그 여자는 자신이 아니었다. 그후로 내리 사진 속 그 여자가 궁금했었다. 누가 저렇게 우나. 남의 동생 묻혀 있던 곳 앞에서 누가 저렇게 서럽게 우나. 궁금하지 않을 수가 없었다.

그런데 그 여자가 그곳에서 땡땡땡, 소리를 들었다고 했다. 그 소리를 들은 게 그날이 처음이 아니었는데, 그날은 더 듣고 있을 수가 없더라고 했다. 그래서 그 뻔뻔한 놈에게, 그 인간 같지도 않은 놈에게 묻고 싶었다고 했다.

너는 땡땡땡이 무슨 뜻인지를 아니? 그게 정말 무슨 소린지를 네가 아는 거니? 너만 땡땡땡이면, 그건 반칙 아니니? 왜냐하면, 나는, 아직도 지옥이거든.

가게 안으로 들어오던 늙은 주인이 홀에서 울고 있는 손님과 주방에서 울고 있는 주희를 번갈아 보고는 멈칫 섰다. 그러더니 곧바로 눈물을 그렁그렁하며 왜 울어, 왜들 그렇게 울어, 말하기 시작했다. 앞뒤 사정 아무것도 알지 못한 채, 서럽지, 세상이 서러워, 끔찍하고 서러워, 말했다. 세 여자가, 한 사람은 테이블에서 한 사람은 주방에서 한 사람은 문간에 서서 각기 울었다.

누구나 운다. 속으로 울든, 겉으로 울든, 누구나 운다. 누

구는 우는데, 자기 집도 아니고, 길거리도 아니고, 떡볶이집
에서 운다.

안찬기와 통화를 끝낸 후에도, 주희는 매운 떡볶이를 만
들었다. 하루종일 만들어 하루종일 다 먹어 치울 작정이었
다. 그러면 해피 엔딩이 되겠어요? 안찬기가 물었었다. 천만
에. 주희는 생각했다. 해피 엔딩이 그렇게 쉽게 온다면, 주열
이 사라진 뒤에 살아온 내 세월이 그렇게 힘들었겠나. 영문
도 모른 채 파국 속으로 끌려들어간 그 손님의 세월은 그렇
게 지옥이었겠나. 황이만이라는 자는 그렇게 뻔뻔하게 살 수
있었겠나. 살아갈 수 있겠나. 해피 엔딩이라는 한마디 말로,
그런 사람을 그렇게 놔두어도 되겠나.

그러나 그때 주희가 끝내 알 수 없었던 것이 있었다. 안찬
기에 관한 문제였다. 안찬기는 과연 해피 엔딩을 원하는 것
일까.

8

주희와 통화를 끝낸 후, 안찬기는 문자를 받았다. 여러 통
의 문자가 연달아 왔다. 박형사로부터였다. 안찬기가 사진을

찍어 알려준 곳에서 송중호의 시신이 발견되었다고 관할서로부터 전달을 받았다는 것이었다. 그러니까 민혁의 아내가 운영하던 펜션 뒷산.

암매장을 얼마나 깊이 했는지는 모르지만, 계절이 몇 번 바뀌면서 동물들이 그 시신의 일부를 파내고 손상시킨 것 같았다. 안찬기처럼 노련한 수사관이 아니라면 알아채지 못했을 흔적이었다. 안찬기처럼 노련한 수사관이라고 하더라도 이유 없이 찾아가지는 않을 곳에 묻힌 시신이기도 했다. 직접 말하면 관할서에서 움직이지 않을 것 같아 박형사를 통해 전달했었다.

이어진 문자에서는 펜션의 내실과 창고에서 각각 수면제와 맹독성의 농약이 발견되었다고 했고, 그러고 나서 그 여자의 최근 사진이 전송되어 왔다. 연이어 다시 문자가 왔다. 민혁과 정명주의 사인도 다시 조사에 들어갈 것 같다고.

안찬기의 입에서 긴 한숨이 나왔다.

해피 엔딩이라는 말을 뭐하러 했을까.

안찬기는 한눈에 알아봤다. 박형사가 보내준 사진 속 여자를. 폐가 앞 사진 속에서 얼굴을 가리고 있던 여자는 이제야말로 두 손을 내리고 그를 정면으로 응시하는 듯했다. 슬픈 눈을 가진 여자였다. 그 여자에겐 대체 무슨 일이 있었던 것일까. 그 여자는 대체 무슨 짓을, 어디까지 저지른 것일까. 알아내야 할까.

누군가는 그들에게 대가를 치르게 해야 했어요.

김주희의 말이 떠올랐다. 그리고 떡볶이집에서 봤던 벚나무 사진, 책 속에서 발견했던 소녀의 사진도 떠올랐다. 안찬기는 박형사의 번호를 핸드폰 위에 띄웠다. 그러나 통화 버튼에 금방 손이 가지는 않았다. 통화를 한다면 가장 먼저 가위 이야기를 해야 할 것이다. 그의 의뢰인의 비밀인 동시에 그의 의뢰인이 상처 입힌 모든 사람들의 비밀. 그만두라고, 김주희가 부탁했었다. 황이만이 그의 의뢰인이어서도 아니고 김주희의 부탁 때문도 아니라 얼굴 한번 보지 못한 사진 속 여자가 그의 마음을 무겁게 하고 있었다.

어디선가 난데없이 종소리가 들려왔다. 종이 울릴 데가 없으니 아마도 잘못 들은 것일 터였다. 종소리는 더는 들리지 않았으나 여운이 사라지지 않았다. 쓸쓸하고 길고, 무엇보다도 연약하기 짝이 없게 저물어가는 소리였다.

문학동네 플레이 시리즈
더 게임
ⓒ김인숙 2023

초판 인쇄 2023년 6월 1일
초판 발행 2023년 6월 16일

지은이 김인숙
책임편집 정은진 | 편집 김수아 김도영 이상술
디자인 이보람 유현아 | 저작권 박지영 형소진 최은진 오서영
마케팅 정민호 김도윤 한민아 이민경 안남영 김수현 왕지경 황승현 김혜원 김하연
브랜딩 함유지 함근아 박민재 김희숙 고보미 정승민 배진성
제작 강신은 김동욱 임현식 | 제작처 천광인쇄사

펴낸곳 (주)문학동네 | 펴낸이 김소영
출판등록 1993년 10월 22일 제2003-000045호
주소 10881 경기도 파주시 회동길 210
전자우편 editor@munhak.com | 대표전화 031)955-8888 | 팩스 031)955-8855
문의전화 031)955-2696(마케팅) 031)955-2675(편집)
문학동네카페 http://cafe.naver.com/mhdn
인스타그램 @munhakdongne | 트위터 @munhakdongne
북클럽문학동네 http://bookclubmunhak.com

ISBN 978-89-546-9929-7 04810

www.munhak.com